作者简介

刘洪霞，中国人民大学文学博士，深圳市特区文化研究中心副研究员，文学评论家，主要研究方向为中国当代文学与城市文化。在中文核心刊物发表论文多篇，出版专著《争鸣的场景：七、八十年代之交文学"争鸣"研究》，获首届粤港澳大湾区文艺评论一等奖。

本书为深圳市哲学社会科学规划课题SZ2020B004

深圳摩登

一种新都市文学的崛起

刘洪霞 著

海天出版社
·深圳·

图书在版编目（CIP）数据

深圳摩登：一种新都市文学的崛起 / 刘洪霞著. — 深圳：海天出版社，
2021.7

ISBN 978-7-5507-3223-0

Ⅰ. ①深… Ⅱ. ①刘… Ⅲ. ①都市文学－文学研究－深圳－当代
Ⅳ. ①I206.7

中国版本图书馆CIP数据核字(2021)第139133号

深圳摩登：一种新都市文学的崛起
SHENZHEN MODENG：YIZHONG XIN DUSHI WENXUE DE JUEQI

出 品 人　聂雄前
策划编辑　韩海彬
责任编辑　徐娅敏　姚云翔
责任技编　郑　欢
责任校对　万妮霞
装帧设计　麦克茜

出版发行　海天出版社
地　　址　深圳市彩田南路海天综合大厦（518033）
网　　址　www.htph.com.cn
订购电话　0755-83460239（邮购、团购）
印　　刷　深圳市新联美术印刷有限公司
开　　本　787mm×1092mm　1/16
印　　张　15
字　　数　208千
版　　次　2021年7月第1版
印　　次　2021年7月第1次
定　　价　49.00元

自序

　　本书最初的设想是尝试着把城市文化与城市文学并置在一起，使城市文化成为城市文学的背景，城市文学作为城市文化的表达，也就是先搭建好舞台（城市文化），再等待演员们（城市文学）上场，开始一场精彩的演出，所以在章节结构上设计了上篇与下篇。上篇是对深圳城市文化的呈现，下篇是对深圳城市文学的讨论，二者之间构成某种逻辑关系，使得本书实际上成为城市文化环境和城市文学想象的结合体，从文化研究与文学研究两种角度去处理关于城市的研究。本书尝试同时运用文化研究与英美新批评两种研究方法，需要在二者间建立起某种联系。目前，学界对于城市的文化研究出现了跨学科融合的现象，城市与社会学、城市与哲学、城市与人类学、城市与文学、城市与艺术学，等等，研究者们也对其乐此不疲。当然，无可回避的是，本书借鉴了李欧梵先生《上海摩登——一种新都市文化在中国（1930—1945）》的研究方法与写作体例，并且书名也相仿，这并非黔驴技穷，而是为了向此书及其作者致敬。二十世纪三四十年代的上海的"摩登"，与中国改革开放以来深圳的"摩登"，是完全不同的摩登。虽然如此，两者在各自时代与社会情境中的某些特质，还是能够让人产生联想与想象。这是两座完全不同的城市，都以自己的特色开时代之先河，而使得自己以"摩登"闻名于世。

李欧梵先生在《上海摩登——一种新都市文化在中国（1930—1945）》中所要传达的是，物质空间的现代性和文学艺术象征层面的现代性的结合体，这就是旧上海的面孔，虽然颓废与浮纵，却也鲜活与真实，构建了那个时代的上海想象。1949年新中国成立之后的三十年，完全反驳了李欧梵的现代性，咖啡馆、舞厅、跑马场、亭子间、月历牌、《良友》画报等旧上海的城市元素在新中国已经不复存在，历史经历了巨变与改写，中国特色社会主义实践的第一个三十年几乎可以说是一个批判都市文化的时代。改革开放以后，从1980年到2020年的四十年，随着城市化进程的加快，历史又开始了另一个轮回，新的都市文化又在崛起，而崛起的逻辑仍然是现代性的逻辑，深圳新都市文化是一个典型的案例，深圳这座城市不可避免地被裹挟进现代性的必然之中。

本书需要讨论的是，上篇城市文化的背景中呈现着城市的建构与上升，下篇城市文学的想象中演绎着城市的危险与未知，并置的两者之间表现出巨大的张力与悖论，如此危险的安排，会不会是种冒险？究竟哪一个是城市的真实？答案是，这都是城市的真实。城市中的博物馆、华侨城OCT、文艺书店、深南大道、城中村、电影院、流行音乐、文化志愿者都是真实的存在，共同经历着城市的春夏秋冬，是城市物质文明的具体象征。而薛忆沩、邓一光、南翔、吴君、蔡东、李兰妮、庞贝、王樽、谢湘南、许立志、郭金牛、毕亮、王国华、卫鸦、黑光、刘洋等深圳作家笔下的人物也都是深圳茫茫人海中的一员，他们都是海滩上的一粒沙。也许，他们没有在博物馆观看展览，也没有在文艺书店悠闲地看着书，喝着下午茶，没有作为一位文化志愿者在图书馆服务，也没有在深南大道上徘徊惆怅，但是却真实地在这座城市中生活着。然而，现代城市主义的本质，是人与城市之间的矛盾关系。深圳一夜之间建起了高楼大厦，实现了世界史上的经济奇迹，这本身也表明一种进步与未来。但同时，人与城市的矛盾也无处不在。芒福德指出了现代城市的尖锐矛盾：城市提供稳定安全的同时，其控制的意图不可遏制，"城市文化从一开始就出现了释放与奴役，自由与强制"。[1] 所以，在对城市的文学想象中诠释了这种矛盾的存在。城市分为两种：一种是建筑物和物质实践构筑的城市，是可以看见的；另一种是看不见的，是由人们的想法滋生出的城市，也就是文学想象中的城市。那么，上篇可以看作是物质文化构成的深圳，我们有目共睹；下篇则是小说与诗歌构成的深圳，它存在于想象之中。"审视想象中的城市与作为既成事实的城市之间的实际关联，协调、更新乃至重新构想其中的关联方式，成为当代文学不可回避的责任。"[2] 但是，无论是物质的深圳，抑或文学的深圳，都是城市现代性的表达——呈现出一个摩登的深圳。

　　然而，遗憾的是，在写作过程中，由于种种原因，笔者调整了最初的设想，放弃了上篇对城市文化的研究，只保留下篇对城市文学的分析。以上陈述是为了突出深圳物质的现代性与精神的现代性的比照。即便如此，城市的现代性仍然在城市文学中显露无遗。深圳，是一座摩登的城市。摩登——现代性，意味着一种新的时间意识，就是要同过去拉开距离而面向未来。[3] 深圳是改革开放的窗口和试验田，需要去拥抱当下和未来的现代性。因此有了城市物质空间的急切建构，有了"三天一层楼"的"深圳速度"。那么，也就意味着，深圳的城市文学必然拥有自己独特的面孔——摩登的面孔。

1　[美] 刘易斯·芒福德：《城市发展史——起源、演变和前景》，宋俊岭、倪文彦译，中国建筑工业出版社，2005 年版，第 570 页。

2　罗小茗：《被切割的城市：当代中国科幻的城市想象》，《探索与争鸣》，2019 年第 3 期。

3　汪民安：《现代性》，南京大学出版社，2020 年版，第 3、4 页。

　　深圳文化学者胡野秋试图为深圳立传，他所著的《深圳传》，弥漫着浓郁的、意味深长的深圳腔调。那么，何谓深圳的腔调？表面上，《深圳传》包罗万象，丰盈充沛，收纳了城市的历史文化、山川河流、街巷风俗、建筑方言、草木人间，甚至书写了城市的天灾人祸，几乎写遍了深圳城市的每一个角落，胡野秋欲以摇曳多姿的散点透视的方式，穷尽对自己居住了二十七年的城市前世今生的书写，仿佛极力要表达出对城市的爱恨情仇。而实际上，《深圳传》建构了城市鲜活的文化形象，表达了城市独特的精神特质，营造了城市多元的文化氛围，呈现出城市文化与生俱来的碎片化与多元化的特质，使这座城市的魅力呼之欲出。这座城市唯一不变的，就是永远在变。似乎有主流文化，又似乎没有主流文化。它仿佛是一台无场次的先锋话剧，是一个独一无二的不可复制的文化结构，这也许就是深圳的腔调吧。

　　《深圳传》的书写，无疑使这座城市获得了某种想象性的人格特征，甚至是获得了某种性别，成为世界城市之林中一个独特的角色，区别于任何一座城市，例如浪漫的巴黎、神秘的拉萨。《深圳传》以文学的方式来处理历史内容，是它重要的写作特点。又因为这是一座全新的城市，拥有全新的历史，没有更多的坐标可供参照，于是产生了新的发现、新的启示，又以不同的排列组合的文学方式，产生了新的观点。胡野秋所做的一切努力，是为深圳这座城市寻找与建构地方性的精神坐标，这是深圳这座城市区别于其他城市的核心所在。那么，城市传记也就是在不遗余力地书写城市的独特性，特立独行的精神就是深圳的腔调。

　　陈启文的长篇报告文学《为什么是深圳》书写了城市与人，以城市写人，以人写城市，形成了城市与人相互映衬的关系，相得益彰，通过对城市与人的关系的展现，阐释出一种独特的城市气质，回答了"为什么是深圳"这一精神上的追问。

在全书开篇，作者首先回望深圳的历史，从中寻找深圳生生不息的答案。作者以白描的方式勾勒历史人物剪影，让读者得以看到时光深处的深圳。继而，作者将镜头对准谱写当代传奇的人们。他们身上凝聚着改革开放的进取精神和"敢为天下先"的开拓精神。作者对每一个人物进行精雕细刻，精细到每一个人彼时穿的衣服和音容笑貌，发挥出报告文学刻画人物的文体优势。

作者在《为什么是深圳》中讲述了"改革先锋"袁庚的故事，华为、腾讯、大疆、云天励飞，这些科技创新企业背后的曲折故事，也在书中一一展现，串联起深圳走过的40年历史。城中有人，人中有城，城市与人相融相生，彼此成就。

陈启文一直关注深圳。为撰写《为什么是深圳》，作者努力收集资料，深入一线采访，获取真实可感的第一手素材。于是，有了这部既有文学性、可读性，同时兼具史料性和真实性的长篇报告文学。在作者对城市与人的深度解读中，我们看到深圳一路走来的精神风采，看到当代中国人开拓进取的精神面貌，看到生机勃发的未来。

然而，无论是胡野秋还是陈启文，他们书写的深圳只是这座城市的一个侧影。关于深圳城市文学的讨论，是由作家、诗人、电影人、戏剧人、文学媒体等来共同完成的。书中所选的深圳作家、诗人的作品，是以深圳为背景城市的书写，因此有许多优秀的、不是以深圳城市为书写背景的深圳作家的作品没有被选择作为分析对象，不免有些许的遗憾。所选入的作家、诗人的作品，无一不显示出在城市现代化进程中的极大的焦虑与矛盾的心情，以及对城市深刻的思考。

随着全球化与城市化的进程加快，城市之间也开始出现"赢者通吃"现象。超级城市就像那些收入超高的明星一样，轻松地凌驾于普通城市之上。它们拥有最强的创新实力，控制着全球最大份额的资本和投资，并聚集了顶尖的金融、媒体、娱乐和高科技公司。因此，超级城市成了野心家和顶尖人才的必然选择。超级城市在持续不断地累积并强化自身活力：经济扩张刺激了对高级餐厅、剧院、夜店和画廊的需求；成功人士为城市捐助建设博物馆、音乐厅和学校；政府将不断增长的税收投资于学校、地铁、图书馆和公园等公共设施，以此维持并强化城市自身的优势，吸引更多企业和人才。这种强大的反馈循环使超级城市能不断积聚优势。[1] 然而，联合国人居组织在 1996 年发布的《伊斯坦布尔宣言》中强调，我们的城市必须成为人类能够过上有尊严的、健康的、安全的、幸福的和充满希望的美满生活的地方。可是，这终究是一种理想。从深圳城市文学的写作来看，我们看到了深圳摩登的多副面孔。

深圳诗人许立志描绘的是深圳的一道侧影。2011 年，他进入深圳富士康，成为流水线上的一名工人，2014 年便坠楼辞世。"在城市漂泊的时间越长 / 我越觉得自己像一位古人"，"城市与村庄是我生命的两端 / 我横亘其间无所适从"，对于许立志而言，身份认同的危机是时刻存在的，城市与诗人个体之间无论是时间，还是空间上，都呈现出一种对峙的状态，物质繁盛的现代化都市与诗人之间的矛盾是那么具体而无奈：

我在担忧什么，一张暂住证还是一个
明天早晨的馒头
在十平米的出租屋里
我被昏暗的灯光呛到咳嗽不止
用笔描绘打工的形状，最后呈现于纸上的

1　[美]理查德·佛罗里达：《新城市危机：不平等与正在消失的中产阶级》，吴楠译，中信出版集团，2019 年版，第 19 页。

却是一个弓着腰的背影

——《担忧》

郭金牛的运气似乎比许立志要好许多，同样是写打工诗歌，郭金牛却凭借着诗歌《纸上还乡》走向了国际，获得了荷兰鹿特丹国际诗歌节的大奖，诗人杨炼在捷克国际书展上朗诵他的诗，诗集《纸上还乡》被翻译成多国文字。20世纪90年代初，郭金牛来到深圳，他摆过地摊，当过搬运工，做过仓库管理员，居无定所地漂泊。他的诗歌记录了工业时代，他为打工者写诗。对于暂住证，郭金牛也像许立志一样"耿耿于怀"，他写道"祖国，给我办了一张暂住证／祖国，接纳我缴交的暂住费"（《庞大的单数》）。也许，许立志仅仅是这座城市的特例，郭金牛的获奖也存在着某种偶然。城市是如此多元而丰富，它有若干个侧面。

在深圳作家林棹的笔下（她1984年出生于深圳，是一个名副其实的深二代），那是一个许立志无法想象的世界。"对我来说，深圳转换为触觉、味觉、嗅觉、视觉影响我，它是湿润的、暖热的，咬在嘴里像荔枝，闻着像海、像雨，色调是蓝和绿；它脾气坏起来像台风，海湾的落霞和落潮深处则满是柔情。"林棹的长篇小说《溪流》，谈的是作家最初的起点——故乡深圳，她笔下的深圳，已经转换成各种感觉，影响着她的创作。然而这一切，对一座城市浪漫主义的书写，对于为一张暂住证而担忧的许立志来说，是一个遥远的奢望，他从楼顶纵然一跃撞击地面的声响形成某种通感，触动深圳人的神经。

王诺诺是出生并成长于深圳的青年科幻作家，著有科幻小说《地球无应答》，她不仅有着剑桥大学环境经济学的学历背景，还能够写科幻小说，可谓是后生可畏。在一次演讲中，她讲述作为一个深二代，在深圳这座城市的成长经历使她想要"给深圳写一篇科幻小说"，就如同上海有《上海堡垒》，北京有《北京折叠》，她要为深圳开两个科幻"脑洞"：一个是在赛博朋克的未来，人是科技的主人，还是科技的附庸；一个是深圳突然降温五十摄氏度的情况下，深圳人如何活下来。这是一本关于末日主题的小说，是对未来的畅想。而这一切的启发，来自深圳这些年一路高歌猛进的发展，如此的想象力，足以令深圳人对未来有所期待。

刘洋的科幻小说《火星孤儿》、庞贝的科幻小说《独角兽》也创作于深圳。不过《火星孤儿》是硬科幻，《独角兽》是软科幻，这一区别可能源自刘洋物理学的专业背景和庞贝英美文学的专业背景。刘洋第一次把凝聚态物理学的知识引进科幻文学，同时把高考这一牵动千家万户的事件作为小说的起因，通过科幻小说对教育体制发出质问，因此，这是"一场拯救世界的高考，一场宇宙意义的高考"，幻想与现实比翼齐飞。因此，《火星孤儿》创建了一个有想象力且吸引人的科幻世界。深圳是极其富有科幻感和未来感的城市，[1] 它的科幻文学的创作也方兴未艾，通过科幻所传递出来的新人文思想正在建构新的城市想象力（《独角兽》在正文中详细讨论）。

深圳的打工文学与深圳的科幻文学并置在一起进行讨论，可以说是风马牛不相及，存在着根本的不合理性。然而，却能够从流水线上的工人与赛博朋克之间清晰地看到城市现代性的不同面孔。一张面孔指向过去，一张面孔指向未来。它们都是这座城市的面孔。王威廉说："城市不可能只是作为一个客体或是客观意象而存在，它与主体的关系是亲密无间的。城市当中看不见的晦暗地带，包括城市的气质、风格，乃至它的欲望与需求，才是滋养写作的源头活水。"尽管某些打工文学的艺术品质略显急切和粗糙，对于社会空间的书写远远大于对文学空间与审

1　根据《2019 中国城市科幻指数报告》，深圳在"中国最科幻城市"中排名第三位，仅次于成都与北京。

美空间的书写，但是因为打工文学对于城市反抗工厂生活的殖民有重要的意义，所以打工文学也是深圳文学中重要的、不可忽视的文学类型。

无论是打工文学，抑或科幻文学，深圳文学在被归纳、被总结、被命名。学者贺江甚至找到了深圳文学的逻辑起点，他认为是1986年，这对于深圳文学是一个非常重要的年份。因为这一年，发生了重要的事情。深圳作家刘西鸿的《你不可以改变我》发表于《人民文学》1986年第9期，并获得全国优秀短篇小说奖，表现了特区青年独立的个性和价值观。由深圳诗人徐敬亚策划，《深圳青年报》和《诗歌报》联合举办的中国诗坛1986年现代诗群体大展，引起全国性的轰动。因此可以说，深圳文学与中国新时期文学是同步发展的，深圳并没有因为城市历史的短暂而缺席。

深圳的城市历史四十年，深圳的文学四十年，的确有些短暂，但是城市的文学并没有因为时间的短暂而毫无建树，而是以自己独特的面孔呈现于中国当代文学。深圳海天出版社《深圳新文学大系》的出版是一个勇敢的尝试，目前除了《中国新文学大系》和《香港文学大系》以外，深圳以地理区域命名的文学大系是一个独特的存在。《深圳新文学大系》分为"打工文学""新都市文学""底层文学""非虚构写作"四卷，这是对深圳文学的命名与研究。然而，深圳的现代性并不是这四类可以涵盖殆尽的，深圳文学远比这些命名更为复杂和多元，期待未来有更加深入的研究。

"是那些无法归类的梦想和迷思，才使深圳变得神采飞扬。"（谢有顺语）深圳这座城市是诗意的，其诗意不仅在城市之中，还在离城市不远的乡村里。2014年，黄灿然辞去了香港《大公报》国际新闻翻译的工作，离开香港，迁居到洞背村——深圳溪涌的一座小山村，依山面海，他在这里写诗和翻译，开始乡村生活。离开香港这座繁华的城市，当然有客观上的诸多原因，但是，对于一位诗人和翻译家来说，除了具有浪漫的诗意以外，这种行为似乎还有深刻的行为学上的意义，黄灿然在寻找城市的尽头，从喧嚣的都市逃离到乡村，从香港到洞背村。在洞背村生活的几年时间里，黄灿然写了许多首"新山水诗"献给洞背村。"在洞背村，夜里太舒服，舍不得睡，白天太漂亮，舍不得工作。"写洞背村的诗，简洁、直白、明快，诗人内心充满了欢喜，此时的黄灿然，被乡村的山水以及爱情所滋养，与早期的诗作《奇迹集》《发现集》已经明显不同。如果说"奇迹集""发现集"是探寻生命的意义，"洞背集"则是在体会生命的意义。名不见经传的深圳洞背村也因为诗人的写作而闪闪发光。可是，黄灿然也是无法归类的，他在来深圳之前就已经闻名遐迩，他翻译的布罗茨基的《小于一》、布鲁姆的《如何读，为什么读》、桑塔格的《论摄影》以及米沃什的《诗的见证》等，都是经典之作。因此，他是深圳文学中一个独特的存在，他作为诗人和翻译家的存在，使得深圳这座城市更加美好，使得这座城市的文学更加闪光。

胡小跃是深圳一位低调的翻译家。1988 年，胡小跃来到深圳并从事法语翻译工作，三十余年间，翻译了《孤独与沉思》《母猪女郎》《巴黎的忧郁》《乌合之众》《世界诗库》等重要作品。2002 年获得法国文化部颁发的"文艺骑士"勋章。2010 年凭借《加斯东·伽利玛——半个世纪的法国出版史》一书，获得法国驻华使馆颁发的"傅雷翻译出版奖"。胡小跃的翻译，是这座城市文学的另一个重要的维度，是深圳文学与世界对话的直接表达，是把一个世界转译成另一个世界。

最后，重新思考深圳城市文学，以上海和香港作为参照，引进了上海作家姬中宪的上海城市文学的样本作为分析对象，也引进了导演兼编剧白雪的电影《过春天》，通过深圳与香港的比较，来放大深圳的镜像。如此对照，或许可以清晰地看到深圳这座文学的城市的与众不同。城市，既是现代性的载体，也是其表征、内容与果实。因此，深圳是摩登的。

目 录

深圳城市的文学想象

第一章

逃离一座城市

薛忆沩

薛忆沩说："几乎所有的'深圳人'都在想要逃离自己的城市，都在用自己的方式逃离自己的城市。"[1]2002年，他离开了生活13年的深圳，定居蒙特利尔。作家个人的离开是因为：对中国城市化进程的不适应。……为了保住记忆的温度，为了缓解对历史的野蛮拆毁引发的伤痛，我选择了离开。[2]这应该是薛忆沩意义上的逃离，这次逃离对他创作小说的合集"深圳人"有巨大的意义。这是以深圳人为原型的一系列短篇小说的合集。2013年，小说集首次出版，书名为《出租车司机》，丛书名为"深圳人"系列小说，批评界的评价是"数学的精确与浓密的诗意融为一体"。2016年，小说集在加拿大出版，更名为 Shenzheners。自此，"深圳人"惊艳加拿大。2017年，《深圳人》在国内再次出版，薛忆沩因此被称为"中国文学最迷人的异类"。作家自己称这部小说集为"深圳人的文学索引"。表面看来，这部小说集看不出书写的是深圳这座城市，它甚至可以是世界上的任何一座城市。因为，他不同于邓一光、吴君的深圳书写，充满了深圳真实的地理标识，而是故意隐去了所有的深圳地标，淡化了实景，模糊了城市形象。但是，小说集里的每一篇小说又都与深圳有关，深圳这座城市是书写的大背景，根植了作家的深圳经验。 在地球的另一侧写下"深圳人"，表面看来作家是不在场的，但是实际上深圳记忆让作家在场。"逃离"是《深圳人》小说集的主题，这里充满了各式各样的"逃离"，它贯穿了城市的每一个角落，仿佛整个世界都在逃离。小说里的一个个普普通通的深圳人，并不是媒体上所说的改革浪潮的弄潮儿和成功的商人，他们仅仅是"出租车司机""女秘书""小贩""神童""物理老师""文盲""村姑""两姐妹""同居

1　薛忆沩：《薛忆沩对话薛忆沩》，华东师范大学出版社，2015年版，第172页。
2　同1，第188页。

者""剧作家""父亲"和"母亲"，可以是深圳街头走过的任何一个不知名的陌生人，在城市的繁华中，他们为什么要选择逃离，他们又将要逃往何处？

城市的隐喻与悖论

逃离城市，是对城市化进程的反思，波德莱尔和本雅明都有提及反城市化进程。逃离一座"城"，在这里，"城"，是一种隐喻，是一个符号。它不仅仅指向一座具体存在的城市，而且隐喻所有可能成为"城"的事物。薛忆沩曾说他对符号学非常着迷，总是盼望在那个领域里做点什么。这一次，他在"城"这个符号里可以说是尽情挥洒，他的作品总是在表现"历史的荒谬和生活的复杂"。"深圳人"系列中只有《出租车司机》一篇写于深圳，其他 11 篇是根据深圳的记忆而完成的书写。在异域书写记忆中的经验，实际上加入了异域移民的经验。所以说，他书写的不仅仅是深圳人，也可以是蒙特利尔人，他的"深圳人"有着双重移民经验的面孔，他们是国际的，是任何一座城市的，不是仅仅深圳这一座城市，也不仅仅是深圳人。所以说，凝聚了薛忆沩的想象，浸透了薛忆沩感受的城市——深圳，与其说是一个地点，不如说是一个隐喻。在这个隐喻中，充满了悖论。卡尔维诺说："写作不是简单的呈现现实，而是在现实上面加了一个玻璃罩。"薛忆沩笔下的城市是经过了美学处理的城市，它已经不再是一座城市，而是一座无形的"城"。

《出租车司机》书写的是在深圳工作十五年的出租车司机，当他要离开的时候，他发现自己过去十五年夜以继日的穿梭竟然在这街景上没有留下任何痕迹，这座城市令他感到陌生，陌生得令他心酸。薛忆沩说："我认为出租车司机这充满悖论的职业隐喻了深圳人的共同身份，很能够表现那座无根城市的特点。出租车每天都在城市的迷宫里穿梭，它不断接近街景，又不断抛弃街景，它与城市的关系充满了不确定的因素。出租车没有固定的目的地。它总是在等待着下一个目的地，再下一个目的地……出租车司机表面掌握着方向盘，实际上他却无法主宰出租车的方向。在短篇小说《出租车司机》中，忧伤的主人公是通过逃离城市和职业来逃离出租车带来的这些悖论的。"[1]

城市也可以是一个人。作家虹影说，她所生活过的城市，是她爱过的每一个人，重庆是她的出生地，那么对她来说，重庆就是母亲，北京是丈夫，而伦敦则是情人。既然城市是一个人，那么城市也是有心的，对城市心理的伤害，犹如对人的伤害，可能要过很多年才会反映出来。对于城市化进程的反思，是薛忆沩写作的重点。他笔下的每一个人物都是城中受伤的人，他安排了他们的逃离，逃离的方式各式各样。

薛忆沩作品中的逃离，究竟要逃离的是什么？是现代性的焦虑感、无根的漂泊感和不安全感。逃离城市的悖论，逃离精神的荒原。这荒原仿佛是地狱，犹如雪莱笔下的城市，他在《彼得钟》中这样写道：

> 地狱是个很像伦敦的城市——
> 人口众多，烟雾弥漫，
> 那里有各种各样被毁掉的人，
> 很少或者没有任何快乐而言。
> 那里公正不多，而怜悯更是少见。

---

[1]　薛忆沩：《薛忆沩对话薛忆沩》，华东师范大学出版社，2015 年版，第 167 页。

城市应该是光鲜亮丽的地方，怎么会是一个地狱？因为，"城市是人类历史上的又一个悖论，它强化了历史的荒谬感和人的异化感。'深圳人'系列小说中的作品让人看到了城市给人带来的折磨和痛苦，最突出的包括《小贩》和《神童》。我相信将来会有更多的人选择远离，选择遗弃。城市的悖论不可能解决，只可能逃避。"[1]《神童》与《小贩》都是"深圳人"系列中最优秀的篇章，二者之间可以做一个平行的比较。之所以把《神童》与《小贩》放在一起分析，是因为最终"神童"逃离了，而"小贩"没有逃离，二者呈现出相反的方向。神童的逃离写得异常精彩。神童的几次逃离可以分为狭义和广义两种。狭义也就是现实意义中的逃离，一共有两次。第一次是遭到魔鬼老师的性侵之后的逃离。当然在出逃之前他也想到过自杀，在某种意义上，自杀也是一种逃离，但是他终究放弃了这个人生的大逃离，而是翻出了压岁钱，溜出了大门，去找他天使般的表姐。但因为睡觉而错过了下车的时间，最后被交给火车站铁路公安，被父母接回家。虽然这是一次没有成功到达目的地的逃离，但是，这次逃离为他未来的成长奠定了坚实的基础，他向成长迈出了成功的第一步。第二次逃离是神童拒绝参加市教委为他和他的魔鬼老师举行的、有副市长在会上致辞的庆功会，他躲在楼下的配电间里八个小时，成功地躲过了这次庆功会。而更大意义上的逃离，或者说广义上的逃离，是他用了十三年的时间，完成了人生的大逃离。这十三年中，他从逃离庆功会后，就坚决不再跟魔鬼老师学琴，不仅如此，他完全对自己"放弃"了，实现了真正意义上的逃离：

　　我从此再也没有碰过琴键了。我也放弃了包

1　薛忆沩：《薛忆沩对话薛忆沩》，华东师范大学出版社，2015年版，第169页。

括阅读和国际象棋在内的所有业余爱好。我变成
了一个对什么都没有兴趣的孩子。我的学习成绩
也迅速下降。我虽然勉强考上了全市最好的高中，
但是高中阶段的学习成绩却继续下滑。最后，我
只考上了位于汕头的一所普通大学。我学的是文
秘专业。大学三年级的上学期，我受强烈的厌学
情绪的困扰，曾经一度有退学的冲动。……我勉
强完成了学业。毕业之后，我先是通过父亲的关
系进入了市政府下属的一个小机构。在那里工作
四年多之后，我调到了一家著名的房地产公司。
那家公司的办公室主任是我母亲大学时代的同学。
我一直在她的手下工作到现在。

　　曾经光芒四射的神童最后变成平庸之人。也许有人为神童感到惋
惜。但是，他因为逃离父母给他安排的生活，成功地逃离了神童的身份，
褪去了光环，获得了成长，终于成为一个"平庸"的人。平庸让他成为
正常的人，完成了精神上的蜕变和自我确认，从此获得了安全感。
　　小贩与神童不同，不像神童生活在光环之中，他是一个如此卑微
的生命，生如蝼蚁，挣扎在嘈杂的人世间，以卖爆米花和糯米条为生。
他被顽皮的小学生欺凌并被打伤头部，又被城管把他活命的爆米花和糯
米条扔进了垃圾箱。在儿童的视角中，主人公"我"不明白这种人为什
么还会如此用力地活在人世间，"我"相信他已经死了，他应该死了，
"在死的时候，小贩额头上的那一道伤痕可能还在隐隐作痛"。可是开学
的时候，小贩又出现了，这让"我"非常生气，"我"不明白这种人还
有什么资格苟活在人世。这是薛忆沩最为偏爱的一篇作品，他所书写的
"深圳人"都在逃离，唯有小贩没有逃离，仿佛世界被洪水淹没之前，

所有的人都在拼命地登上"方舟"，而唯有小贩执着地留下来。

表面看来，神童与小贩是不一样的，神童出身于良好的家庭，因为天赋异禀，小小年纪就收获了成功的鲜花与掌声，是前途无量的孩子，而小贩却挣扎在温饱线上。但是，不管两者的生活品质是如何不同，他们都共同生活在精神的炼狱里，生活在城市的悖论里。神童的梦，是他的父母让他做的梦，是这个浮躁的现实让他做的梦，他的梦醒了。然而，小贩的梦还没有醒，他企盼这座城市能带给他什么，他企盼爆米花和糯米条能带给他什么。他不知道要逃往哪里。"卡尔维诺在作品中对城市化的进程做出了深刻的批判。城市化进程表面上导致了田园的消失，最后却导致城市本身的消失。卡尔维诺认为，我们生活于其中的城市其实就是地狱，但他并不是虚无主义者，在《看不见的城市》的最后，他发现了人生的意义，我们活着就是为了在生活的地狱里去辨认哪些人还没有死去，去寻找他们，给他们空间，让他们继续生活下去。"[1] 薛忆沩显然也不是虚无主义者，他在作品中设计了一个神童，一个小贩，一个逃离，一个没有逃离，形成了一个平行的对比。没有逃离意味着什么？逃到哪里去呢？难道小贩有更多的选择吗？逃离了神童身份的他，已经不再是一个孩子。看小贩被打的"我"，当时是一个孩子，这个孩子还没有成长，这个孩子就是神童，他们在"深圳人"中是同一个人。他成长了，可以帮助到小贩。至少还是活着的人，要给他空间成长，让他继续活下去。这种情况在薛忆沩的"深圳人"系列中出现过多次。《剧作家》中的"剧作家"，又同时出现在《两姐妹》中，这多少让人费解。但是，要想他们都是同一"城"中人，怎么会不相遇？人生何处不相逢。这大概也是薛忆沩写作的魅力吧。

1　薛忆沩：《薛忆沩对话薛忆沩》，华东师范大学出版社，2015 年版，第 173 页。

死亡也是一种逃离，是一种最大的、极限意义上的逃离。"深圳人"系列中几乎所有的作品都涉及死亡。《两姐妹》中书写的死亡是一次决绝的逃离，没有丝毫的不舍，没有任何牵绊，对这世间已然没有丝毫怜爱。在这里薛忆沩的写作变得冷酷无情，他让姐姐以毁灭自我的方式决然地离开了令她生不如死的"城"。姐姐在遭遇丈夫的背叛，失去家庭之后，选择了复仇，她报复的手段不过是向丈夫的老领导、助理、生意竞争对手送上了自己的身体，他们竟然都堂而皇之地接受了。这种写法实在是雪上加霜，残酷至极。我们是否可以这样理解，姐姐死亡的真正元凶不是背叛家庭、不再可靠的丈夫。事情远比这复杂，而是因为他们共同生活的"这座新城"。"它是一个由商业需求而结合的实体。……这一变化已经如此地只注重物质实利，它使得人们心肠变硬，越来越冷漠无情，并改变了我们的共同体感受和以人为本的认识。家庭生活变得越来越不可预测——温馨已经让位于诡异。对新城市的救赎归于失败，因为取代社会共同体的是不可知姓名的陌生人。"[1]

与"姐姐"不同的是，《父亲》中的"父亲"自始至终拥有家庭，这里没有背叛的发生，但是谁说他不是在巨大的逃离之中呢？父亲从结婚的第一个失眠的夜晚开始，就失去了安全感，原因和白天发生的事情有关。在垂死挣扎的落水少年面前，母亲的冷漠令父亲不寒而栗，作为游泳健将的父亲，终究是听从了母亲，没有去挽救少年的生命。但是这件事却让父亲懊悔和愧疚了一生，也导致了父母五十年的婚姻形同虚设。这五十年来，父亲在婚姻中始终处于逃离状态之中。父亲说，"我婚姻生活中的第一个失眠之夜，也是我婚姻生活中的第一个完全没有安全感的

---

1 [美]理查德·利罕：《文学中的城市：知识与文化的历史》，吴子枫译，上海人民出版社，2009 年版，第 4 页。

夜晚"，"经过婚姻中的第一个失眠之夜，你母亲对我来说已经是一个陌生人了"。在这五十年中，父亲必须与"陌生人"朝夕相处，并且父亲还肩负起了几乎全部的家庭责任。薛忆沩的作品更喜欢使用隐喻的手法来处理和表现。婚姻是一座巨大的"城"，"城里的人都想逃出去"。在作品《父亲》中，因为不再具有安全感，父亲处于游离，或者说是逃离婚姻的状态。直到母亲去世，逃离的状态才算终结。可是这种痛苦的逃离持续了五十年之久，父亲应该是已经白发苍苍，其中的辛酸与无奈可想而知。"在两座陡峭的高山之间有一座悬崖，城市就悬在半空里，用绳索、铁链和吊桥与两边的山体相连。……虽然悬在深渊之上，奥塔维雅居民的生活并不比其他城市更令人不安，他们知道自己的网只能支撑这么多。"[1]薛忆沩意义上的逃离，是在逃离一种不安全，如果有安全感，即便是悬在深渊上的"城"，也不会逃离。

逃离城市欲望的旋涡

美国社会学家伯曼说："在全球化的浪潮中，现代性就像一个巨大的旋涡，把人们裹挟卷入其中，现代性统一了全人类。但是，这是一个似是而非的统一，是纷争中的统一，它把我们推进了一个持续分裂与更新、抗争与矛盾、困惑与苦恼的大旋涡。"城市中充满了欲望，它是人类欲望的集中地，也是人类欲望产生的结果，汹涌澎湃的城市被欲望交织成为一个巨大的旋涡。城市的繁华总是在刺激着人的欲望，或者说许多人因为充满了欲望而来到城市，又在欲望的城市里挣扎。然而，欲望

1　[意]伊塔洛·卡尔维诺：《看不见的城市》，张密译，译林出版社，2012年版，第75页。

在城市的大容器里，迷茫而无解，仿佛是一个旋涡，只有入口，难以找到出口。如果能顺利地找到出口，也许可以逃出令人窒息的城市迷宫，如果找不到出口，恐怕等待他的只有死亡。"深圳人"所在的城市是一座欲望的城市，在城市的天空下，"深圳人"的脸上毫不掩饰地写满了欲望，薛忆沩毫不留情地展示了"深圳人"内心深处种种隐秘的欲望，各个种类的欲望交织在一起，形成了一座欲望的迷宫，作品深入地探索了现代人内心深处的隐秘世界。

《母亲》与《女秘书》里充满了浓重的欲望的气息。城市的欲望暗流汹涌，"母亲"和"女秘书"是在欲望的城市里挣扎的两个女人。王安忆曾在《男人和女人，女人和城市》一文中说过，"城市作为一个人造的自然，远较乡村适合女性生存，城市中，女性得以摆脱农业社会对体魄的限制，可以充分发挥女性的智慧和灵魂"。城市是女性更适合发挥自己优势的战场，但同时，城市也是让女人欲望迷失的场地。这两部作品为欲望设计了两个不同的出口，恰好可以放在一起讨论。《母亲》中薛忆沩极力刻画情欲带来的焦虑与折磨，这是一场没有未来、没有结果的婚外情欲。"母亲"本来是一个幸福的女人，她有一个好丈夫，养活她和儿子，周末总是带他们母子去最好的餐馆。但是，突然有一天，"母亲"对这种单调的节奏失去了兴趣，她不再去送在边境那一边工作的丈夫。发生这种改变的原因是，母亲的生活中出现了一个"他"，她在生活的小区里，看到了这个"他"，这个"他"令母亲的青春羞涩地重现，令"母亲"羞涩的胸脯鼓胀起来，令"母亲"窒息。"母亲"每一天都为他而活着，母亲的整个世界里都是他。但是同时母亲又绝望地想，他们不可能在这座真实的城市里相聚，他们只能在看不见的城市里相聚。可是，哪里是看不见的城市呢？母亲从此生活在自己的幻想中，生活在欲望的旋涡中，不能自拔。可是，连续几天，他都没有出现，再后来，他彻底地从母亲的生活中消失了。母亲不知道他发生了什么事情，他只是粗暴地从她的生活中消失了。到这里，作品就结束了，没有任何下文，不知道他去了哪里，也不知道母亲在欲望的喧嚣中是否找到了归岸，是否逃离了心底的魔咒。作品像一个谜一样，给读者留下了无尽的想象空间。薛忆沩说："我关心的是深圳人的内心生活。我关心的是深圳人'情感的震颤'，我相信通过这种隐藏得很深的情感的震颤，读者们会从这一个个普普通通的深圳人身上看到自己的邻居、自己的亲人以及或隐或现的自己。"[1] 薛忆沩只是记录了"母亲"情欲的震颤，让读者深入"母亲"内心深处，挖掘出炙热强烈而又备受压抑的欲望，展现了现代都市的欲望迷宫。

在现代都市的迷宫里，每一天来来往往的人，他们的心底都有着无穷无尽的梦想与欲望，仿佛这座城市能帮助他们实现所有的梦想。但是，当他们走进了这座城市的迷宫之后才发现，梦想是那样遥不可及。当年，从祖国的四面八方来到深圳的人，都是寻梦的人，他们为了自己的"深圳梦"奉献了青春，例如《女秘书》中的"女秘书"，她本来是内地的大学英语老师，可是她想象着远方的城市，憧憬着未来的生活。当她深入她梦想的城市的时候，也就是梦想破碎的时候。从大学英语老师到女秘书，身份发生了改变，关键是陪伴腰缠万贯的老板成为她工作的一部分。在膨胀的物欲面前，女秘书做出了怎样的选择？城市的欲望让她身心受到伤害，她是否可以回归？"尽管在城市里心灵已经伤痕累累力不从心，但可以肯定的是，他们很难再回到贫苦的家乡——这种现代的魔力，它不适于所有的人，但所有人一旦遭遇了现代，就不再有归期。"[2] 不能回归，就只有逃离。最后她又一次地逃离了，在城市的

1　薛忆沩：《薛忆沩对话薛忆沩》，华东师范大学出版社，2015 年版，第 156、157 页。
2　孟繁华：《文学革命终结之后——新世纪文学论稿》，现代出版社，2012 年版，第 42 页。

迷宫中，她幸运地找到了出口，她离开了这座粗暴的城市。凭借着自己拥有另一种语言的资本，她在路易斯安那州的小镇上安顿了下来，过上了自食其力的、稳定而可靠的生活。但是这种稳定与可靠，也只是相对的。如同张爱玲在《倾城之恋》的结尾说：这能让他们再过上个十年八年的。张爱玲不会说这是永远，只能说出一个时间段，这样写多少让人感到悲凉，但这又的确是人生的实景。所以，"女秘书"的欲望便是人类的欲望。城市的欲望是没有止境的。也许这是一个怪圈，人类永远也走不出欲望的怪圈。"巨大的贫富差距会让一个社会变得势利、浮躁和腐化。对一个人口众多的国家，这种差距更是一种不安定的因素。一个没有丰富精神生活的社会是很容易失去内心平衡的。"[1] 情欲与物欲是现代社会最为普遍的欲望，炙烤现代都市人的内心。真正摆脱欲望的控制与束缚，欲望者与欲望对象本身是无能为力的。真正能起作用的，恐怕还是精神生活的丰富与理想信仰的不缺席。"诡谲的城市，拥有时而恶毒时而善良的力量：你若是每天八个小时切割玛瑙、石华和绿玉髓，你的辛苦就会为欲望塑造出形态，而你的欲望也会为你的劳动塑造出形态；你以为自己在享受整个阿纳斯塔西亚，其实你只不过是她的奴隶"。[2] 在城市欲望的旋涡中挣扎抑或享受的人们，殊不知，不过是它的奴隶。

《出租车司机》中的"出租车司机"十五年前从乡村来到城市。这十五年来，他在城市的迷宫中绕来绕去，始终没有一个出口，始终没有尽头。而妻子和女儿的离世才让他顿悟，在这座消费主义盛行的城市，欲望如同这没有尽头的路程，从一个路口到另一个路口，永远没有

1　薛忆沩：《薛忆沩对话薛忆沩》，华东师范大学出版社，2015 年版，第 137 页。
2　[意] 伊塔洛·卡尔维诺：《看不见的城市》，张密译，译林出版社，2012 年版，第 11 页。

确定的方向和目的地，永远活在别人的路上。所以，他决定回到自己的家乡。逃离了自身的欲望，去守护和陪伴他年迈的父亲和母亲，他希望在那里能够找回他生活的意义和他需要的平静。这是一个曾经被欲望束缚，最后又摆脱欲望控制的人，最终他没有成为欲望的俘虏。善良与亲情的价值让他还有清醒的意识，让他还有机会去体会拥有亲情的幸福感，而不是终日在迷宫般的城市里被欲望驱使而前行。在小说的结尾，有这样意味深长的描写：

> 他永远也不会再回到这座城市里来了。对这座他突然感到陌生的城市来说，他已经随着他的女儿和妻子一起离去和消失了。这种"一起"的离去和消失让出租车司机感到了一阵他从来没有感到过的宁静，纯洁无比的宁静。这提前出现的神圣感觉使出租车司机激动得放声大哭起来。

这种写法让人联想到欧·亨利的《警察与赞美诗》。当听到赞美诗时，无恶不作的流浪汉苏比的内心发生了不可思议的变化，他决定从此做一个好人，这是一种来自宗教的力量。扩大思考之，这就是来自精神的力量，人类在欲望的世界里挣扎得万分辛苦时，只有借助强大的精神力量，才能从城市欲望的旋涡中成功逃离。

无法逃离生命的时间与日常

城市是一个巨大的空间，可以选择逃离，而城市所承载的生命的时间和日常如何逃离？城市不仅仅只有惊涛骇浪和欲望挣扎。城市更多的是无休止的生命时间和司空见惯的日常生活，单调、冷漠、空虚，甚至无聊至极。薛忆沩在《与马可·波罗同行》中写道："这个男人所抵达的城市与他欲望中的城市有一个刻薄的差异：在欲望的城市里，这个男人是一个年轻人，而当他抵达伊希朵拉的时候，他已经老了。这是由'时间'决定的差异。在时间与欲望的较量之中，时间最终还是占了上风。"[1]这往往是城市文学写作者忽略的一个方面，他们往往倾向于写城市的焦虑、无常、漂泊、不安全感等众多现代性的悖论，似乎这些才是城市的真实面孔。然而，城市并不是如海市蜃楼般缥缈，日常化的时间才应该是城市生活的本色。无论城市霓虹如何闪烁，都逃离不了柴米油盐的琐屑和每一天必须疲惫地面对的时间。生命的时间与日常是无法逃离的城市生活，因为日常化是城市生活的核心。薛忆沩对城市生活的日常化也有非常传神的描写，在日常的琐屑中去探索人心灵深处的迷惘与无奈，展现出现代都市种种日常现象，从而传达出对于城市现状的生命体验与人文关怀。

《文盲》是城市日常化书写的典型代表。主人公是个"文盲"，与改革的弄潮儿相去甚远。她没有文化，不识字，是一个家庭主妇，却生活在水深火热的城市中心。她讨厌看报纸，她恐惧一个人去看病，她害怕迷路。把一个目不识丁的人放置在巨大的不安全感中，这样的安排本身就带有很强的张力。她的日常生活是琐屑、无聊、单调、微不足道，甚至是无法容忍的。她每一天的生命时间就是要很早起来，为全家人准备早餐，之后去菜市场，日复一日、年复一年地生活。她家里几乎每天都在争吵，每一天都过着鸡飞狗跳的生活。她的生活里充满了没完没了的抱怨：

1　薛忆沩：《与马可·波罗同行——读〈看不见的城市〉》，华东师范大学出版社，2012年版，第5页。

她抱怨她的女儿上个月给她的钱太少。她抱怨她的女婿对她的女儿不好，对她也不好。她抱怨她的孙子不争气，不听话。她抱怨她的孙女不喜欢吃她做的饭菜，尤其不喜欢她炒得很好的鸡肾和猪肝。她抱怨她老公白天说的话太少，让她受不了，而晚上的呼噜却大得让她睡不着。她甚至偶尔还会抱怨她的儿子，抱怨他从来就不理睬她的抱怨，抱怨他将金鱼缸的那些金鱼看得比自己的爹妈都重要。当然，她抱怨得最多的还是她的儿媳妇。她抱怨她蛮不讲理。她抱怨她好吃懒做。她抱怨她从来不肯进厨房给她帮忙。她抱怨她连自己的内衣裤都不肯用手搓洗。

这就是她生命的常态，这也是许多人的生命常态。她有一个口头禅"烦死了"，她所烦的是她每一天的生活。可是谁能逃离自己的每一天的生活呢？"烦死了"就是她永远不变的生命状态。平凡与混乱是她生命永恒的基调，无法逃离。如若逃离，就等于逃离生命本身。因为这是一座无法逃离的"城"。

但是在这样无聊的生活中，她却有着绝好的厨艺。作家重点刻画了她的厨艺，她所做的老鸭汤、粽子和豆浆是世间少有的美味。虽然是一个文盲，但不妨碍她成为厨艺大师。这种书写的用意是什么？在她混乱不堪的生活中，她做的美食，应该是城市生活中唯一的亮点和暖色。在城市外部的世界里，充满了残酷的竞争、生活的困惑、世俗的拜金、挣扎的情欲等不堪忍受的现代性的磨难。可是在城市的内心里，在日常生活的空间里，有着无穷无尽的琐碎的烦恼，在一家人的厨房里，却别有一番天地。那么，是否可以说，在无法逃离的生命时间与日常中，烹制美味佳肴可以称为她暂时的逃离。

《同居者》中书写的是一对思想前卫的年轻人，为了能够自由地同居，而不被婚姻束缚，他们从一座小城逃到了一座自由的城市——深圳。这座城市里有他们所向往的自由，重要的是在这里同居都可以变得名正言顺。但是，亲人的离世，让她决定走进婚姻。可是走进婚姻没多久，他们还是离婚了，因为无法忍受日常生活的琐屑。他们离婚后，他又开始看马基雅维利了。在走向日常生活，还是走向哲学生活这两者之间，他的选择是走向哲学生活，他又回到了马基雅维利。他逃离的是日常生活的烦恼，走向抽象的生活。在现代都市里，婚姻与情感变得与传统乡村社会大相径庭，人们对情感与婚姻充满了自我独特的追求。梁永安在《在单身的黄金年代我们如何面对爱情》中提出，在全球化的过程中，由于经济发展使得个体在维持自己独立生存方面有了基础，一个人可以非常自由、非常丰富地生活，独身和独居成为一种可行的生活方式，中国经历了三十五年独生子女的时代，从此有了很大的精神变迁和文化变迁，我们来到了一个单身的黄金时代。在这种时代背景下，逃离婚姻生活的琐碎似乎变得可能起来，《同居者》中的"他"正是这样身体力行的。可是，逃离了婚姻，钻研哲学书籍，就能逃离生命的时间和日常吗？显然不能。那么，要逃离生命无趣的时间和日常，恐怕只能靠精神世界的富足吧。

《村姑》中的"他"与村姑在火车上因为美国作家保罗·奥斯特而相识，村姑从他那里知道了他生活过的、一座世界上最年轻的城市。同时，作者也不止一次地说，这是一个粗暴的城市。他要逃离的是这种粗暴和年轻。后来，村姑不远千里，来到了"他"曾经生活过的城市，去感受他的气息，追寻他的足迹。但是，这座城市没有一个人知道保罗·奥斯特，她失望地离开了，回到了地球另一侧的简陋村舍。这部作品充满了象征与隐喻，村姑何尝不是在逃离生命的单调的时间与日常，欲寻找一个精神上的寄托。她在这座年轻而粗暴的城市中，并没有找到精神上的安慰，也许是这座城市太年轻了，还不足以建立起安慰人的神话学。

"在路过而不进城的人眼里，城市是一种模样；在困守于城里而不出来的人眼里，她又是另一种模样；人们初次抵达的时候，城市是一种模样，而永远别离的时候，她又是另一种模样。每个城市都该有自己的名字"，[1] 逃离一座"城"，生活在别处似乎什么问题都解决了。在城市的神话学中，可以暂且逃离城市的欲望和悖论，但终究逃脱不了生命的时间与日常。虽然不再停留在原点，但也不是简单地离开，应该是哲学上的升华。

1　[意]伊塔洛·卡尔维诺：《看不见的城市》，张密译，译林出版社，2012 年版，第 126 页。

第二章

城市移民的精神症候

邓一光

邓一光 2009 年从武汉移居深圳，成为这座移民城市的移民作家。移民的根在原居地，不在移居地。移居地是经济社会之地，而不是感情和心灵的所在。作家往往会把故乡看作创作的主要灵感、生活基地、地缘和血缘的纽带。然而，邓一光来到深圳后，在创作上并没有回望故乡，而是把创作的源泉锁定在了这处移居地，与他早期的军事题材创作是楚河汉界。当然，邓一光会说，"当环境改变的时候，好作家总在颠覆前经验，包括个人的写作经验，改变是作家的常态"，[1] "'原乡'情结不是作家独有的，优秀的作家会走出'原乡'情结，而不是依赖它，从而建设一个独特的，同时又属于全人类的精神家园"。[2] 在短短几年的移民时间里，他创作了多篇和深圳这座城市息息相关的中短篇小说，构成了深圳系列小说，这里密密麻麻写满了深圳。光从小说的标题中，就可以看到深圳的角角落落，"红树林""市民中心""梧桐山""万象城""龙华""罗湖""仙湖""北环路""前海""莲花山""关外""梅林""杨梅坑""欢乐谷""欢乐海岸"，这些都是深圳的真实地名，也是深圳人非常熟悉的地方。

当然，并不是写此类深圳地标才是深圳文学，关键是深圳这座城市在作家心里及他所塑造的人物形象中呈现出独特的都市经验和精神气质。从小说的人物形象上看，包罗各个阶层和各色人等，有在底层打工的打工仔、打工妹，有高学历的博士、硕士，有大龄的未婚男女青年，有没钱买房的人，有工作压力过大的人，有过年回不去老家的人，等等。他们都是深圳这座城市的移民，他们"将自己连根拔起，再往一片新土上栽植，而在新土上扎根之前，这个生命的全部根须是裸露的，像是裸露

1　李福莹：《深圳还给文坛一个新的邓一光》，《深圳晚报》，2012 年 10 月 24 日。

2　陈晓旻：《作家关注的是无所不在的可能性——著名作家邓一光访谈》，《宁波晚报》，2012 年 11 月 4 日。

着的全部神经"，[1] 因此是惊人的敏感。这时的邓一光仿佛从作家变成了一位医生，邓一光的笔，如同一把锐利的手术刀，游走于将自己连根拔起，再往一片新土上栽培的生命个体之间，理性而智慧地解剖因为移植而承受根与土壤冲突的痛苦的躯体。他的深圳系列小说，书写的是这座移民城市中被移植后的生命的时代精神症候。

"你不是深圳人"

深圳是座口号之城，"时间就是金钱，效率就是生命""空谈误国、实干兴邦""摸着石头过河"，这些口号早在 20 世纪 80 年代就为中国大众所熟知。但是，还有另外一句口号叫作"来了，就是深圳人"，并不是那样耳熟能详。实际上，"来了，就是深圳人"这句口号，是一种呼喊，一种荣耀，一种精神，一种激励。可是邓一光，却很煞风景地告诉你，"你不是深圳人"。那么，从全国各地、五湖四海为了寻梦而移居深圳的人，他们到底是哪里人？深圳诗人一回的诗《你是哪里人》也许给予了最好的诠释：

> 明天，我要到广州去
> 广州人问我
> 你是哪里人
> 我说我是深圳人
> 回到深圳

1　严歌苓：《严歌苓文集·少女小渔》，当代世界出版社，2003 年版。

深圳人问我

你是哪里人

我说我是湖北人

在湖北，湖北人问我

你是哪里人

我说我是赤壁人

以前叫蒲圻

赤壁人又问我

你是哪里人

……

在别人眼里

我仿佛是一个永远无家可归的人

只有回到家里

家里人不再问我

你是哪里人

  当移居到一座新的城市时，却发现这里并不是心灵的归所，故乡已经被远远地抛在了远方，而自己却不是这座城市的主人。这样的心情，鲁迅在《在酒楼上》曾描述过，"觉得北方固不是我的旧乡，但南来又只能算一个客子，无论那边的干雪怎样纷飞，这里的柔雪又怎样的依恋，于我都没有什么关系了"，鲁迅生动地写出了移民矛盾与无奈的心情。"我的灵魂，却只能在南北之间来来往往。"诗人田地的诗歌把这种矛盾与无奈更加放大。

  在邓一光的深圳系列小说中，"你不是深圳人"屡屡被提到。小说《我在红树林想到的事情》中，出现了男孩这样的诉说："如果可能，我会放弃做一个人。我是说，不是吸烟的人，也不是深圳人，是人——如果我能做一枚砗螺，或者一丛三角藻的话。"在这里，似乎是男孩宁可成为砗螺、三角藻，也不肯成为深圳人。而实际上，男孩不是不想成为深圳人，不是对深圳无法认同，而是无法被深圳认同，故事情节中已经有了交代，"深圳的房子太贵了"，还有一个更重要的原因，"办二代身份证，可这太难了"，"谁也没有两个身份"。男孩无法确认自己的身份，他不是深圳人，因为他没有深圳的身份证，而故乡也是回不去了的故乡，漂泊感与悬浮感油然而生。身份证，是一个人身份归属的证明，它不是简单意义上的物质属性，而是一种精神属性，这涉及文化身份认同的问题。文化身份认同是一个双向的问题，一个是你是否认同这个身份，另一个是你是否被文化身份所认同。

"你不是深圳人"在小说《离市民中心二百米》中又被高调地提出，这并不是巧合，而是因为这一观念在作家的心中由来已久，所以会不时地闪现在不同的作品中，好像是作家的无意识，是作家思考已久，却终将无解的问题。小说中有一对年轻的情侣，作为博士的他和作为硕士的她终于在离市民中心二百米的地方租住了房子，她为此而狂喜，甚至"眼圈红了，哽咽着说不出话"。因为市民中心就是市政府，习惯中叫政府大院，是城市的政治文化中心，是深圳的 CBD，是核心区域，是城市的大客厅。用她的话说，这里才是"高贵的深圳"。住进去之后，她每天都沉浸在这种"高贵的"喜悦之中，甚至想在市民大厅里办一场隆重的婚礼。可是她发现在市民广场工作的保洁工阿姨一次也没走进过市民大厅，在她的一再追问下，"为什么一次也没有走进市民大厅，因为那里是深圳市民的大厅啊"，保洁工说出了掷地有声的话，"我只知道，我不是深圳人，从来不是，一直不是"。像保洁工这样居住在深圳的人，有许许多多，他们不是深圳人，他们的故乡也回不去了。那么，他们到底是哪里人？回答是，他们是移民。移民才是他们最真实的身份。什么是移民？移民，"本质上就是一种生命的移植。移植的痛苦首先来自于根与土壤的冲突。在新的土壤中，敏感的根才会全然裸露。与此同时，在时空的切换中，根的自然伸展也必然对新鲜的土壤进行吐故纳新"。[1]这里就涉及移民文学的问题，邓一光作为移民作家，他的深圳系列小说，都可以归为移民文学的类型，可以在移民文学的范畴里进行讨论。

移民文学的主要特点之一是寻找身份的焦虑。前故乡身份在高度商业化的城市中，或者已经褪去了昔日的光环，或者比前身份更加黯淡无光。因为移民就意味着前身份被打散了，需要重新聚拢来，形成一个新的身份。重新地聚拢需要更多时间的磨砺，新身份的确立需要经历更多的坎坷与煎熬。在这个过程中，会出现太多的可能性。美国政治学者亨廷顿提出的文明冲突论中，就提出了寻找文化身份与认同危机的问题。那么，在移民城市的人们首先要面临的基本问题是：我是谁？我的文化身份是什么？改革开放以来，中国大陆的移民浪潮实际上是经济全球化过程中的国际移民潮的一个组成部分。也就是说，不仅仅单纯是"你不是深圳人"的问题，而是"你不是纽约人""你不是巴黎人""你不是东京人""你不是伦敦人"等的全球化的问题。所以，对于新移民文学的研究，不能不参照国际文化的背景与框架，对于深圳文学创作的关注，就不能仅仅限定在深圳这个地方区域内，对于身份的定位自然应该放在全球化的背景中。那么，《我在红树林想到的事情》中的男孩、《离市民中心二百米》中的保洁工的身份问题，就不仅仅是他们的问题，恐怕对于身份的寻找将成为经济全球化的大环境中每个人需要解决的问题。因为人需要的是精神归属，他需要很清楚地知道，自己属于哪个群体，自己属于哪个族群，只有明确这个问

1　陈瑞琳：《横看成岭侧成峰》，成都时代出版社，2006年版，第156页。

题，心灵才不会流浪，身心才会彻底安顿下来，才会获得马斯洛关于人的心理需求中的安全感。然而，这又的确是无法立即得出答案的问题，也许这就是现代性的悖论。

在现代性的悖论中，谁也无法阻止人口在全球化的浪潮中的大型迁移，这早已经是司空见惯的问题。那么，在这一过程中去缓解寻找身份的焦虑，也许是一个切实可行的途径。我们可以从作家的作品中，看到一些端倪。如果把邓一光的深圳系列小说整个看作一个大的文本的话，那么，他的深圳系列小说中的一个中篇《你可以让百合生长》成为浮躁而慌乱的漂泊生活中最为温情而有亮色的部分。它对如何缓解焦虑这个问题给出了紧绷的神经有自我调节的能力的答案：

> 一个 14 岁的女生，她有一个因为不断复吸因此老在去戒毒所的路上的父亲，一个总在鼓励自己日复一日说大话却缺乏基本生存技能因此不断丢掉工作的母亲，还有一个每天提出一百个天才问题却找不到卫生间因此总是拉在裤子上的智障哥哥，她该怎么办？

是的，她该怎么办？作家邓一光给了她一个暂时的特殊身份，她是百合合唱团的成员，不仅如此，她还在国际比赛中作为合唱团的指挥获得了大奖，因此与势不两立的父母和解了。这是这个作品中最为温暖的地方，使得所有的焦虑有了一个释放的出口。当然，这也许只是暂时的，因为生活还要继续。

"今夜深圳无眠"

深圳也许最应该书写的，是它的夜晚。不是因为它的五光十色，也不是因为它的灯红酒绿，而是因为，"今夜深圳无眠"。无眠的深圳折射出了太多现代性的问题，这也是作家邓一光不厌其烦地书写无眠的深圳的一个原因。他的质疑精神、批判意识和对生命存在的终极关怀构成了深圳系列小说的核心。在小说《深圳在北纬 22° 27′ ~ 22° 52′》《仙湖在另一个地方熠熠闪光》《抱抱那些爱你的人》《要橘子还是梅林》等作品中都有这样的细节描写，在《深圳在北纬 22° 27′ ~ 22° 52′》中甚至反复出现了深圳无眠的描写。

《我在红树林想到的事情》中的没有深圳身份证的男孩、《离市民中心二百米》中的没进过市民大厅的保洁工以及《你可以让百合生长》中的在重重生活重压下的 14 岁女生兰小柯，他们都是这座城市的底层。也许你会问，《离市民中心二百米》中的男博士与女硕士因为他们的高学历，是这座城市的中产阶级，应该在这座城市里完成了他们的身份确认并找到了心灵的归宿了吧？然而并没有。邓一光的深圳系列小说之间有互文和佐证的效果，在《深圳在北纬 22° 27′ ~ 22° 52′》中你可以找到《离市民中心二百米》中的男博士和女硕士的影子，他们在这里变成了男监理工程师与女瑜伽教练，实际上他们是同一类人。

《深圳在北纬 22° 27′ ~ 22° 52′》中的主人公是一个监理工程师，工作压力非常大，他时常在夜里醒来，作品中有多处这样描写，例如，"最近他老是在半夜里醒来。有时候是凌晨。如果不想什么，大多时候他可以接着睡，到早上再醒"。"他安顿她重新睡下，为她盖好被单，关上床头灯。她很快睡着了，……他没睡着，完全清醒了，睡不着了"，类似的描写，比比皆是。在极短的篇幅中，反复出现这样的描写，我们可以理解为是重章叠唱的修辞格，起到反复渲染与加深重点的作用。而实际上，作家在这里要强调的是失眠背后的东西，失眠只是一种表征。为什么会失眠？这已经不是一个生命个体的睡眠障碍的问题，而是在这座移民城市里，在社会转型的过程中，时代与城市所出现的问题。我们都是时代与历史的产物，我们无法超越我们生存的大环境，只能徒劳无功地在命运中挣扎。

《仙湖在另一个地方熠熠闪光》是一部很有趣的小说，因为作品之中有一点小小的悬疑色彩。故事角色只有他与她。她在梧桐山下租了一套民居，位于幽静的度假村，他急急忙忙赶到她那里，与她共同生活了四天，这四天，他们没有任何身体上的亲昵接触，一次也没有。故事交代的是他们做不到，想做，但做不到。随着故事的结束，才知道，原来这是一对已经离了婚的夫妻，女人就要住到山顶上的豪宅里，而男人，并没有遵照女人的要求，告诉他们的孩子，妈妈已经死了的谎言，这是一个很简短的小故事。但是，故事中令人瞩目的对话是这样的：

> "昨晚熬夜了？"她问。
>
> "没熬。睡了五个钟头。"他老实承认，"没睡着。想今天睡。"
>
> "还失眠？"她问。
>
> "好些了。"他说，"大多时候睡不着。"
>
> "眼圈都是黑的。"她说，"你瘦了。"
>
> "他们都这么说。"他说。

类似的描写在《要橘子还是梅林》中也可以看到："刚搬到梅林那几天，我患上了严重的神经衰弱，夜里睡不着，连续好几天没去单位上班。人力资源部一个家伙给我打电话，让我看看《劳动合同法》的有关条文。"这里的"我"是一名雇员，专门负责接受网络售假投诉的工作，这当然是一项很好的工作，并且他们局的 LOGO 是由两颗心组成，代表关爱民生，与消费者心连心，但是这项有爱心的工作也不能治愈"我"的失眠症，相反，"我的失眠症明显加重了，两点到四五点那段时间，我会非常兴奋，老有一种冲动，想学着某种动物的样子引颈长啸。我知道这样做不好，可就是忍不住"。

与因为失眠的煎熬而想变成动物的"我"不同的是，《抱抱那些爱你的人》中的"我"对于失眠是另一种淡漠或者说是百无聊赖的反应："我睡不着，起身去冲凉。我想象自己淋了一场没来由的大雨，关上龙头，水立刻没有了。我再打开龙头，再关上。""我"的另外一次失眠也是同样无聊，"我睡不着，心里惦记着什么。我悄无声息地从床上起来，去了淋浴房。我在那里研究了一会儿花洒，又玩了一阵浴盐，然后离开淋浴房，去了户外"。

对于失眠，作家笔下的每一个人物呈现出不同的状态，他们在睡不着的时候，或者百无聊赖，或者想变成一个动物。无论是怎么样的表现，都是生命个体的煎熬。失眠是一种现代病，一种自我无法控制，须依靠药物和心理干预才能得以缓解的现代病，有轻重不同的症状，严重时还可引起一系列临床症状，并诱发一些心身疾病。

良好的睡眠是《深圳在北纬 22° 27′ ~ 22° 52′》《仙湖在另一个地方熠熠闪光》《要橘子还是梅林》《抱抱那些爱你的人》中的人物角色的一种奢望。《深圳在北纬 22° 27′ ~ 22° 52′》中的监理工程师当然也有睡着的时候，可是睡着甚至比睡不着更令人烦恼，因为睡着时全是梦，而且梦境很逼真，梦的内容也很清晰，梦到自己是一匹马，一只"黑色皮毛四蹄雪白的马"，"他兴奋地奔跑着，快速超过几头慌里慌张的灰毛猞猁，一群目中无人的野骆驼和一队傲慢的丹顶鹤"，"他就是一匹马，撒着欢，无拘无束"。不仅如此，透过监理工程师的眼睛，我们获悉，虽然睡在他身边的做瑜伽教练的女友是睡着了，没有失眠，但是她却在梦中变成了一只蝴蝶，"她在热带雨林里快乐地飞翔，没想到遭遇上劈头盖脸的雨"。更有甚者，监理工程师白天坐在车里看到了穿过马路的一个头发蓬松的男孩，但"他看到的不是头发蓬松的男孩，而是一只展开双翅掠地而过的稻田苇莺"。他变成了马，女友变成了蝴蝶，男孩变成了苇莺。从人到动物，之间有多远的距离？我们在这里可以理解为作家独特的想象力，可以认为他把这部小说刻画成了一部精致的艺术品。可是，这只是表层。真正深刻的东西是从人到动物，这其中难道仅仅是睡眠不足的恍惚吗？不是。这是一种人的异化。这其中也许有许许多多的原因有待剖析："与卡夫卡不同的是，《深圳在北纬 22°27′～22°52′》中的主体并没有直接变成另外一种生物，它可以说是《变形记》的前史：因为还差那么一点点，变形就没有彻底地发生……区别在于，卡夫卡用一种非常抽象的方式来展示其对现代性的彻底绝望，而邓一光，还没有绝望到这个程度，因为在现代性的展开之际，对于深圳——同时也对于中国来说——现代性呈现出了更多重的面孔：既有创造的力量，也有异化的悲剧；既有一切消失的恐慌，也有再造一切的激动；既有旧的主体的迷惘、失措和逃避，同时又有新主体的新生、成长和对世界的渴望。"[1]

是的，邓一光笔下的人物变成动物只是在梦境中或者视觉中，而卡夫卡笔下的人真正地变成了动物。其实在深圳系列小说的其他作品中，我们可以找到佐证，邓一光这种多面的呈现也可以看到，即"既有创造的力量，也有异化的悲剧"。一方面他失望与无奈，另一方面他又充满了信心，这是一种最真实的表达。例如，在《出梅林关》中，作家直接站出来讲，"高速经济会让所有的人都变得疯狂，要治愈这个疯狂

1　杨庆祥：《世纪的"野兽"——由邓一光兼及一种新城市文学》，《文学评论》，2015 年第 3 期。

得花掉两代人的代价吧"，与之恰恰相反的是，在《我在红树林想到的事情》中他却这样说："海风小了一些。我点着了香烟，看咫尺外磷火辉煌的巨蟒。我知道我身在的这座城市，它在奋起直追，肯定有希望成为另一条巨蟒。我被这样的念头鼓舞着，一时心花怒放。"可以看出来，在深圳海边看到的巨蟒，显然指的是香港。他对移民城市的发展提出了自己的看法与希望。

"我没有朋友"

身份无法确认的漂泊感以及人被异化的痛苦感，是城市移民的精神症候。在深圳的漂泊者，当初为了追求自由与梦想，"脚底生风"般地逃离令他们"厌倦"的故乡，到深圳来呼吸自由的空气，实现他们的梦想。然而，让他们措手不及的是，这些对独立个体的追求欲望反而使他们堕入了孤独的精神深渊。弗罗姆在《爱的艺术》中提出人类从史前时期开始就有孤独感了。他分析了现代人孤独感的来源：自由一方面给现代人带来了独立和理性，另一方面又使现代人陷入了孤独。人或许能忍受诸如饥饿或者压迫等各种痛苦，但却很难忍受所有痛苦中最痛苦的一种，那就是全然的孤独。孤独，是一种难以被他人理解、接受或认同的感觉，是在虚无与痛苦中的一种无家可归的精神漂泊。孤独已经由来已久，自从有了人类就有了孤独，但是移民城市里的孤独，无疑是雪上加霜。

在邓一光的深圳系列小说中，孤独被书写得令人触目惊心："我并不认识她，她是陌生人，我也是，是她的陌生人。我们都是这座城市的陌生人，需要杀出一条血路才能彼此认识，并且为自己建立起一座全新的城市。"这是小说《想在欢乐海岸开派对的姑娘有多少》中"我"对孤独的体会。人与人之间关系的建立是多么艰难，需要去"杀出一条血路"，需要付出巨大的代价才能认识，暂时摆脱片刻的孤独。这个故事发生的场景设计在酒吧里，主人公"我"从监狱里出来，女友把"我"抛弃了，只有朋友侯夕照来接我，为了排遣"我"的孤独，侯夕照把"我"带到了酒吧。场景的设计非常合适，因为酒吧里充满了孤独与寂寞，有许许多多孤独的人为了摆脱孤独来到这里，希望与人建立起联系。然而，结果他们收获的是更多的孤独。在酒吧里，"我"遇到了一个年轻的姑娘，她目光迷茫，落落寡欢，"我"看见有两个男人过去搭讪，但都遭到了姑娘的拒绝。于是"我"端着酒杯走过去，"我"与姑娘开始了交谈，故事就这样开始了，同时也结束了。因为之后他们之间再也没有任何联络，孤独的人还继续孤独。这是一篇简短的小说，但是整个故事里弥漫的气氛是浓浓的、挥之不去的一种孤独。仿佛空气里、酒杯里都是满满的孤独，谁也无法挣脱，同时谁也无法走近对方。

《北环路空无一人》中的孤独到了无以复加的程度。小说不仅写了人的孤独，还写了狗的孤独。主人公"我"有一个朋友，叫个色，因为他的女朋友失踪了，他要去寻找，但是他还养了一条狗，叫皮卡，他必须把皮卡托付给"我"照顾三四天，这引起了"我"的极大不快，但又无法拒绝，所以在与皮卡相处的这几天里，故事就发生了。因为"我"是一个孤独久了的人，根本无法和另外一个生命体同在一个空间里相处，哪怕它是一条狗，所以"我"给狗做了很多限制，总之，"我"是极其排斥这条狗的。因为狗侵占了"我"的空间，所以"我"开始"憎恨"起狗的主人来。这里有一段关于孤独的描写："皮卡不是科学家，它的主人已经废了。那个叫个色的家伙，他根本没有什么女朋友。他连一个女朋友也没有。他就从来没有过女朋友。他只是在不断寻找想象中的某个人。在灯火辉煌的深圳，他连觉都不敢睡，不敢在屋里睡，只能把被子抱到阳台上，在那里抱着被子的一角悄悄哭泣，然后爬起来，回屋里喝一杯水，再去四处寻找一个想象中的人。他就像一粒空壳的谷粒，白生长在金黄色的稻田里了。"这段描写令人动容。实际上，个色根本没有去找什么女朋友，因为他根本就没有女朋友，这只是一个说辞，与他相依为命的只有一条狗，人与狗都摆脱不了孤独的命运，他孤独地抱着被子角哭泣，这里的书写非常有力量。那么，狗离开了主人怎么样呢？也有一段关于孤独的描写，同样非常震撼心灵："天黑之后，月亮升起来。我来到窗前，朝楼下看。我看到了皮卡。它在群楼的中央草地上，就它一个……偌大的草地上只有它。它站在那里，仰着脑袋，一动不动地看着天空中的那轮月亮。月光如洒，看不清它有多么肮脏，它就像一尊雕塑，只是一尊雕塑。"这条寄人篱下的狗，实际是一个隐喻。狗与他的主人一样，摆脱不了孤独的命运，他们彼此失去，又彼此分开。邓一光采用了隐晦、虚实结合的手法，曲折地反映了复杂的社会现实生活，突出和放大了人的孤独。

关于孤独主题的书写，我们最熟悉的是马尔克斯的《百年孤独》。马尔克斯毕生钟情于孤独的主题，他有意无意地把自己的孤独的感觉倾注在他所有的文学作品中。在拉丁美洲，孤独意味着落后、原始与孤立无援。马尔克斯所要做的，是借助魔幻现实主义的批判精神帮助拉美人民摆脱沉重的民族孤独意识，走向新生。孤独有许多种，《百年孤独》中的生存的孤独，《霍乱时期的爱情》中爱情的孤独，《族长的没落》中的权力的孤独，无论对哪种孤独，马尔克斯都是批判的态度，这是一种从反面写爱的方式。爱，就意味着沟通和交流、理解和信任，意味着人与人之间有同情与悲悯，只有爱才是对人类生存问题的真正正面回答，只有爱才能冲破人与人之间的高墙，才能克服孤寂和与世隔绝，才能满足人内心最强烈的共同追求。在某种程度上，马尔克斯的这种批判主义精神在邓一光的深圳系列小说中也有体现。

如果直接写爱，可能没有那么大的力量，如果反过来写孤独，那么它的力量是巨大的，可以震撼心灵。这是一种反其道而为之的表现手法。邓一光运用起来可谓是信手拈来，游刃有余。比如他在小说《你可以看见前海的灯光》中写道："我能说什么？深圳根本就没有朋友这种东西。但我不能这么说。我不能把大家都知道的事情说出来，那会让很多人不高兴。"深圳没有朋友，许多移民都会产生这种共鸣。而孤独不仅仅表现在没有朋友上，这座移民城市仿佛是一座丛林，必须遵守的是优胜劣汰的丛林法则，包括在爱情上也是如此。《一直走到莲花山》写的是大龄女孩相亲的故事，相亲的地点是莲花山。可是，"女孩在男人的丛林中一路磕磕碰碰走来，碰得自伤自恋，至今仍是孤芳一株，咎由自取"，女孩在经历了无数的相亲失败后，仍旧是孤家寡人。但是她还是不肯放弃，一直向莲花山走去。

　　在现代的移民都市里，没有身份也罢，无眠异化也罢，孤独难耐也罢，这是现代性的多样面孔，这是移民城市的时代精神症候。如何找到解决问题的通道，缓解症状，向着健康的方向进发？缓解是一个关键词，缓解也是一个医学术语。有些疾病是不能完全治愈的，只能缓解病情。移民文学中的伤痛是无法根治的，只能得到暂时的缓解，这是它的宿命。挥之不去的伤感美，成就了移民文学独特的美学特征。赛义德在《流亡的反思》中对这个问题已经有过精彩的阐释："强加于个人与故乡以及自我与其真正的家园之间的不可弥合的裂痕，它那极大的哀伤是永远也无法克服的。"既然症候不能得到根治，那么，这时候也许只有选择逃离。但是逃离到哪里去呢？已经无法回到原点，因为人生是不可逆的，只有向前走。

第三章

知识分子的城市写作

　　南翔对新城市文学做了较为宽泛的界定，他认为，新城市文学的内涵、外延以及与诸学科的交叉，"理应是一个五彩缤纷、红杏枝头春意闹的开放系统"[1]。因此，不同于其他城市文学更关注底层、欲望、小资、城乡对立等惯常的书写，历史、人文、生态成为他寻找新城市文学的生发点，这三重维度构建了南翔的新城市文学的城邦。张柠认为："三者之间无疑存在着内在的关联性：'历史'涉及一座城市的精神肌理和整体气质，进而在相当程度上决定了城市的'文化生态'——这种'文化生态'最终与'自然生态'共同建构起了城市内在外在的双重空间。而'人文'则集中体现于对生活在此空间内的个体生命的关怀，以及对一座城市'历史''生态'的总体反思。某种意义上说，'历史''人文''生态'三个关键词如同三角形的三个顶点，而南翔的小说，恰恰坐落在那个与三点等距的图形中心上。"[2]南翔通过书写历史，打通了过去与现在，历史让城市能找到来时的路，一直走到当下的场域中，迸发出现实的力量，人文传递着知识分子理想的情怀，关注生态则是对生命的一种巨大的悲悯。作为知识分子的南翔把这三者构筑在一起，成为铜墙铁壁的城邦，捍卫着理想与美好。

在崭新的城市反思历史

　　20 世纪 90 年代末，南翔来到深圳，他通过书写，讲述着这座城市的历史。《老兵》《伯父的遗愿》《1975 年秋天的那片枫叶》《无法告别

1　南翔：《绿皮车》，花城出版社，2014 年版，第 7 页。
2　张柠：《新城市文学的"旧"写法》，《文艺报》，2014 年 7 月 18 日。

的父亲》《抄家》等都是书写"文革"历史的优秀篇章。我们知道，"文革"结束后，文坛上出现了"伤痕文学"的潮流。南翔对"文革"的书写已经完全不是80年代"伤痕文学"意义上的书写。20世纪80年代的伤痕文学是在近距离地控诉"文革"，始终没有突破道德批判的局限。然而，在21世纪的今天，在一座物质极大丰富的现代化的新城市里为何要回望这段不堪的历史？这里面当然有着特殊的意义。南翔在今天书写"文革"，"反省历史，城市作家的城市背景，责无旁贷且责任更大。因为现代社会，城市角色从来就应该是一个积极的批判者与建设者"，[1]这就是作家南翔的责任与担当。

南翔的"文革"小说写得温和而坚定，没有直接的血泪控诉，而是在不经意之间叙说着一个个似乎与自己无关的故事。我们在故事中没有看到巨大的血淋淋的伤口，但是我们的心中又有隐隐的痛感、憋闷甚至欣喜，各种复杂的情感，仿佛一切都在作家的掌控之中。

《抄家》充满了黑色幽默的反讽意味，不仅方老师请自己的学生来抄家，而且整个抄家的过程都伴随着来抄家的学生徐春燕弹奏的小提琴曲。以舒伯特的《军队进行曲》开场，又以舒伯特的《军队进行曲》结束，来时犹如"云霄中锵然而下的一条红色飘带"，去时也没有意兴阑珊。其中还穿插了俄罗斯的《黑眼睛》、莫扎特的《第五小提琴协奏曲》的第二乐章、《茉莉花》。如果懂音乐的人会知道，莫扎特的《第五小提琴协奏曲》的第二乐章是柔板，奏鸣曲式，一个感情十分细腻的抒情乐章。这与我们通常在影视文学中看到的剑拔弩张的抄家场景还真的是大相径庭。优雅的小提琴曲与轰轰烈烈的抄家构成了强烈的对比，这应该是文学史上最具有艺术表现手法的关于抄家的描写。难道这是一群还没

---

1 南翔：《绿皮车》，花城出版社，2014年版，第10页。

有懂事的孩子吗？在他们眼里，抄方老师的家与一次学校集体春游似乎没有多大的区别，这仿佛是集体的狂欢，同学们的嘉年华。在浩大的时代里，他们也躲不过个体的盲从、无知与失控。当他们傲然地展示抄家的累累硕果之时，他们的方老师却永远地失踪了，再也寻他不着。他们是否知道，他们的这种行径是对方老师尊严最严酷的践踏，他们是否知道，在大时代的裹挟之下，一群孩子也被迫参与了这次荒谬的集体狂欢。多少年后，这群已经长大的孩子，内心是何种感受，不得而知。南翔看似在轻松的语调中剖析着"十年浩劫"的一个病理标本，其实要隐忍巨大的愤怒与创痛。南翔只有在小说之外，才能够直抒胸臆，"抄家是一个人的清白遭受怀疑之后叠加的一种羞辱，邻居的围观、同事的冷眼以及同学的惊诧，不可能不带来沉重的心灵打击"。"'抄家'，作为'文革'时期一个重要的符号，值得深入调查、归集与研究。"[1] 南翔是"文革"的亲历者，"文革"中对人的尊严的蔑视以及对生命个体的伤害，他应该始终没有释怀，于是反映在他的作品中，完成他对历史与人性的深度思考。

被历史暴力践踏过的灵魂，是否会终生免疫，再也不会参与到集体失控的境况中去？南翔在《老兵》中进行了讨论。《老兵》是希望将历史，"延伸到当下——这些人物现在怎样了？所谓'思想史上的失踪者'，在滔滔者天下皆奔经济的情形下，再以何面目粉墨登场"[2]。在商业极度发达的城市里，当经济的大潮浩浩荡荡奔涌向前时，人们是否又进入了一次集体的狂欢与失控？而这一次是对物欲和金钱的迷恋与追逐。南翔在《老兵》中给出了答案。那个在风起云涌的"文革"中清瘦的常思远，

1　南翔：《抄家》，花城出版社，2015年版，第5页。
2　南翔：《绿皮车》，花城出版社，2014年版，第9页。

曾经是一名文学青年，身材颀长面容白皙，显得过于纯粹。而在物质主义的今天，却是"两只眼袋，大得有些突兀，那是岁月无情、脂肪超标的结果"。作家隐含其中的深意，已经完全在对常思远的白描中暴露无遗。常思远在过去的岁月里与"我"一起办诗刊《原上草》，"我"的心像"原上草"一样丰盛而茂密，"我"沉醉在叶芝诗歌的精神世界里，因此把常思远当作了最知心的朋友。然而就是这位曾经因为办诗刊而获罪的挚友，在新的历史时期成为深圳地标性建筑地王大厦里的 CEO，不再是当年那个文学青年。"一个是曾经戴着铁镣睡觉的战战兢兢的小爬虫，一个是颐指气使动辄挥洒亿万资金的 CEO"，"我"只能无奈道："萧瑟秋风今又是，换了坐骑。"由此可以看出，南翔的"文革"书写，实际上穿越了历史，一直走到今天。而 20 世纪 80 年代"伤痕文学"的书写，只延伸到 80 年代末。这种现实上的考虑，增添了作品的重量与深度。"历史的吊诡就在这里，当年意气风发而踉蹡的'革命者'，现如今，恰又陷入了他自己手编叶芝诗歌指陈的牢笼。奴役的循环往复，难道是一种无以摆脱的历史宿命？！"[1]

《无法告别的父亲》是一种以书信的形式书写的小说。这种方式曾经在 20 世纪 80 年代流行过，在人工智能时代即将到来的今天，我们已经很难看到这种书信，因此小说首先在形式上营造了旧日的氛围。让这个"文革"时期的故事在旧日的氛围中徐徐展开。小说通过女儿对男朋友的诉说，引出了父亲在"文革"时暗恋的一个北京护士。这位护士的美丽心灵打动了父亲。在 20 世纪 80 年代的"伤痕文学"中，我们看惯了声泪俱下的控诉，看惯了对人性恶的声讨，却很难看到"文革"时期会有如此"世人皆醉我独醒"的清澈的心灵。女护士始终在保护

1　赖佛花：《南翔小说的"现在时"》，《读书》，2013 年第 10 期。

着"文革"中受到迫害的"老犯人"，在特派员的监视下还是冒着危险照料"老犯人"。这一切，父亲都看在眼里，于是父亲深深地爱上了这位心灵美好的姑娘。显然作家的用意是讴歌在特殊时期的纯洁而美好的精神，这种精神传递到了女儿这一代，让她深深地反思，如何对待当今发生的一切。她会给逝去的父亲一个满意的回答。这是一篇极具正能量的作品，它告诫人们，在曾经暗无天日的时代里，尚且有一颗美丽的心灵，在物质极大丰富的今天，我们又有何种理由，不让这世界变得更加美好。

《伯父的遗愿》是一部令人动容的作品，几处描写让人几欲落泪。伯父在生命的弥留之际，坚持要给在"文革"中含冤死去的下属、经济学者周巍巍修建一个衣冠冢，立一块墓碑，并坚持亲自为他写墓志铭。伯父在强大的药物反应中坚持着，即便幻觉产生，记忆衰退，思维艰涩，他都笔耕不辍，"尽管每天才写一两句，或几个字，他的眼神却因往事的燃烧，闪烁出执着而沉迷的光彩"。身患重病的伯父在书写墓志铭的过程中越发振奋。然而，与伯父不同的是，伯父的同事，克横叔叔，也就是当年集体投票处死周巍巍的召集人和唱票人，却随着衣冠冢竣工的临近而越发地颓唐下去。事实证明，历史不会就这样轻易地走远，它终究会有往事再提的时刻。最终，伯父还是走了，克横叔叔却在周巍巍的墓前，"颓然跌坐下去，手抠着领口，哇哇地痛哭，完全像个孩子"。这场史无前例的"大革命"，对于周巍巍来说，他失去了生命，而对于克横叔叔来说，他要用一生的忏悔去偿还。这无疑是"文革"书写的力作，这是南翔处理得非常好的人性深处的发掘。

南翔对"文革"的书写不是那么单一，而是如此丰富和多元，在处理问题的复杂性上让我们领略到了这位资深作家的功力。"他能在沉重悲戚的'文革'叙事中，劈开多条自己的小小路径"[1]，方老师为维护最后尊严的不辞而别（《抄家》），老兵的敢于担当（《老兵》），女护士的美丽心灵（《无法告别的父亲》），伯父坚强的内心（《伯父的遗愿》），克横叔叔的内疚与悔恨（《伯父的遗愿》），这些不同的人物形象，作家从不同的角度、不同的侧面描摹他们灵魂深处的人性的挣扎。而这些挣扎，对于今天，仍旧有意义。正如作家所说："没有对重大历史的深刻记忆与追问，我们走不到所谓现代化。"[2]

城市家园意识的写作

随着中国城市化进程的加快，中国当代文学中城市文学书写的比重明显在增加。同时，对城市现代性的批判也成为书写的主流。本雅明说，巴黎人疏离了自己的城市，他们不再有家园感，而是开始意识到大都市的非人的性质。然而，与许多城市文学的底层书写和城市欲望书写不同的是，南翔以他的知识分子的人文情怀在建构一种家园意识。不仅知识分子的形象出现在他笔下，而且南翔的城市写作超出了对城市简单批判的层次，出现了深层次的家园意识的关怀。他笔下的城市即是他的家园，他努力地发现城市的魅力与诗意。确切地说，当乡村成为已经无法回去的故乡时，他更愿意用积极建构的姿态完成对城市化的思考。例如《绿皮车》《乘3号线往返的女子》《洛杉矶的蓝花楹》《疑心》《博士后》等都是城市家园意识突出的作品。如同王安

---

[1]　陈晓明：《自如中透出火候的力道——南翔小说集〈绿皮车〉的底层书写》，《博览群书》，2014年第6期。

[2]　南翔：《绿皮车》，花城出版社，2014年版，第9页。

忆的《长恨歌》、金宇澄的《繁花》、葛亮的《朱雀》、双雪涛的《平原上的摩西》，他们在书写城市的时候，上海、南京、沈阳是他们内心深处的家园。

南翔有许多城市家园题材的写作，都是在深圳完成的，因此他的作品始终以深圳这座城市为背景。《绿皮车》慢悠悠地从历史的深处穿越而来，白雾缭绕，与这座"时间就是金钱，效率就是生命"的快节奏的城市构成了极大的反差，同时也构成了极大的美学张力，快与慢的间隙中，恰好是南翔反思城市化进程的最佳角度。南翔不禁追问："突飞猛进的建设难道非要以牺牲现实与记忆环境做代价？在不断提速的同时，能否让绿皮车为标志的慢生活晚一点，再晚一点退出历史舞台？"[1]《绿皮车》有一种怀旧感，有一种亲切感。"绿皮车"上的众生相，以及茶炉工的小售货车上，"五颜六色的水、陈年的瓜子、看不清生产日期的火腿肠和尼龙袋装着的歪瓜裂枣"，这些场景会勾起多少人亲切的回忆。"如果说今天很多作家站到了时代的正面，去表现荒诞的成功、罪恶的辉煌；还有些作家是绕到了时代的背面，书写那些无望的抵抗、畸变的病体；那么南翔则是站到了宏大时代的狭长影子之中，去记录那些正在日落中成型，又即将为黑夜所吞没的'退场'与'遗忘'，并由此展开幽幽的'缅怀'。"[2]这种怀旧的知识分子情怀更多地是来自对今天城市化问题的思考。过快的城市建设速度，导致了城市社会问题的出现，许多作家以抨击、批判的方式来面对城市化过快带给人的个体的伤害。而南翔却从怀旧的角度来影射这一问题，带给人们以思考。这是因为他认为应该积极地建构美好的家园，而不是一味地批判。南翔的写作有着

---

1 南翔：《绿皮车》，花城出版社，2014年版，第9页。
2 张柠：《新城市文学的"旧"写法》，《文艺报》，2014年7月18日。

知识分子的文雅与细腻，这也是南翔城市书写极其具有特色的城市家园意识。

《乘 3 号线往返的女子》是典型的城市题材，故事发生的场景选择在地铁上。在小说的开篇，作家就宣布，"在深圳的地铁上，有谁会对一个五岁的无座孩子无动于衷？君不见他背后还立着一个云鬓汗湿，双眼殷殷的年轻母亲！她能够记住晚近这几个周末让座的乘客"，作家以一种十分自豪的口气告知了这座城市的文明与友爱。这与前些年出现的"天堂向左，深圳向右"，深圳人与人之间关系疏离、冷漠的说法有着天壤之别。这仅仅是对城市人与人之间关系的表面上的书写。深层次的书写表现在地铁上相遇的男女主人公接下来的情感以及相关的教育发展的问题上。因为让座的机缘，男主人公与带着一个男孩的单身女主人公开始了一段恋情。这段恋情并没有惊涛骇浪，而是润物细无声。在对孩子的教育与关爱中发展他们的恋情，更加稳重，更加具有家园意识。

《洛杉矶的蓝花楹》是对城市之中的东西文化的差异的书写，讲述了中国的访问学者在洛杉矶与当地的一个货车司机之间的爱情故事，并牵扯到年轻一代的教育问题。《洛杉矶的蓝花楹》不仅仅是怀旧，在这座开放的国际化都市里，他已经将目光从深圳移到了大洋彼岸的洛杉矶，在国际的大背景下，给予人性的温度与关怀。

南翔身为作家，同时又是大学教授，他的知识分子立场的作品中更体现了他的城市家园意识，《博士后》是其中的代表作之一。《大学轶事》中对大学里的博士点、硕士点，本科生、专科生、校长进行了深刻的刻画，这是他最为熟悉的领域，所以能够信手拈来，游刃有余。虽然在《博士后》中对金附子、鲁一殇、萧志强、鲁斌等人给予了深刻的批评与剖析，但这其实更体现了南翔写作的一种家园意识，因为大学就是他安身立命之所，他更希望这里是充满健康向上的活力的地方。正如周平远的分析："但我更看重的，是南翔在作品中所传达所隐含的对于当下中国高等教育，尤其是作为知识塔尖的博士研究生教育的反思意识、焦虑意识、忧患意识。这种反思、焦虑与忧患是深层的、深度的、深刻的。如果不是长期生活在这个圈子里的个中人、局内人，并毅然挣脱了投鼠忌器家丑不可外扬之窠臼，要写得这么游刃有余准确到位，如此鞭辟入里深刻犀利，是难以想象的。"[1] 南翔在小说《博士后》的结尾中这样写道："冬天来了，这个城市，冬天最是寂寞与单调。屋子里暖得令人窒息，看得见窗外的寒风一缕一缕前赴后继地追打而过。"[2] 从中可以看到作家对这座养育他的城市的款款深情，因为这里就是他的家园。作家把城市当作家园来书写，这显然是一种书写的自觉，正如鲁迅先生把乡土作为书写对象，其中饱含了深情。

生态文明的知识分子关怀

南翔作为作家，他的知识分子情怀表现在对生态文明的格外关注上。他认为："我们常常会为历史问题和现实问题焦虑不安乃至争辩不休，相较历史和现实的维度，生态的维度我觉得应该尽快单独提出来思考。"作为一位知识分子，南翔对于历史、人文的关注只是其中的两个维度，还有一个与城市相关的自然生态文明的维度，也是作家写作的重点，代表作品有《哭泣的白鹳》《来自伊尼的告白》《消失的养蜂人》《男人的帕米尔》《珊瑚裸尾鼠》《乌鸦》《果蝠》等，它们"都以某种方式表达了对生态文明的体认和思考。在生态这一视野中，南翔的小说叙

1　周平远：《令人堪忧博士点——南翔〈大学轶事〉读后》，《创作评谭》，2001 年第 6 期。

2　南翔：《1975 年秋天的那片枫叶》，海天出版社，2012 年版，第 250 页。

事也呈现出开阔的格局，自然环境构成了他的小说背景，生态文明的某种历史以及人文地理学的知识和趣味融进他的小说，使小说的人文情怀更为深远"。[1] 在南翔的生态文学的代表作中，可以看到他对天空、河流乃至土地诸生态的深切关怀，能够强烈地感受到他对大自然的痛惜与敬畏，也能听到作家强烈的呼声，"如果没有对大自然的敬畏，如果没有对人类只有一个地球的痛惜，我们距离世界末日真的不远了"。

《哭泣的白鹳》讲的是湖区巡护员鹅头拿着微薄的政府工资，人生二三十年的时间都在奋力守护湖区珍稀野生动物，最后却被追逐经济利益的狩猎者残忍杀害的悲惨故事。小说中对珍稀鸟类的描写异常美好："白色的天鹅千羽，那是洁白的抖动，洁白的奔腾，洁白的翱翔。第二层全是大雁，麻黄色的翼展，腹部和颈项也是白色。它们的起飞降落更为一致，那么乱糟糟的场景，它们是如何听令的？"这些富有灵性的美好生物被狩猎者捕杀的场景也同样令人触目惊心："一只天鹅被钩子穿破了喉咙，利刃居然倒过来，又钩住了它的后颈项。往上一提，还有一只雏儿紧紧趴在它的腹部！这分明是一对天鹅母子。"它们的美好生命与它们的凄惨死去，两者形成了强烈的对比，令人不禁痛惜不已。珍稀生物的凄惨死去，与保护珍稀生物的巡护员鹅头的死叠加在一起，更能展示出人类的贪婪，对此作家在这则故事中给予了强烈的谴责与挞伐。湖区巡护员鹅头是作家高度赞扬的角色，鹅头不仅对大自然的生命尽心尽力地保护，对待自己经济拮据的同学更是尽力帮助，这是一个内心善良而美好的人，最终却死在同类的手里。残忍而凶暴的狩猎者，不仅杀害珍稀生物，还杀害他们的保护者。作家为

1　陈晓明：《自如中透出火候的力道——南翔小说集〈绿皮车〉的底层书写》，《博览群书》，2014 年第 6 期。

表达强烈的愤怒和对生命的崇敬，运用了一个曲笔，在小说的结尾，令死者的孙子——狗仔——本来不会说话的孩子，发出声音来，"公公哭了"，连续三声，一声比一声更有力量，与小说的标题"哭泣的白鹮"完美吻合。作家南翔希望，大自然的生命与人类的生命屈死的灵魂共同的哭声，能够警醒世人。

南翔对生态文明的关怀是放眼整个世界的，不仅仅对中国生态文明的建构奋力发声，更是对世界的每一个角落的生态文明都投注关怀的目光。"上千家红木家具店，巨大的红木，源源不断从东南亚、非洲和南美洲运来，几百年甚至上千年的古树不断毁于一旦，运到中国来打制成桌椅床案以及各类规格的地板。""我一刹那的感觉就是：我们的森林搞完了，然后扑向全世界。"[1]《来自伊尼的告白》中的故事发生在遥远的东南非莫桑比克的伊尼扬巴内，南翔把目光投向这本来应该是世界上最后一块净土的地方，但是这里也被追逐经济利益而无视大自然生命的贪婪者破坏了。作品通过伊尼扬巴内的托佛海滩的最后一条珍稀鱼类蝠鲼的拟人化的告白，控诉了人类的贪婪和对大自然的践踏。

《消失的养蜂人》中的主人公阿强是一个有经验的养蜂专业户，他把中华蜜蜂与意大利蜜蜂整合，同采一枝花，同筑一个巢。媒体希望告知天下如此难得的科学养蜂经验，可是阿强不但严词拒绝，而且带着蜜蜂消失得无影无踪。这是因为阿强担心，"其实最可怕的不是意蜂，而是人心，人心倒了，环境也就跟着倒了，蜜蜂也就没办法活了"。这是作家所宣扬的保护环境的理念，直击人心。

《男人的帕米尔》写的是一群深圳人去支援新疆喀什时发生的故事，通过他们的故事，表达了对大自然的热爱与赞美。"诗人喜欢将人生的旅

---

1 南翔：《绿皮车》，花城出版社，2014 年版，第 11 页。

途比作一趟升火待发的列车，说它的每一次靠站与启动，都是一次崭新而丰盈的收获。那么我在一个春夏之交，从东南海滨赶赴遥远的西北偏陬，那一片据说是世界上距离海洋最远的地方，既不为猎取功名，晋级职称，也不为收割情爱，反而带有逃离故土的匆遽与沮丧，浪迹天涯的愤懑与不恭。"在这片神奇的高原上，在大自然的纯净中，每一个人都得到了心灵上的净化。

在南翔的创作生涯中，作家对生态文明的关注是持续的。2020年，当全世界受到新冠肺炎疫情的影响时，南翔第一时间写出了短篇小说《果蝠》，这篇作品被认为是最早关注新冠肺炎疫情的自然文学作品之一。当疫情席卷全世界，蝙蝠因为其携带大量病毒而令人闻之色变。小说《果蝠》却以极其专业的视角为果蝠这一生物进行了申辩，实际上是对整个自然生态的保护。当全世界都在为疫情焦虑不堪时，南翔向全世界发声，这是知识分子庄严的发声，这展现了作家的道义与担当。同时，作品又不失文学性的价值。小说精彩的结尾足以说明作品的艺术价值，当林业局下文要消灭全部果蝠时，这群生灵却消失得无影无踪，仿佛提前知道了消息。如此艺术的处理不仅表明了作家的立场与主张，更使得作品意味深长。人类在神秘的大自然面前，还有太多的盲点。在人类认知的盲区中，人类没有权力对任何一个生命指手画脚。对生态文明的关怀就是对真善美的宣扬，南翔以知识分子的姿态，通过文学的方式来向社会输送正确的生态文明的价值理念，使得生态文学发挥出最大的社会作用，以上生态文学的优秀作品向世人传递着美好与善良。

南翔的知识分子写作，对于历史、人文、生态的关注，实际上体现了他人道主义的思想。虽然在今天知识分子的含义显得较为多元，但是南翔的知识分子写作是一种典型的极其具有思想性与艺术性的写作。南翔的作品具有理想主义的悲悯的思想，在艺术上有知识分子的典雅与精致，这些特质，构成了南翔的写作极具个人化的特性。

第四章

如何书写一座城市

吴君

  吴君在 20 世纪 90 年代初期来到深圳，并开始从事文学创作，至今笔耕不辍。她是与这座城市一起成长起来的作家，她与城市相互见证彼此的青春，她专心致志地书写着这座城市，仿佛信徒一般，深情地注视着这座城市的每一个日出与日落。她的作品里充斥着深圳大街小巷的地理坐标和深圳底层小人物的喜怒哀乐，她以强烈的辨识度而被批评家们贴上"深圳叙事""底层叙事"的标签，因此成为深圳文学的代表性作家。评论家洪治纲说："很少有人像吴君那样不遗余力地书写深圳，也很少有小说中的人物像吴君笔下的人物那样对深圳爱恨交加、悲欣交集。"[1] 甚至有人问她："你一直在写深圳，会不会担心作品中的人物越走越窄？"或者有人直接提出她的写作有"同质化的倾向"。在这些称赞与质疑的声音中，出现了一道缝隙，这缝隙透露出光亮，这光亮照耀着问题的核心。因为这些称赞和质疑的声音也许只停留在了吴君书写了这座城市，而没有对她究竟如何书写这座城市给予更多的关注。对于这座一夜之间建成的、在中国大地上极其特殊，甚至可以说是奇迹的城市，关注作家如何书写城市甚至要比关注她书写了什么更为重要，写作角度成为研究的关键所在。卡尔维诺说"看不见的城市"，是的，城市是看不见的。你所看到的高楼大厦，上班下班的人潮，地铁与 shopping mall，那只是城市的一个表象，真正的城市隐藏在文化的肌理中、内在的褶皱里。既然我们无法看见一座城，那么如何探寻到被隐藏的内在？也许只有以一种特别的思考角度进入，我们才能更好地走进作家写作的景深之处，更好地理解吴君深圳系列小说的价值之所在。那么，深圳的城市形象是如何被吴君一点点建构起来的？她究竟以什么方法呈现给人们一个特殊的城市，呈现出一个不是单纯的现代都市，而是一个巨大的

---

1 洪治纲：《深圳：一个理想或隐喻的符号》，中国作家网，2009 年 9 月 17 日。

隐喻的深圳？

真实地理坐标下的空间切入

在吴君作品的标题或者作品的正文中，出现了大量深圳真实的地理坐标，例如"华强北""天鹅堡""关外""百花二路""岗厦""深圳西北角""十二条""二区到六区""十九英里""陈俊生大道""蔡屋围"，等等，不可枚举，这显然是作家有意为之。这些深圳人最为熟悉的地名，吴君旗帜鲜明地用真实的地理坐标指示她所虚构的文学空间。作家为何如此乐此不疲地书写？吴君的回答是："虽然小说中的各种人物生活在深圳不同的地点，经历着各自的故事，但如果从整体上看他们，是有一个暗含的脉络把他们都牵连到了一起。我希望这些小说之间、人物之间有着某种内在联系。把深圳所有的地方全部涉及是我的一个理想。汇聚起来，将是一个相对完整的文学意义上的深圳版图，比如有人到深圳盐田街的时候，他如果是我的读者，可能想到陈俊生就是这条街上的工人，这是一件多么有意思的事啊。"

当然，作家的心愿是美好的，这也是她所潜心追求的有特点的叙事，但是她可能没有意识到她无意之中为深圳文学提供了一种书写新城市的方法论，那就是从城市空间角度的切入。对于城市书写来说，从时间角度的叙事可能更方便呈现城市的前世今生，人物也可以依据时间的线索来展开活动，文学史上的城市文学往往都采用这种视角。这些城市都有漫长的城市历史，在同一座城市里，可以书写几代人的轮回，犹如史诗般悲壮，例如，《悲惨世界》之于巴黎，《长恨歌》《繁花》之于上海，《朱雀》之于南京，悠长的岁月沉淀下来的一个个古老灵魂有着独特的美学意义。布罗茨基在《一座改名城市的指南》中说，圣彼得堡太年轻了，不足以建立安慰人的神话学。对于一个仅有四十年历史的城市，从时间角度的进入并不具备书写的优势，显然很难走进城市的肌理与内在。于是，空间角度的切入自然成为吴君书写深圳城市文学的最佳选择，把人物放在空间中，而不是把人物放在时间中，在空间中凸显人物的特点，在吴君的深圳系列小说中被她运用得得心应手。李德南认为："作为在改革开放三十年中迅速崛起的新城市，深圳缺乏深厚的历史底蕴。它是一座快速成型的城市，给人的感觉，正如一部按了快进键的电影。它所经历的时间过于短暂，几乎是无历史感的，也是无时间的。它只有今生，而没有前世。因为历史感的缺失，空间的效应则更为突出。深圳作为一座城市的魅力，不是源自时间而是源自空间，尤其是具有童话色彩、理想色彩的公共空间。"而吴君敏锐地发现，地理空间之下所隐藏着的形形色色的人物和他们的故事，以及其中存在的巨大的社会问题。于是，她在深圳的地理空间中放置了虚构的人物，营造了虚拟的氛围，这些人物在特殊的场域中来去自如，活色生香，并且不同作品之间的人物正如作家所愿，有着某种内在的联系，吴君的深圳系列小说建立了相对完整的文学意义上的版图。

《关外》与《皇后大道》这两部作品中不约而同地制造了二元对立的空间场景，形成了两个不同的价值标准对照的二元结构模式，这种模式成为作家心中的一个稳定结构，根植在作品当中，成为作品的主轴线，也是作品人物展开活动的界限。空间不仅具有物理属性，还具有经济属性、政治属性和文化属性。从空间的角度可以更好地讨论作品中所涉及的经济、政治或者文化的问题。在她笔下，深圳并不是一个完整的铁板一块的空间。完整的空间是现代意义上的国际化都市，但是却被她区分成了各种层次的小空间，这些小空间既交叉，又独立。关键是，不同空间之间的僭越似乎是个很有难度，甚至是不可能完成的任务。所以说，她所标识的空间，代表着阶级、贫富之间的巨大差别。

　　吴君在《关外》中有这样的描述："关外就是个县城，破旧、脏乱，跟国际大都市的深圳无关。"如今的关外已经与深圳成为一体了，然而在改革开放之初，关外代表着贫穷和落后，而关内则代表着富有和文明。小说的男女主人公是一对恋爱中的年轻人，可是一个是穷小子，一个是富家女，他们生活与工作的空间，一个在关外，一个在关内。富家女却扮演成与穷小子同一阶层的穷人，从豪宅区的关内搬到了关外，想要得到她所追求的爱情。但是结局却令人失望，穷小子竟然背着她去相亲，为的是过上富人的生活。当一切都在现实的面前被无情地击碎时，她只能放弃自己的梦想，放弃关外的生活，重新回到属于她的活动空间——关内。她在回关内的路上，小说有这样一段描写：

　　　　它掠过全世界最大的加工基地——宝安，那些破落的、雨天总是积水的小市场街道时，黄倍倍有些动情，接近两百天，她真实地生活过。而进入书卷气的南山时，黄倍倍已忍不住欣喜，华侨城、益田假日广场、福田……满眼都是美好。久违的亲切，她感到了温暖踏实。深南大道气派非凡，街道宽敞、安全，红树林，还有十二万一平米，由少数人共同筑就的富人城堡……

　　在这里，让她感到美好和温暖的华侨城、益田假日广场、深南大道，这些少数人筑就的富人城堡，是一个独特的空间。这样的空间与关外的空间很难置换。事实证明，在美好的理想主义与浪漫主义的感召下，她无法走出属于自己的空间。反之，穷小子自己也没有能力走进这一空间，也就是说，阶层的僭越是无法完成的。作品呈现出了阶级差别，以及底层阶级与这座城市之间的矛盾。这是一部通过空间的差别来讨论阶级、贫富差别非常具有典型性的作品。

《皇后大道》是比邻空间之间的比较。《皇后大道》的空间选择不是"皇后大道"，因为那里属于深圳的邻居香港，皇后大道只是一个象征符号，象征着财富、成功、荣耀和理想，故事发生的真正空间是深圳沙一村。住在深圳沙一村的许多女孩都嫁到香港去了，包括陈水英的闺蜜阿慧，这让陈水英焦虑不堪，她发誓一定要嫁到香港去。在这其中，她做出了种种努力，甚至离婚。但最后的结局是，她看到了阿慧的丈夫是一个癫痫病人，阿慧每天用自己的双手维持着一家人拮据的生活。陈水英的父亲这时才说："阿慧那男人有癫痫病，我看第一眼就知道了。可是不敢说，怕被人打死。……我真该死啊，但是如果说了，最多也就是挨顿打，也不会让她受这么多苦。"最后，陈水英从一个空间置换到另一个空间的梦想彻底破灭了，她和女儿还是留在了沙一村，依旧过着属于她的生活。

深圳诗人许立志在他的诗歌《这城市》中写道，"这城市城中村距市中心有十万八千里"，城中村也在深圳的城市中间，十万八千里当然是夸张的修辞，但这不是物理的距离。这是政治、经济、文化的距离，是贫富阶级之间的距离。这样一批人，不惜千里万里，背井离乡，来到深圳，追寻他们的"深圳梦"。这"深圳梦"到底是什么，某种意义上说，就是深圳这一地理空间所赋予的好生活。"他们之所以来到这座城市，首先是被这座城市的公共空间吸引"，例如宽阔的深南大道、高楼大厦、霓虹灯。可是，真正属于打工者的私人空间是什么样的，狭小、逼仄、肮脏，甚至没有尊严，"这些私人空间不足以承载他们的深圳梦"。深圳梦与严酷的现实形成了巨大的反差。小说《亲爱的深圳》中，农民李水库到深圳去寻他的媳妇程小桂，目的是接她回到家乡生孩子，可是程小桂不但不想回去，还帮李水库找到了一份保安的工作。他们俩分别住在六人、八人的宿舍里，李水库眼睁睁地看着自己的媳妇，饥渴难耐，但是没有属于他们俩的一处私人空间。终于程小桂找了一个地方，但是，这是一个什么样的空间呢？这种空间只能让李水库忍受各种莫名其妙的羞辱，丧失了做人的尊严。作家本身这时候也会困惑，轻轻地发问：这是深圳吗？深圳本应该是一个富裕文明的国际性都市，但为什么这对小夫妻连一个容身之处都没有。类似的描写在《陈俊生大道》《深圳西北角》等其他作品中也多有涉及。实际上，吴君对现代的公共空间与屈辱的私人空间的比较的意义是，不仅引出了阶级的概念，贫富巨大差异的问题，更进一步地讨论了城市空间与社会公正的深刻问题。真实地理坐标下的空间虚构，呈现出了一系列政治、经济、文化的问题，成为吴君的标识性写作特点。

以乡村为他者的城市书写

如何书写一座"城"？王安忆书写的《长恨歌》中，主人公王琦瑶几十年的活动空间都在上海这一座城里，没有其他环境的介入。葛亮在书写《朱雀》的时候，也没有离开南京这座城。可是，吴君的深圳系列小说中，除了对深圳这座城市的书写以外，始终有着另一隐含的他者的存在，那就是乡村。它自始至终以陪衬的方式出现在对深圳这座城市的书写当中，挥之不去。这里的城市与乡村有着千丝万缕的联系，剪不断，理还乱。邓一光也是深圳城市文学书写的代表性作家，但是他的深圳系列小说中，没有任何一部作品涉及乡村，都是很完整意义的城市书写。因此可以说，吴君的城市书写的成立，在某种意义上是因为有乡村的存在，两者在此又构成了二元对立结构模式。吴君在深圳这个地理和文化空间内，不是局外人，她与城市是没有距离的，对于深圳的想象和表达是亲密的，而非疏离的，正如小说的标题"亲爱的深圳"一样，她以全情式的投入拥抱了这座城市。在她的《跋：关于深圳叙事》中，她写道："我所有的小说都以深圳为背景。通过深圳叙事，我有了成长，学会了宽容。过程中我不敢乱施同情与怜悯，因为我可能也是别人同情、怜悯的对象。"但是，尽管如此，作家自己也许也忽略了，在她的城市文学的书写中，乡村的描写大量地充斥在她的作品里。她写作的背景，不仅仅是深圳，还有与之相关的乡村。她的作品，如果说城市是书写的近景，那么，乡村就是书写的远景，城市与乡村共同成为书写的大背景。以乡村为他者的城市书写，是吴君的深圳系列小说的一个重要特点，这是研究者无法绕过去的问题。

城市与乡村，同样也是地理空间，某种意义上，这一节的讨论可以看作是上一节问题的延展与深入。但不同的是，这两大地理空间已经不是城市内部的地理空间那么单一，它所带出的问题更为复杂和多元。实际上，中国现代文学乃至当代文学的主流是"乡土文学"，而不是城市文学。20世纪30年代与80年代的城市化都不如90年代的城市化的广度和深度。吴君的以乡村为他者的城市书写，某种意义上，可以看作是从乡村文学向城市文学的过渡，即以城市来书写乡村，书写城市对乡村的影响。"她书写的深圳，不是一个现代的、国际的、新兴的大都市，而是一个欲望的对象，一个梦想的载体，一个精神的病源。吴君笔下那些以深圳为背景的人物，几乎全部身处底层，且都有残缺的、病态的心灵。"[1]为什么来到深圳寻梦的人们是这样的状态，造成他们病态的心灵的根源是什么？是城市的现代性的无情吗？那么乡村呢？乡村难道就是一片世界的净土吗？城市与乡村，它们究竟在何种意义上塑造了深圳寻

1　孙春旻：《专注于描写底层的心灵病相——论吴君小说中的"深圳叙事"》，《海南师范大学学报（社会科学版）》，2013年第6期。

梦人的灵魂。雷蒙·威廉斯认为："现在乡村的一般意象是一个有关过去的意象，而城市的一般意象是有关一个未来的意象，这一点具有深远的意义。如果我们将这些形象孤立来看，就会发现一个未被定义的现在。关于乡村的观点产生的拉力朝向以往的方式、人性的方式和自然的方式。关于城市的观点产生的拉力朝向进步、现代化和发展。现在被体验为一种张力，在此张力中，我们用乡村和城市的对比来证实本能冲动之间的一种无法解释的分裂和冲突，我们或许最好按照这种分裂和冲突的实际情况来面对它。"[1]

除了"深圳叙事"以外，吴君的深圳系列小说也被批评家们命名为"底层叙事"。孟繁华说："吴君接续了现代文学史上'左翼'的文学传统，但她发展了这个传统。她的'底层'不仅是书写的对象，同时也是批判的对象。"[2] 吴君所书写的城市底层，他们大都来自农村，农民进城，给生命带来了新的可能，但同时也是一种不确定性。在吴君的作品中，我们看到了从农村到城市的人们，成了"陷落的底层"。

《亲爱的深圳》中，通过丈夫李水库的眼睛，我们看到了在乡村和在城市两个截然不同的媳妇程小桂：

> 到了深圳的程小桂，整个人发生了很大变
> 化，再也不是过去那个身体又矮又肥的程小桂。
> 现在的程小桂显得比过去高了一些，头发黑亮，
> 人变白了，也许是因为总戴着一副白手套的原
> 因，她的手指显得细长，说话也日渐有条理，很

1　[英]雷蒙·威廉斯：《乡村与城市》，韩子满、刘戈、徐珊珊译，商务印书馆，2013 年版，第 401 页。

2　孟繁华：《在都市文明的崛起中寻找皈依之路》，《文艺报》，2012 年 3 月 23 日。

难再看出乡下人的样子。至少李水库是这么认为
的，这是他到城里来的第一个感受，这种感受让
他心里没着没落。

这是在城市背景下烘托的程小桂。而在乡村背景下的程小桂是这
样的形象：

> 在老家的时候，程小桂不是这个样子，性格
> 就像一团棉花，最多就是一个人生闷气，闹点小
> 情绪，偷着哭一会儿，跟他撒撒娇，很少会像现
> 在这样发脾气，更不要说讲那些粗话了。一想起
> 这些，李水库觉得还是自己的错，否则好端端的
> 程小桂怎么会跑来深圳呢。

如果说这两组白描给出的还只是程小桂外表和性格的变化，那真
正内在的变化是，程小桂向李水库大方地提出："如果你找了这个大楼
里的一个女的去相好，我又和深圳的一个男的结婚，你说我们还会这么
穷吗？"在物欲横流的都市里，原本在物质尚欠发达的乡村中的形象都
遭遇了改写，这种改写不仅是表面，还包括内里。

《深圳西北角》中的农民四舅央求在深圳已经有了一定经济基础的
外甥女给自己的女婿找了一份司机的工作，这本是全家人在村里骄傲的
一件事，但是随着女婿去深圳的时间越长，和女儿的联系却越来越少
了。为了女儿不被进城打工的女婿抛弃，四舅也来到了深圳。他得到了
一份清洁工的工作，但他工作是假，主要的目的是看住女婿，保住女儿
的家庭。为了这个可怜的目的，年老的四舅不惜为年轻的女婿洗衣、做
饭、打扫，几近巴结之能事，希望能感动这个随时要变心的负心汉。即

便是有不清不楚的女孩子找上门来，与女婿的关系暧昧不清，四舅也没有与之撕破脸皮，而是语重心长地对女婿说："孩子，你是好孩子，……现在，爹不怪你，是深圳这个地方不好。"最后，强忍屈辱的四舅并没有保住女儿的家庭，女婿竟然出轨了四舅的外甥女，并要挟她要与之结婚。外甥女心知肚明，这个丧心病狂的男人不过是想侵吞她的财产。小说的最后，每个人都走向了毁灭，这就是"底层的沦陷"吧。身为农民的四舅也许并不会如此深刻，吴君代替四舅说出了底层陷落的原因，是这座城市的问题。在现代性的悖论下，城市是被批判的对象，它扭曲了艰难求生之人的灵魂，城市仿佛是一座巨大的机器，吞噬着原本就弱小的人类。农村到城市的距离，到底有多远？从农村到城市，被城市所接纳，真正地融入城市，要付出多大的代价？

《出租屋》的写法更为独特，吴君完全把人物活动的场景挪回了乡村，是在乡村中书写城市。留守儿童燕燕只知道爸爸去了深圳，而妈妈则刚从深圳回来，带回了深圳的生活方式。燕燕一边盼望着去深圳找爸爸，一边目睹着妈妈在乡村过起了深圳的生活，那就是把家里一间破烂的房子出租给了外人。这件事在村里引起了轩然大波，因为村里从来没有发生过房屋出租的事情。在这个出租屋里，上演着从城市到乡村的悲欢喜乐。吴君说："恰如我在中篇《出租屋》所展示的，深圳是个欲望都市，每个来过的人，似乎魂儿被勾住，离开或者回去，都无法消除掉深圳对他们一生的影响。"燕燕的妈妈就是在深圳待过的人，她对这座城市又爱又恨，希望有一天身体康复后能够回去，但她没有能力回去了。同时，她真正回故乡了吗？她已经没有了真正意义上的故乡，她的心停留在了那座城市里。确切地说，是城市改变了她的思维，她的心永远漂在了出租屋里，这就是农民工进城的文化人格的嬗变。

以乡村为陪衬来书写一座现代化的城市，书写城市的同时观照乡村，这在城市文学的写作中是非常少见的一种写法，对比的视角增添了作品的丰满性和人物的生动性，更关键的是，作家不是在真空状态下从事写作的，她 20 世纪 90 年代初来到深圳，看到的是这座城市阵痛式的发展与成长，看到了这座城市与乡村千丝万缕的联系。是的，深圳原来不就是一个乡村？深圳是由乡村生长起来的。她深刻地体会到："深圳不仅收取了每个过客最激荡的青春时光，也瓦解甚至掏空了中国农村，对乡村中国的结构改变起了一个最为重要的作用。它的特殊性，以及对当代中国农村文化的影响，至今没有任何一个城市可以代替。"吴君所进行的深圳书写是异常清醒的，她看到了这座城市与乡村的关系。她与她的作品同属于那个时代，吴君的作品是在"杀出一条血路来"的时代大背景之下的产物，是在"时间就是金钱，效率就是生命""胆子更大一点，步子更快一点"的嘹亮的口号声中应运而生的作品。她的作品，是这个时代赋予的。所以，最珍贵之处是她的作品具有历史的价值，她犹如纪录片一样写实地记录了时代的面孔、精神的样态，记录了那个时代下的那座城市。这是一种贴着地面的飞行，是有相当难度的。因为近距离的摹写，稍不留心，就可能走向流俗，走向那种只能感受生活的表征层面中的嘈杂，大众化地运用语言，只是简单地讲述一个故事。如何去书写一座城市，吴君的文本提供了这种可能。吴君的文本可贵之处在于，她发明了足够特殊的文体与语言，记录了这座城，它给文学史提供了一个认识这座城市的视角。

批判性与生产性的精神探求

如果说，空间角度切入的写作手法以及以乡村为他者的城市书写还只是涉及吴君深圳系列小说的表层的话，那么，真正批判性与生产性的精神探求才是吴君书写一座城的内里与本质。如何书写城市？杨庆祥说："……沾沾自喜式的胜利者的口吻或者类似于'农家少年出走都市'的自卑者都显得矫情且平庸，……我特别警惕一种以'温暖''疗愈'为其美学风格的伪城市写作来弱化和软化我们有力量的、具有批判性和生产性的真正的新城市文学写作。"[1] 显然吴君的城市书写不是这种温暖的、疗愈的写作，她对自己笔下的城市爱恨交织，所以她批判性与生产性的表达，仿佛是对灵魂的叩问，非常有力量，掷地有声，有时候甚至觉得她的批判性过强而显得残酷。

《岗厦》中对于石雨春的用笔是尖刻的，读者几乎能听到石雨春颤抖灵魂的微弱哭泣声和向命运哀求的声音，但是作家还是让他扭曲地活着，这种批判性的力度异常强大，同时也是非常残酷的。年轻人石雨春一个人供养着父亲和弟弟，这供养费却来自一位已婚的女性胡玉则。他为什么要委身于一段不伦之恋？重要的原因是胡玉则不仅向他提供金钱，胡玉则的丈夫还是负责石雨春家岗厦14号拆迁的拆迁办主要领导，巨额的赔偿费让胡玉则的丈夫有了生杀予夺的大权，因此石雨春对胡玉则的回报是奉上他年轻的身体。本来石雨春有喜欢的女孩阿文，他不止一次地想要与胡玉则分开，去大大方方地追求阿文，然后在阳光下恋爱，享受属于自己的深圳城市生活。但是在残酷的现实面前，他并不能在灿烂的阳光下生活，一个扭曲的灵魂在黑暗中苟延残喘。石雨春是可悲又可恨的，难道胡玉则就是人生的赢家吗？非也。她向石雨春抱怨着："这个城市最多的是钱，最少的是人。朋友不像朋友，夫妻不像夫妻，各自怀了鬼心思。"所以，在这个城市无雪的冬天里，她孤独地跑到岗厦村，把自己的身体交给了石雨春。两具孤独的肉体在孤独的城市更加孤独，相互纠缠，难解难分。

---

1 杨庆祥：《世纪的"野兽"——由邓一光兼及一种新城市文学》，《文学评论》，2015 年第 3 期。

《樟木头》中的陈娟娟的悲剧性是制度带给她的。她本是一个优秀的英语系的大学毕业生，只身一人来到深圳。在工作中，收获了一份无话不谈的友谊。出于女孩之间的嫉妒或者是虚荣，她嫁给了一个并不喜欢的当地人，为的是通过婚姻拥有深圳的户口。深圳户口是女孩之间炫耀的资本，当然也可以成为一个名副其实的深圳人。可是这个身份的获得却让她吃尽了苦头，她用了整整十年的时间，终于成为深圳人。可是这十年中，她忍受着丈夫的不断出轨而不敢选择离婚，忍受着婆家人的白眼和冷落，甚至女儿也因为家庭不睦而成为叛逆的问题少女。她忍辱负重，心中只有一个目标，那就是获得深圳户口，身份被确定的重要性超越了一切，包括爱情与尊严。当她终于通过这个不堪的婚姻获得了深圳户口的时候，更具反讽的是，在她获得深圳户口的二十一天前，深圳出台了新的政策，大学毕业生可以自行申请户口，而无需任何附加条件。这真是一个让人欲哭无泪的莫泊桑的《项链》的故事。小说的结尾却是温暖的，陈娟娟心中虽然有着巨大的伤痕，但是这伤痕也使她成长为一位优秀的城市女性。应该说，吴君是一位非常自觉的作家，她在解构的同时，更能够积极地建构。也就是说，在对城市批判的同时，更有新生的生产性的建议产生。所以说，她不是一位彻底悲观的作家，她是一位深情的作家，当她在自己绘制的深圳文学地图上，看着一个个自己创作的人物被城市的熔炉炙烤的时候，除了哀叹，她并没有束手无策，她不仅仅对自己笔下的人物有着悲天悯人的情怀，同时，她更愿意出具一味清醒的良方。

《皇后大道》的批判性可谓深刻，但同时也有建设性。妙龄少女阿慧不过是为了嫁到香港，过上好日子，到皇后大道去逛一逛。对于一个有梦想的女孩来说，本来也无可非议，但是作者却为她配上一个有病的丈夫。不仅如此，她还要以瘦弱的肩膀挑起一家人的重担，因为婚姻而进入了愁苦不堪的生活。但是批判到这里，并不是就结束了，小说有一个饱含寓意的结尾。陈水英的女儿对于妈妈所说的皇后大道，根本不屑，"听你们说了好多年，什么皇帝皇后，怎么听都是老土的道儿"，边说边拿起一颗草莓，对着太阳光晃动，随后潇洒地丢到口中。女儿根本就没有把皇后大道当作一个梦寐以求的地方，她是阳光的，潇洒的。女儿的表现说明，两代人对香港的看法已经完全不同了，随着城市不停地发展和进步，曾经受到伤害的一代人，他们的后代已经发生了根本性的变化。我们也因此看到了希望，看到了光明的未来。

批判性是有力量的，可以鞭挞，可以棒喝，而生产性与建设性则显得更加弥足珍贵，它具备可执行、可操作的特性。《华强北》的结尾，作家安排了住在华强北商业区、没文化的陈水一家，搬去深圳科技园，因为那里的文化氛围好，是大学、科研单位的汇聚之地。更有趣的是，有人竟然在保利剧院见到了本来完全不懂艺术的陈水老婆，并且从他们家的窗口，还传出了高雅的音乐。在这音乐声中，街上的人和物，也变得温柔了。在吴君一贯的尖刻、批判、冷峻的风格下，突然出现了温暖的色调，这色调的寓意让人报以会意的微笑。吴君的批判，不是一个完全的黑洞，让人找不到出口。她总是不经意地在出口处放置些许的光亮，让人跟着这微光，走向豁然开朗。她所建构的城市，让她爱恨交织，欲罢不能，她只有不停地叩问这座城市的灵魂，让书写成为可能。

吴君如何书写了深圳这座城市？在真实地理坐标下虚构了文学空间，从这一角度切入，把握住了时代的脉搏；以乡村作为背景，烘托出城市这一主角，浓墨重彩地渲染，勾连出城市与乡村千丝万缕的联系。不管她采用什么方式，呈现出这座城市的各个角度，"横看成岭侧成峰"，最后都落脚于城市内在精神气质的叩问，因此进入了问题的实质。"文学可以让一座城市不朽，可以让在一座城市里生活过的人不朽。"文学可以荡涤心灵，批判性与生产性的精神探求，是文学的应有之义。同时，文学安慰着人的心灵，安慰着这座城市中每一颗孤独的心。台湾有一位文学家曾经讲过："活在当今社会，假使没有一点文学和艺术的涵养，日子是很难从容过下去的。生命终究是我们最重要的关口，而不是生意和钱。"试想一下，在深圳这座商业化极高的城市，如果没有文学，没有电影，没有音乐，那么，城市就变成了孤岛，孤岛上的人们不知道怎样生活下去。在吴君的深圳系列小说中，很多人看到了自己的影子，找到了共鸣，获得了心理认同。一个城市的文化共同体的形成正是无数像吴君一样的作家、艺术家一点一滴建构起来，并逐渐发展壮大的。

第五章

中产阶级的城市叙事

蔡　东

蔡东于 2006 年硕士毕业后来到深圳，虽然是一位 80 后的年轻作家，但是她的文学创作却是非常成熟而优秀的。她陆续出版了中短篇小说集《木兰辞》《我想要的一天》《月圆之夜》《星辰书》等，内容充满了现代城市生活的困惑与焦虑，但是她并不停留在城市表面的书写，而是深挖城市深层的社会问题。蔡东尤其关注城市中产阶级的精神状态，刻画了许多知识分子在都市中挣扎而荒凉的文学形象，为深圳城市文学的人物长廊增添了优秀而典型的中产阶级人物形象。2016 年，蔡东荣获第十四届华语文学传媒"年度最具潜力新人奖"，颁奖词这样评价她的小说："蔡东的写作，目光柔和、苍凉、悲悯。城市，小人物，破败的生活，残存的尊严，她一边观察，一边思索。她关心他人的痛苦，宽宥弱者的过错，却对深埋生活暗处的恶决不退缩。"

城市消费主义的泥沼

蔡东认为，深圳的城市文学过于局限在底层叙事："城中村、脚手架、贫困、死亡是规定动作，都市里除了民工就是老板，上演的故事要么是苦难悲歌要么是财富传奇。预设的城乡对立，泛滥的底层关怀，似曾相识的故事，境遇悲惨的主角……"[1] 于是，蔡东的城市书写，拓宽了题材，丰富了城市人物形象。一批城市消费主义者的形象跃然纸上，麦思、柳萍、张倩女、潘舒墨等受消费主义左右的人物出现在蔡东的笔下，他们深深地陷入城市消费主义的泥沼之中，苦苦挣扎，难以自拔。《我想要的一天》中刻画了麦思对物质的迷恋和对消费的渴望：

1　蔡东：《下一站，城市文学》，《深圳特区报》，2012 年 9 月 17 日。

　　一到口岸，麦思就浑身有劲儿，她感觉到了自己的姿态，像热蒸汽，猝然扑锅的热蒸汽。每隔一段日子，麦思就想在崇光七楼游荡上一天，那里陈列着最雕琢、繁复的家居精品：手工切割的水晶瓶塞，印着凡·高画作的马克杯，散发出桉木和薄荷香味的蜡烛，优美纤长如天鹅脖颈的烛台架，珠贝镶边的上菜碟，珍珠质地肥润饱满，散发出浑厚的珠光。

　　《无岸》中的柳萍也沉迷在消费主义的泥沼之中，在资本当道的城市中她不知何去何从：

　　她每个周末都外出购物，高兴时买东西，不高兴了还买东西。她熟悉各种品牌，追求生活品质，颈上白金链子松松地挂个碧玉坠儿，手腕上一圈绿莹莹的翡翠镯子。节日里，她和丈夫出现在西餐厅的落地长窗旁。餐厅的情调高雅浪漫，酒红色丝绒窗帘，繁复的褶皱，华丽的窗幔。水晶灯下，烛台纤长，餐具熠熠生光。服务员身着一排纽扣的马甲，笑容甜美，小心殷勤，礼貌得简直做作。轻柔舒缓的钢琴声中，餐点一道道徐徐而上，樱桃甜酒剔透如红水晶，奶油泡芙松软轻盈，烤香的面包片旁是挤成一朵黄玫瑰的牛油。人们熟练地使用银质刀叉，优渥，满意，享受，一副天生就是如此的模样。

如此华丽的物质世界，作家出色地、极尽能事地铺排物质世界的琳琅满目与丰富浩大，为的是烘托出这个以物为主宰的城市消费主义时代的困境与精神世界的空洞和无望。中国自从 20 世纪 90 年代进入市场经济以来，国人的情绪迷失在对物的狂欢中和对消费的神往以及消费不得的焦虑甚至苦恼之中。消费变成了巨大的磁场，吸引着各个阶层的人，尤其是中产阶层，跃跃欲试。《我想要的一天》中的麦思实际上并不是一个头脑简单、物质主义的女孩，她知道要生活在自己喜欢的时光里，她也有自己的精神追求，但是她仍然逃脱不了物欲的诱惑。这是因为，她身处消费主义的帝国——城市之中，无处不在的物的存在，无时不在刺激着她的感官，激发她想要消费的欲望。波德里亚在《消费社会》中所呈现的观点是，消费者与物的关系不再是人与物品的使用功能之间的关系，它已经转变为人与作为"全套的物"有序消费对象的被强暴关系了。关键的问题是，深陷在物的消费之中的人们，对这种强暴关系茫然无所知，却乐在其中。波德里亚断言："我们处在'消费'控制着整个生活的境地。"[1]

《无岸》中的柳萍是一位知识女性，大学教授，她的"书案上永远摆着一类书，李渔的《闲情偶寄》，袁枚的《随园食单》，文震亨的《长物志》，王世襄的《锦灰堆》，才子书，生活禅，性情，写意，玩乐的雅兴，琐碎的情趣，轻灵地过渡着现实和诗意"，如此高雅的情趣、丰富的内心世界，却仍然摆脱不了消费主义强大的规训的力量。在她工作的环境中，也就是在知识的圣殿中，大家聊天的内容也不过如此：

众人又热议起出国游，分享着澳洲和肯尼亚

1　[法]波德里亚：《消费社会》，刘成富、全志钢译，南京大学出版社，2000 年版，第 6 页。

的梦幻体验，不时发出爽朗的笑声。有位年轻老师在马尔代夫度的蜜月，两晚豪沙，三晚豪水，一次热带鱼在周身环绕游动的奇妙 SPA，她感叹道，人生最极致的体验。人们总是用同一句话作结：人生最极致的体验。大家过得都不错，见过世面，生活有质量，家里藏着几件真假莫辨的艺术品，穿礼服参加过红酒鉴赏晚宴，去过朋友的豪宅，上过朋友的朋友的游艇。

消费仿佛是比赛一般，大家都争先恐后地晒出自己的消费经验与消费实力。"消费社会以最大限度攫取财富为目的，不断为大众制造新的欲望需要。在个人暴富的历史场景中，每个人都感到幸福生活就是更多地购物和消费，消费本身成为幸福生活的现世写照，成为人们互相攀比互相吹嘘的话语平台。"[1]知识女性也难逃消费主义的法网。柳萍不得不做出送女儿去国外读书的重大消费决定，因为送孩子出国是中产阶级的消费时尚，也暗示着中产阶级的地位与成功，是一种身份确立的标志。可是代价是卖掉两百万的房子作为学费。事实上，她的人生又回到了一无所有的起点。农民工的痛苦可以眼见为实，但是中产阶级的痛苦却是欲说还休。底层有"底层"的烦恼，中产有中产的"高级"烦恼。柳萍在消费主义的规训下陷入如此分裂的内心状态，一方面在物欲中沉醉，一方面又在精神世界中漫游。但是物质消费主义的强大终将战胜精神世界的清高，柳萍只有无可奈何地在消费主义的沼泽中挣扎，越陷越深，以至于再也不能回到故乡，因为在乡村无法消费，城市才是货币交

1　王岳川：《当代西方最新文论教程》，复旦大学出版社，2008 年版，第 451 页。

换的主要中心：

> 她早已不适应农村的生活，长住简直不可
> 想象，尘土飞扬，泥巴满地，商店里还都是便宜
> 货。她已经变质了，虽偶尔神往幽静的乡村，却
> 更贪恋深圳的便利繁华，她几天不逛山姆超市就
> 浑身难受，她永远记得第一次使用双立人切菜刀
> 时幸福的手感，家里摆满瑞士护肤品、新西兰蜂
> 蜜、意大利羊绒衫，种种多余的消费品，虽大都
> 闲置，一想到失去却空虚无比。

对于物的占有欲望几乎成了某种病态。在这座城市里，精神病院
每天迎来送往精神几近崩坍的病患。因为在消费主义的世界里，一步之
遥就是精神病院，显然这样的安排是作者别有用心：

> 医院的对面竟是她无比熟悉的一家购物中
> 心。那里像一间巨型精品店，琳琅着最美、最高
> 级、最上等的货色，灿若星辰，恍如仙境，下摆
> 流云的真丝长裙，水滴形的钻石耳环，散发着皮
> 革清香的手袋——视觉的璀璨烟花，最大限度地
> 愉悦和满足你，令你觉得无比尊荣，当然，它也
> 总有办法，最大限度地令你觉得自己无比低贱。

于是，柳萍开始憎恨这座城市："这个城市，这个时代，有一股神
秘而强横的力量，让你的钱往哪儿流就往哪儿流。这个城市，这个时
代，让她从普通的人道主义者迅速成长为深刻的批判现实主义者。"这

是蔡东在文学文本中对消费主义的批判。今天的文化批判领域，消费异化的批判是整体缺席的。因此，在消费主义盛行的今天，蔡东通过文学创作的消费主义的现实批判在这里显得难能可贵。"城市从西美尔开始就被看成是现代性中一个重要的场域，是现代性膨胀的温床。城市对现代性从生产本位主义的选择与暴富到消费的无限性，提供了最好的竞争和分配场所。"[1]

　　与消费主义相对的是《净尘山》中父亲张亭轩的艺术世界："穿松身的白色麻纱上衣，前襟绣着细细的银色竹叶，裤子是拷绸，烟灰色，那颜色真显干净。你爸站起来，像一缕轻雾升起，坐下去，是慢慢卷起的一幅水墨画。他端坐在讲台上，一把素折扇，一枚鹿角扳指，一板三眼地拍曲。"这里仿佛是一个仙界，张亭轩则是仙界的仙人，与污浊的金钱世俗世界毫无关系。女儿张倩女向往着父亲的精神世界，虽然，"此时父亲远在留州，但这位异乎寻常的父亲，对女儿有一种微妙的影响力"。可是，这一点微妙的影响力远远不如来自消费主义世界力量的强大。张倩女本是个有消费能力的人，她是高级白领，年薪三十万。但却因为生活在一个消费女色，甚至男色的城市与时代，她的个人形象的欠缺，一次次的减肥失败，颠覆掉了她整个人生幸福。因为，"漂亮就是饭！不但是饭，还是熊掌、龙肝、凤胆"（《毕业生》）。她不得不委曲求全，选择与毫无消费能力的潘舒墨在一起。潘舒墨是一个没有消费能力的人，他只有两件衬衫，没时间换洗。他最恨的是那些"嚷嚷着房价还涨的人，今天买下自己住了，明天就盼着涨，虚幻的财富也能叫人疯狂。我没有自己的房子，像私处袒露在空气里，没有自己的房子比得了性病还羞耻，还无脸见人"。所以说，二者的消费能力虽然不同，但是却都败在了消费

1　王岳川：《当代西方最新文论教程》，复旦大学出版社，2008 年版，第 456 页。

主义盛行的城市，沦为消费主义的奴隶，毫无出头之日。他们俩的组合是向现实消费主义的妥协与让步的典型。

> 一旦人们进行消费，那就绝不是孤立的行动（这种"孤立"只是消费者的幻觉，而幻觉受到所有关于消费的意识形态话语的精心维护），人们就进入了一个全面的编码价值生产交换系统中。在那里，所有的消费者不自主地相互牵连。[1]

消费主义是现代性的一副狰狞的面孔。长期以来，人们在一个消费的物的狂欢世界里，为物所累，为物所兴奋，迷醉不知。一个消费主义盛行的社会存在着潜在的危险，因为，"消费者在一种被动迷醉状态下被物化成社会存在的符号——自我身份确认。然而，在日益庞大的消费中，能够获得这种自我身份的真实确认吗？应该说，用消费主义理念支撑的社会，完全有可能成为大众媒体与世俗文化主导的世俗社会。这种社会的运转机制和存在的问题都需要审理"。[2]《无岸》中的柳萍作为一位知识分子，却不停地以物的消费作为身份确认的关键。她到底生活在怎样的城市与时代？狄更斯在《双城记》中写道："这是最好的时代，这是最坏的时代；这是智慧的时代，这是愚蠢的时代；这是信仰的时期，这是怀疑的时期；这是光明的季节，这是黑暗的季节；这是希望之春，这是失望之冬；人们面前有着各样事物，人们面前一无所有；人们正在直登天堂，人们正在直下地狱。"这座让人悲喜交集的城市，在消费主

1　[法] 波德里亚：《消费社会》，刘成富、全志钢译，南京大学出版社，2000 年版，第 70 页。

2　王岳川：《当代西方最新文论教程》，复旦大学出版社，2008 年版，第 453、454 页。

义的巨兽面前，是天堂，抑或地狱？

城市私人空间的强调

西美尔在《大都会与精神生活》的开篇就提道："现代生活最深层次的问题来源于个人在社会压力、传统习惯、外来文化、生活方式面前保持个人的独立与个性的要求。"[1]保持个人的独立和个性的要求，私人空间是非常重要的一方面。城市相对于乡村，非常重要的问题是对私人空间的重视与尊重。在蔡东的小说里，有意无意、反复出现了对私人空间的描摹和强调。应该说，拥有与尊重私人空间，这是一种文明的进步，因为它是对个体意识的尊重。但同时，也是对传统乡村伦理的一种埋葬，那种大家庭式的、不分彼此、远亲不如近邻的文化伦理正在城市中渐渐消失。这里存在着悖论，无法用好与坏的二元价值对立去做价值判断。也许，我们正在丧失一种文明，同时，我们又在建构着一种新的文明。城市对私人空间的尊重，代表着一种城市文明。

在《我想要的一天》中，"高羽也一直保有一个上锁的抽屉"，而作为妻子麦思，她"像所有老练的妻子一样，视而不见"。如果在乡村，家庭中出现一个丈夫或者妻子上锁的抽屉，这是完全不可想象的事情。而在城市，这已经是一种可能。在麦思家里住了些日子的王春莉宣称找到了房子，终于要搬出去的时候，麦思的表现是：

麦思并未挽留，她早盼着王春莉滚蛋了。春

1　[德]西美尔:《时尚的哲学》，文化艺术出版社，2001年版，第186页。

莉每天赖在家里，毁掉了她周五的独处。那样的一天，她不愿跟任何人共享，她需要空间和心理上的绝对的空旷，哪怕有人在房间里关上门不出动静，也是确凿的打扰。

在蔡东的作品中，私人空间显得非常醒目，它时刻强调和提醒着私人空间对于个体存在的重要性。《出入》中的林君没有和妻儿一起出游，是因为他忽然意识到，这两个人，深深地打扰了他的生活。他选择了独自一人短期出家的体验。《木兰辞》中的画家陈江流，在家里，"他一直躲在自己的房间里。这套三居室的房子，一间为卧室，一间是夫妻共用的书房，还有一个小房间，是属于陈江流一个人的"。在学校，他"申请了一间空置的教室作为工作室，一个深思和静坐的处所，一个没有电视、沙发的原始洞穴，远离柴米油盐，告别人间烟火。在这个不现实的空间里，他将如有神助"。虽然不论在家里，还是在学校都已经拥有自己的私人空间，当陈江流得知妻子要外出学习半年时间的时候，他可以完全独自占有私人空间，这件事令他有几丝兴奋。

城市生活中，为什么私人空间令人如此神往？《论私人权利》是布兰代斯和沃伦在1890年发表于《哈佛法律评论》上的文章，特别提出了人所具有的"独处的权利"。它体现了私人空间与公共空间的分野，确立了私人空间不受侵犯。失去私人空间的生活无疑是地狱。谈私人空间，我们就不得不引入乡村的概念。在"十七年文学"的乡村小说中，可以看到私人空间的消逝。集体主义进入乡村，阶级斗争扩大化的当时，所有人都有观察别人的权利，也同时拥有被观察的义务。这就形成了看与被看的统一。在集体主义的生活和劳动中，个体处于透明的状态。这反映了个体与国家之间建立了更紧密的关系，也昭示了国家全面掌控个体的趋势。这种形势在新时期文学中得到缓解。到了20世纪90

年代，对私人空间的尊重已经被旗帜鲜明地提出。当时，有一部作品非常引人注目，那就是陈染的《私人生活》。《私人生活》表现了对公共空间的敌意与反抗，她的叙事完全是在女性的私人空间展开的。这部诞生在20世纪90年代市场经济刚刚兴起时期的作品，有着鲜明的时代特质和它重要的隐喻与意义。在此之前，国人的私人空间是一个很难被提及的概念。它应该是与城市化的进程同步发展的，这是一个逐渐生成的空间。而如今，它日渐完善，被急迫需要。

蔡东的都市书写中，私人空间被反复雕琢与修饰。《净尘山》中的母亲劳玉最终承受不了家庭的重负：女儿一次次减肥失败，继而婚姻无望，继而与不食人间烟火的丈夫貌合神离，于是她选择了离家出走，她要去的私人空间就是她心中的"净尘山"。在女儿的想象中，"净尘山"是一个浪漫而诗意的地方：

> 山上的房子是乳白色的，窗前垂下镂空的米色纱幔，推开窗子，迎着人的是一大片碧绿的湖水，窗边爬满茑萝、丹桂、凌霄、木香、扶芳藤，花枝垂入湖水，湖面上落满花瓣，风从远处吹过来。

劳玉一再叮嘱女儿不要找她，她很好，她住在净尘山。但是，当女儿"打开电脑搜索，不断输入关键词，净尘山、湖水、白房子，然而，她在浩浩荡荡的信息世界里，找不到一个匹配的结果"。原来，母亲所说的净尘山根本就不存在。可是这么多年来，母亲不止一次地幻想，她多想消失掉，哪怕消失一两天也好。可见，母亲对私人空间的渴望已经太久、太强烈了。同时也说明，在一个没有私人空间的家庭中生活这么多年，她实在已经疲惫不堪。她心中始终有一座净尘山，那是地图上找不到的地方，是她心灵的住所。这是一个不应与人分享的空间，包括亲人，它只属于个人的心灵。蔡东笔下的私人空间，不仅仅是物理意义上的空间，也不仅仅是一个个人主义价值观的现代文明的观念，而是更关注心灵空间的独立，这是疲惫的神经歇息与漫游的处所，不允许他人的打扰。

而在《往生》中的康莲，作为一位已经六十一岁的儿媳妇，她与八十岁高龄、患有老年痴呆症的公公一起生活，照顾着他的饮食起居，甚至要服侍他解手。康莲完全没有自己的私人空间，她的生活空间是完全被迫敞开的。她的生活是一种不得已而为之的生活。对此，她只能隐忍，她甚至想，死了也要比如此受折磨好。最后，她只能在"往生"的安慰中活下去。当然，这部作品无疑是作者最优秀的作品，堪称代表作。它所反映的众多问题与思考暂且不在此讨论与分析，只是从它所折射的私人空间的问题这一角度给予关注。

城市私人空间不是绝对隐秘的，它常常有遭到冒犯的可能。《我想要的一天》中的麦思最终还是没有抵挡住好奇心的诱惑。在高羽离家的日子里，她悄悄地打开了高羽上锁的抽屉，结果令作为妻子的她大失所望，抽屉里不过是一把少年玩的仿真枪和一台小小的望远镜。高羽的私人空间里不过是住着少年时期的梦想，它是只属于自己的，那是一份回忆和怀念，是一种无比珍贵的记忆。麦思的有意闯入，无疑扩大了两人之间的裂隙。因为她冒犯了神圣不可侵犯的私人空间，踏过了应该禁足的底线，这就必然上升到了信任的危机。这也可以说明，即便是在城市，也没有绝对的私人空间。私人空间有的时候也是会被僭越的。

在某种意义上，我们是否可以把私人空间理解为或者引申为一处"避难所"。作家蔡东的另一重身份是高校教师，她常对学生说："在欲望丰饶、遍地成功的时代，要成为身心健康的个体，最好不要脱离艺术太久，要有意识地为自己留存住这样一个维度，这可能是最后一个避难所。"因此可以说，蔡东在自己的作品中有意无意地创建一个又一个私人空间，可以看作承载个人精神的栖居地。在城市喧闹的生活中，在资本狂欢的境地中，在灯红酒绿与纸醉金迷中，人们所需要的，恐怕就是那么一块精神的净地，可以安慰疲惫的灵魂。它如此迫切地急需，又如此重要。

当然，私人空间显然不是一个全新的概念。伍尔夫在《一间自己的屋子》中早已对私人空间给予了丰富而充分的阐释。私人空间的范围不仅仅是一间自己的屋子，更是内心的一个封闭而完整的角落。这个角落可以是一间屋子，可以是一张桌子，无论屋子和桌子，都是一个象征，象征着可以自由翱翔的内心。蔡东在全世界找到了一张这样的桌子："这是一张精心挑选的书桌，大平面，温暖的原木黄色，置于南向房间的窗下。我把最喜爱的书摆成一排排，呈凹字形置于书桌上，它们包围着我，我藏匿其间，轻易地，就感受到了宁静和喜悦。"[1] 这也是她在作品中苦苦努力为主人公所寻找的空间，这个空间代表着精神的力量，它参与生命积极的成长与美好的消亡。

与私人空间相对的是公共空间，蔡东也在作品中为我们提供了这样的公共空间的场景："留州大学有个灯光广场，每当夜幕降临，这里就聚集起热爱锻炼、渴望长寿的人们。花睡衣，拖鞋，饱嗝，夜晚的广场透着粗俗温馨、蓬头垢面的欢乐。"这是与私人空间迥然不同的场景。在私人空间与公共空间中，显然，蔡东更精心地描绘了私人空间，因为它是精神的"福地"。

蔡东：《我想要的一天》，花城出版社，2015 年版，第 219、220 页。

城市女性的精神救赎

王安忆在《男人和女人，女人和城市》中说道："女人生下来就注定是受苦的、孤寂的、忍耐的，又是卑贱的。光荣的事业总是属于男人，辉煌的个性总是属于男人。岂不知，女人在孤寂而艰苦的忍耐中，在人性上或许早早超越了男人。"[1] 蔡东笔下的男人与女人，与王安忆的说法恰恰是不谋而合的。或者说，王安忆无意之中总结了蔡东的文学人物。蔡东所书写的城市女性，每一位都犹如当代花木兰，她们坚韧、勇敢、善良、内心强大。而她所书写的男性，却是弱不禁风、孱弱失意。也许是因为城市更适宜女性生存，因为她们摆脱了乡村繁重的体力劳动；也许是因为城市中男性的过度软弱和失败，由此彰显了女性的强大与无奈。蔡东说："我的故事大都关乎女性，我对女性怀有深切的同情和体恤，她们的命运里，充斥着全面的牺牲，她们的庸俗，无趣，大煞风景，实在是情非所愿。如果可以的话，谁不想永远天真未凿？谁不想娇嫩柔弱得吹弹欲破？"[2] 无论如何，她们是一群城市女英雄的形象，《木兰辞》中的邵琴和李燕、《往生》中的康莲、《月圆之夜》中的余建英、《净尘山》中的劳玉、《无岸》中的柳萍，每一位女性都以自己极大的韧性抵抗着生活带给她们的艰辛与苦难，她们用自己的心智撑起一片天空，甚至身边没有男人的鼎力相助。因为，她们在人性上已经远远超越了男性。当然，蔡东并不是一个女性主义者，或者叫作女权主义者，她对男性的关怀在作品中也比比皆是。"我也欣赏那些孱弱失意的中年男人，比如《无岸》中的童家羽、《净尘山》中的张

1　王安忆：《男人和女人，女人和城市》，新星出版社，2012 年版，第 97 页。

2　蔡东：《我想要的一天》，花城出版社，2015 年版，第 211 页。

亭轩、《木兰辞》里的陈江流，我喜欢他们未蒙尘时的洁净，我期盼他们别再勉强自己。跟在强大霸道的政经秩序中成长、懂得服软、一出道就一脸世故相的年轻人相比，他们身上闪烁过理想主义的星光，有一种拒绝的力量：我不干，或我不需要。"[1] 但是，尽管如此，在她的作品中，较之于男性，她刻画的重点更偏向于女性，女性是她故事的主角。

美国社会学者艾里克·克里南伯格的著作《单身社会》，列出了详细的数据，当今美国社会，女性构成了当代独居人口的主体，大约1700万的女性选择了独居，相比之下，男性中独居人口为1400万。在这里，就可以提出问题：为什么女性独居人口超过男性，这数据的背后隐藏着怎样的问题和规律？是否可以这样理解，作为城市中经济独立的女性，单身者的生活质量要远远高于拥有家庭者的生活质量？在当今社会，如果说核心家庭是一种主流文化，那么，社会变得越来越多元，更多的单身人群出现在纽约、巴黎、伦敦、东京、台北、北京，或者深圳这样的国际性的都市里。蔡东作品中的女性，并没有选择单身生活，她们都拥有家庭或者男朋友，但是，男性的力量却是可有可无、忽略不计的。在关键的时刻，都是女人挺身而出。《木兰辞》中丈夫陈江流眼里的妻子李燕：

> 不知从何时起，她弧度柔和、娇嫩欲滴的脸，
> 变成了一张硬朗的方脸，一张俗气而能干的脸。
> 她多么传统，她的舞伴是个娇小的女子。他
> 的血涌到胸口，他想：死也要死在她的前头。

---

1 蔡东：《我想要的一天》，花城出版社，2015年版，第212页。

　　　　死也要死在她的前头。一应后事她势必安排
　　得妥妥帖帖，都无须操心牵挂了。

　　这真是令人哭笑不得的描写，极具反讽的力量。丈夫陈江流对妻子李燕的依赖到了如此之程度，要死在她的前头，推卸掉自己的责任，这迫使李燕具备了男人的能力：

　　　　一听说职校要垮，李燕就办好手续提前回来
　　了。这场硬仗需要她这位总指挥、女诸葛，她深
　　　　知，舍下一张脸四处求人，陈江流不是那块料。

　　在这里，妻子甚至要为丈夫四处求人找工作，令人有些于心不忍。而《月圆之夜》中的余建英背负着比李燕更大的压力，她遭受了婚姻危机，还要去亲自处理丈夫的风流韵事，除了赔上了所有的积蓄之外，还要借上外债。接下来，更大的生活危机和经济危机接踵而至，为了还债，这个坚强的女人，开办了一个小加工厂，雇佣的外甥女的四个手指被机器所吞噬，这真是雪上加霜的日子。但是即便这样的生活，余建英也是一个人去面对，她要去面对诉讼、赔款、小工厂停产、母亲的离世。所有这一切，她都以女性的力量去隐忍。

　　在《单身社会》这本枯燥的社会学著作中，艾里克·克里南伯格还不失浪漫地引用了梭罗在《瓦尔登湖》中的一段话："我就像住在大草原上一样遗世独立，我拥有属于自己的太阳、月亮与星辰，一个属于我一个人的小小世界。"以此来证明单身生活的好处。克里南伯格在《单身社会》中明晰地指出，独自生活的人更容易拜访朋友或加入社会团体，他们更容易聚集或创建有生气的充满活力的城市。更准确地说，我们的社会已经从一个保护人们免受伤害的社会，转变成了允许人们将自

己才能最大化的社会。可是，蔡东笔下的现代都市女性仍然处在困境当中。例如：安全感的缺失、灵肉的纠缠、物质的欲望、孤独的恐惧、职场的压力、家庭的重担、精神世界的无法满足，等等。那么，女性应该如何从这些困境中走出，似乎经济独立已经不再是必须面对的问题。独立之后，如何实现自我精神的救赎呢？蔡东的作品讨论了都市女性精神救赎的路径。

《往生》中的康莲，在现实中，她没有办法逃脱苦难的生活，已经万念俱灰，但是她找到了一个救赎自己苦难的身体和心灵的办法。"正是在粗鄙的广场上，康莲遇上了一个神秘而又梦幻的词语，那词语耐人咀嚼，越琢磨越有味道，散发出一股安顿身心的奇异力量，当她情绪低落时，那词语便带着灵性般翩然而至。"这个词语就是"往生"，这本是一个佛教词语，被用在了康莲的生活与生命中，或许可以救赎身心，或许只是永无止境地熬下去。

《净尘山》中劳玉以逃离的方式躲避不堪的家庭，似乎也是一条精神救赎的路径。她心中的净尘山，到底在哪里，谁也不知道。在她逃离家庭的有限的几日中，是否最终能找到救赎的出路，还是仅仅是暂时的逃避？或者说她的逃离根本就没有一个冠冕堂皇的理由。因为，"这是后现代式的逃离，离家出走不是为了解放世界，反抗权威，逃离仅仅只是因为那不可承受的如羽毛般轻飘飘的生活"。[1]

《木兰辞》中的邵琴，当生活遇到了不可言说的困局之后，她把自我修炼成端庄而优雅的社交奇才，也不过为的是"生活"二字。在一地鸡毛的生活中，她的脸上始终能挂着笑容，她以从容和优雅面对生活的艰难，以此影响了更多的李燕。这是女英雄们的联盟，可是这联盟究竟

1　杨庆祥：《无法命名的个人》，北岳文艺出版社，2017 年版，第 126 页。

能否真正地进可攻、退可守呢？不得而知。

无论是"往生"，还是"逃离"，抑或修炼自我，是否有真正的救赎呢？或许有吧，蔡东在作品中也没有给出一个明晰的答案。如果找不到救赎的路径，或许茨维塔耶娃的诗能有几分安慰，抄录于此：

> 我想和你一起生活，
>
> 在某个小镇，
>
> 共享无尽的黄昏
>
> 和绵绵不绝的钟声。
>
> 在这个小镇的旅店里——
>
> 古老时钟敲出的
>
> 微弱响声
>
> 像时间轻轻滴落。
>
> 有时候，在黄昏，自顶楼某个房间传来
>
> 笛声，
>
> 吹笛者倚着窗户，
>
> 而窗口有大朵郁金香。
>
> 此刻你若不爱我，我也不会在意。

第六章

当城市与疾病相遇

李兰妮

2008 年，作为作家的疾病故事的文本，李兰妮的《旷野无人——一个抑郁症患者的精神档案》（以下简称《旷野无人》）一经出版，就注定了这是一部重要的作品，因为这是一次令人感动的生命书写。1956 年出生的李兰妮经历了"文革"、改革开放、社会主义市场经济等重大社会变革。我们知道，"文革"之后出现了"伤痕文学"的潮流，改革开放之后又出现了"新伤痕文学"[1] 的迹象。伤痕文学，书写的是"文革"，而新伤痕文学，书写的是改革。那么，可以说李兰妮的疾病和她所书写的作品与时代之间构成了相互缠绕的关系。从她的身上，可以如此完整而清晰地看到旧伤痕与新伤痕的时代烙印以及爱的流变与欲求。程光炜在剖析史铁生的病残故事与病残文本《我与地坛》时指出："置身于 80、90 年代这个历史巨变时刻，作者病残的身体已不再属于他自己，而这个作品也成为一个连接过去、现在与未来的隐喻。"[2] 谢有顺在分析李兰妮的《旷野无人》时则提道："这让我想起史铁生，在当代文坛，大概没有多少人像他一样将生命与写作结合得如此紧密，残缺的生命赋予写作以丰赡的思想，写作还芜杂的生命以澄明之境。"[3] 因此可以说，李兰妮的《旷野无人》与史铁生的《我与地坛》同样透露出疾病背后的巨大的时代隐喻，它承载着历史与当今社会巨变的丰富内涵。所有的病痛都是社会的病痛，作家本人在书中也一再强调："这里

---

1 2018 年，杨庆祥在长文《重建一种新的文学——对我国文学当下情况的几点思考》中指出，21 世纪以来的文学创作出现了"新伤痕写作"。杨庆祥认为，莫言的《蛙》、阎连科的《炸裂志》、余华的《第七天》都属于这一类创作，这些写作内含了 20 世纪 80 年代的"伤痕文学"的结构和美学原则，但是其书写的内容，又是 20 世纪 80 年代以来的中国现实。也就是说，伤痕文学书写的是"文革"的伤痕，而新伤痕文学，书写的是改革的伤痕。不同的是，"新伤痕"已经与"旧伤痕"有了质的区别，美学的模式从"对抗"转变为"对话"，哲学的指向也由"恨的哲学"变为"爱的哲学"。
2 程光炜：《关于疾病的时代隐喻——重识史铁生》，《学术月刊》，2013 年 7 月。
3 谢有顺：《当文学与疾病相遇》，《文艺争鸣》，2013 年第 9 期。

记录的，不是我一个人的抑郁，是我们这代人所共有的抑郁。"[1] 如果在某段时间，这种疾病不约而同地发生，它的普遍性一定会隐喻出历史与现代社会生态的某些方面。因此，本文拟从作家童年的创伤与母亲，疾病与城市的关系以及爱的流变与呼吁三个角度来分析李兰妮的疾病文本和由此折射出的时代隐喻。同时，疾病隐喻也为我们审视时代提供了一个有意义的视角。

"城市病"的源头：童年的创伤与母亲

李兰妮十岁那年，恰好是"文革"开始的那一年。1966 年，也许无数个家庭的孩子，和懵懂无知的李兰妮一样，在人生中的这个重要阶段离开了父母，进入了集体主义的生活。虽然被父亲的同乡托管，但几乎是一个人独立地生活。许多年后，李兰妮在回忆这段往事时，仍旧唏嘘不已。那实在是一段苦难的岁月：

> 日月匆匆，该过十周岁生日了。我把没用完的牙膏挤到贝壳里装着，把牙膏皮卖了，把夏天唯一的一双破凉鞋卖了，把小刷子辫剪下来卖了，把没用完的练习簿卖了，把枕套当破布卖了。我攥着一把壹分、贰分、伍分的硬币，跑到要塞照相馆，我对照相的说，我要照一张生日相。……许多年后，那张照片依然向人们传达着

1　李兰妮：《旷野无人——一个抑郁症患者的精神档案》，人民文学出版社，2008 年版，第 42 页。

一种永远无法言说的忧伤。[1]

这段描写令人动容。一个没有长大的孩子，也没有躲过时代的巨变，和所有的成年人一样，被大时代裹挟着，一样地头昏脑涨，不知所措，一样逃避不了心灵的永远的伤害：

> 那个夏天，我想家想得头都快裂了。我不知道父母在哪里，为什么不来接我。我害怕地想：是不是"文革"把家取消了？是不是家把我取消了？[2]

一个有家不能回的孩子，每天生活在巨大的恐惧中，怀疑自己是不是真的无家可归了，以至于她有一天真的见到父亲的时候，一番情境令人心酸不已：

> 见到爸爸了。想不起有多长时间没见过他了。我表现得很冷静，没哭，也没笑，我仍处于"脑震荡"的状态中。也许想家想得太累了，一颗心干干的，皱皱的，像一团用来缝背心的旧手绢。
>
> 爸爸倒是笑了，拍了拍我的肩膀说："怎么弄得像个小叫花子？"[3]

1　李兰妮：《旷野无人——一个抑郁症患者的精神档案》，人民文学出版社，2008 年版，第 39、40 页。
2　同1，第 44 页。
3　同1，第 45 页。

这些真实的描写是这部作品提供的认识那个疯狂的时代的最好例证。除此之外，它的重要意义在于，可以窥见所有的疾病都不是一朝一夕形成的，是漫长岁月累积的结果，终有一天不可避免地大爆发。而在童年阶段的情感的缺失、亲人的缺席，可能造就了她的性格，也是之后她的疾病形成的最初源头。因为李兰妮说："在有意无意间瞥见那些童年的阴影与创伤——缺乏关爱与呵护、缺乏安全感及家的温暖，由此形成的一种极度自立自强的个性，不向外人诉苦，不轻易寻求精神援助，将自己困守在'孤岛'，也许那些暗藏的隐疾也就是这样累积的。"[1] 不能仅仅因为她是一个孩子，就认为她是无知的，就可以随意对待。而作为家长，在当时的境况中，在"伟大"的时代号召中，也是充满无奈的。可是这种童年的精神创伤会影响一个人的一生，无可挽回，正如同某种疾病，无法治愈，只能缓解，是不可逆的：

> 许多年过去了，一直没弄清楚，"家"对我来说，究竟意味着什么？一想到"家"，脑子里就乱，就魂不守舍，心里又慌又痛又怕，却又充满期盼。这期盼太深太长，像悬崖像深谷，远看，无限风光，近看，……它无法近看，我从未走近过这无边的期盼。[2]

在心理学上，童年的创伤是分析一个人性格特征的重要因素。在文学上，作家的童年创伤或者作品人物的童年创伤都是研究者们格外

1　谢有顺：《当文学与疾病相遇》，《文艺争鸣》，2013 年第 9 期。

2　李兰妮：《旷野无人——一个抑郁症患者的精神档案》，人民文学出版社，2008 年版，第 45 页。

关注的部分。张爱玲华美而不幸的童年经验对她的创作有着非常大的影响。父母的婚姻解体之后，他们都各自有了自己的情感归宿，只有张爱玲没有自己的家。父亲曾经因为她与后妈交恶，而把她关在小黑屋中，时间长达几个月之久。相比父亲的这种惩罚，母亲的漠视更加令她不安，让没有安全感的童年雪上加霜，致使她的人生及所有的创作都蒙上了苍凉的底色。对于儿童，母爱的作用要强于父爱，因为儿童更需要母亲的呵护、照顾与亲近。弗罗姆在《爱的艺术》中对母爱这样描述："母亲的爱是无条件的，是保护一切，宽恕一切的；因为母亲的爱是无条件的，所以它既不能控制，也不能习得。母爱的出现会使被爱的人产生一种幸福的感觉，母爱的消失会使人产生一种怅然若失的感觉和极度消沉的感觉。"张爱玲因为童年母爱的缺失，导致作品中出现了恶母亲的形象，例如《金锁记》中的曹七巧，对自己的一双儿女，残忍冷酷，几乎令人难以相信是亲生母亲所为。在中国现当代文学作品中，书写凶恶母亲的作家比比皆是，萧红、庐隐、梅娘、虹影、残雪，但她们书写的母亲是一个个虚构的文学形象。而李兰妮则是非虚构地、直接书写自己的亲生母亲的"问题"。质疑自己的母亲，这在文学写作中，还不多见：

> 潜意识中我认为她不像一个母亲，她的所作所为深深刺激我，造成了严重的不安全感。面对她，跟她谈话，我会非常疲倦。甚至会头痛、气郁、胃疼、烦躁，从而引发各种不适。[1]

1　李兰妮：《旷野无人——一个抑郁症患者的精神档案》，人民文学出版社，2008年版，第77页。

因为与母亲之间的隔阂，李兰妮甚至没要孩子，她做出选择——今生不会成为一位母亲：

> 我心目中没有一个完整美好的母亲的榜样。我脑海中只有泛指意义上的大母亲概念。若要说说具体小家庭的"妈"，像冰心老师笔下写到的那样的"妈"，我没看见过。在个人成长的环境里，只有口号中的"伟大母亲"，没有身心健康、慈悲乐观、能为幼儿幼女提供安全感的"妈妈"。[1]

女儿对母亲不信任，反之，母亲对女儿也不能够理解：

> 我写了中篇《十二岁的小院》，里面记录了一些童年的伤感故事，妈妈看后，给我打电话，说我这是出卖她赚稿费，再写这些她就跳楼。弟弟也指责我，说我不孝，污蔑妈妈，并要求我在收入集子出书时把有关段落删掉。[2]

这似乎是无法沟通与理解的两代人，陷在深深的怨恨当中。李兰妮认为："每一代儿女对父母都有怨结。时代不同，怨的内容也不同。可是每一代人都把深怨埋藏在心底。"[3]尽管最后她与母亲和解了，这是

1　李兰妮：《旷野无人——一个抑郁症患者的精神档案》，人民文学出版社，2008年版，第78页。
2　同1，第41、42页。
3　同1，第43页。

历经千辛万苦的她与生活、与这个世界做出的和解。但是，童年母爱缺失的后果却是无法更正的。在这里，问题就要提出来了：母亲难道就不是在时代的巨网之中吗？难道她是可以左右自己的吗？李兰妮的母亲16岁就参军参加革命，是个铁骨铮铮的"女汉子"，在"妇女能顶半边天"的时代，作为新中国第一代的职业妇女，她何尝不是一个时代的产物。在大时代的风云中，每个人的命运与未来都被限定了，无论自我意识是否清醒，都难逃出时代的巨网。那时候流行的是革命育儿法，革命妈妈们忙于工作，母亲就成了一个书面语，一个虚词。这种不平衡直接作用于每一个家庭的日常生活和精神生活。尽管如此，《旷野无人》的可贵之处在于：它不仅无情地剖析了父母一代人精神世界的病变，而且给予了深切的同情和理解。作为一个资深的抑郁症患者，她没有躲进药物里，沉迷其中，而是进行深刻的反思，梳理时代的精神病变。尽管李兰妮说："童年的经历使我对家庭保持着若即若离的状态。多年来，家对我来说，不是港湾，不是养伤地，它让我感到紧张、拘束。在外漂泊久了，累了，想回家，但是回家几天之后就想走，就想一个人待着。一个人在一个封闭的空间里待着才能让我精神放松。对于家，我既不懂索取也不懂付出。我从小习惯自己打理自己，我不相信家。"[1]但是，饱受童年创伤的李兰妮最后选择了与母亲和解，这也是与自己、与世界的和解。因为执拗而生病，却因为和解而使疾病缓解，这种深刻的疗愈精神令人欣慰并称赞。

1　李兰妮：《旷野无人——一个抑郁症患者的精神档案》，人民文学出版社，2008年版，第45页。

疾病与城市的关系

　　尽管旧伤还没有完全疗愈，"文革"后的伤痕文学还是就此告一段落吧。1983 年，李兰妮来到深圳工作，这是改革开放的前沿阵地。在这里，她又遭遇了什么？作为一位知识分子，文化人，一名文学写作者，在市场经济大潮的孤岛上，她是否能够自若地"坐看云起云落"？

　　作家的写作与所居住的城市应该是一种什么关系？卡尔维诺说："如果我们接受作家会受写作环境、周遭事物影响的说法，那么我们得承认都灵是从事写作的最佳城市。我不知道待在一个当代影像过于强势、霸道、不留一点空间和安宁的城市中要如何写作。在都灵能够写作是因为过去比未来比现代更清晰，过去的强势与对未来的期待使审慎、有秩序的今日之貌实际且具意义。都灵是一个要求纪律、连贯、有风格的城市。要求逻辑，然后借由逻辑向疯狂招手。"[1] 在这里，卡尔维诺否定了强势、霸道、不留一点空间和安宁的城市，肯定了审慎、有秩序，要求纪律、连贯、有风格的城市对于写作者的意义。那么李兰妮写作的城市为她提供了什么？我们看到的结果是：新伤又来了。这座城市是一个魔咒，这座城市带给她的伤害与压力也是空前绝后的。旧伤与新伤，重重叠叠的伤口导致了抑郁症的大爆发。

　　　　从 1987 年到 1997 年，作为深圳的"文化人"，是我深感无助无望的时期。我害怕深圳，拒绝承认我是一个深圳人，我的魂魄四处流浪，蜷缩在一个又一个大学校园的角落歇息，经济商

1　［意］伊塔洛·卡尔维诺：《巴黎隐士》，倪安宇译，译林出版社，2009 年版，第 4 页。

潮在深圳越来越热，我对这座城市的感觉越来越
冷，越来越陌生。仿佛一只蜜蜂撞上了蜘蛛网，
激情热力被粘裹吸食。[1]

她惧怕自己所在的城市，因为这座城市没有安顿好她的灵魂，只能任由脱离了躯壳的灵魂随意游走，完全变成了一个空心人。空心的人需要创作，需要实现自我的价值，需要满足自己精神上的需求。但是，似乎这个环境与她个人之间是相悖的，充满了不确定性和颠覆性。于是，她迷失在城市的迷宫中。迷失方向的不止她一个人，她与选择来深圳生活的画家之间的对话，可见一斑：

"来深圳怎么没画过？"
"没感觉。心里满满的，空空的。很烦。"
"这个城市挺怪的，搞文艺的来了不少……
不知怎么就没音信了，就像船进了百慕大。"[2]

我们都知道"百慕大三角"又被称为"魔鬼三角"，历史上有无数的飞机与船只出事，有无数的生命在此丧生。它更像一个谜团，科学家也无法给出确切的说法。画家虽然是用了夸张和比喻的说法，也足以引起我们的注意：这座城市与文化人之间究竟出现了怎样的矛盾？它曾经被称为文化沙漠，沙漠是很难见到水源和绿洲的。但是，改革开放的号角是在这座城市吹响的。如今，改革开放已经结出了丰硕的成果，沙漠

1　李兰妮：《旷野无人——一个抑郁症患者的精神档案》，人民文学出版社，2008年版，第223页。
2　同1，第221页。

也已经变成了绿洲。可是在此过程中所带来的问题与伤害，似乎我们还没来得及认真地清理与反思。而李兰妮，她是在此过程中被损害的个体之一，也是深圳第一批患精神障碍疾病的病人。在生病期间，她一直噩梦不断，这是她的潜意识在呈现她所处的环境，她的潜意识在呼救：

> 它意识到深圳处于打仗的境地，永远不会结束战争，而且没有胜利的一方。只留下人们的尸体、被环境机器切割成统一类型的肉块。[1]

在这座城市中还有多少被这种疾病折磨的病人？"若根据国外精神病学家的说法来推断，抑郁和暴力，在全国所有城市中，深圳这样的移民城市首当其冲；而广东在全国各省份中首当其冲；中国在发展中国家中首当其冲。"[2]那么也就是说，不仅仅因为这是一座商业化的城市，文化人在其中没有归属感，整座城市的移民都没有安全感和认同感。这是一座被现代异化了的城市：

> 深圳人的心态不再单纯，人性的恶之花在这里张扬绽放。在北京天天读书、听讲座，回到深圳真找不着北。社会的确在进步，工资从三十几块涨到了七十块。去酒楼吃饭的机会多起来了，莺歌燕舞，美女云集，各条道上的高手也来蹚浑水。空气中欲望在发酵膨胀扩张，城市味道……

1　李兰妮：《旷野无人——一个抑郁症患者的精神档案》，人民文学出版社，2008 年版，第 245 页。
2　同 1。

很难形容。[1]

但是，地狱天堂，福祸相倚。事情总有转机。"一车车微笑的月亮，运往每个哀伤的黑暗城市。"[2]1997年，在李兰妮意义上，这是一个转折点。城市完成了它最原始的资本积累，泡沫经济得到了遏制，深圳对于李兰妮来说终于有了家的感觉。坐在深圳大剧院音乐厅的李兰妮，终于清晰地感觉到，她是一个深圳人，她不再逃避与拒绝。从内心拒绝成为深圳人到承认自己是深圳人，这个过程用去了李兰妮二十年的时间，她终于认同了这座城市。但是，她病了，病在这座城市中。这种现象的背后究竟隐藏着怎样的问题？杨庆祥认为，这是因改革而出现的新伤痕时代。"我们可以将1980年代以来的中国划分为两个阶段，第一个阶段可以称之为'野蛮经济'阶段，这个阶段通行朝野的意识形态是个人奋斗主义，并以此替换此前的'公家'主义，通过个人分红和'发家致富'等方式来弥合此前带来的价值观破裂。这是1980年代改革的原动力，但是当这种'个人'在利润的诱导下变成'缺乏约束的利润动物'之时，事情就发生了质的变化。个人奋斗异化为成功主义和消费主义，个人奋斗中质朴的、神圣的劳动哲学被抽空，成功主义和消费主义中的投机性和食利性被放大。"[3]当个人的质朴与神圣被时代抽空，成功主义和消费主义在这座城市肆意妄为之时，也就是人们的精神世界坍塌的时刻，于是精神焦虑与抑郁集体爆发。如果反映在文学上，那么可以说，伤痕文学是对"文革"的揭露和控诉，新伤痕文学是对改革的发现与揭露，但它同时对这个时代也有照亮与治愈的作用，"与前此时代

1　李兰妮：《旷野无人——一个抑郁症患者的精神档案》，人民文学出版社，2008年版，第212页。
2　几米：《月亮忘记了》，生活·读书·新知三联书店，2002年版。
3　杨庆祥：《杨庆祥："新伤痕时代"及其文化应对》，中国作家网，2017年3月20日。

的伤痕不同，在前此时代，伤痕往往是可见的，它有一些具体而现实的表征，比如战争、暴力和政权的更迭带来的伤害。但新伤痕时代的伤害往往是隐性的，不具体的，绵软的，是一种可以称之为'天鹅绒式'的伤害。这是一种真正的精神和心理的内伤，它导致的直接后果是精神焦虑、抑郁等精神分裂症的集体爆发，而吊诡的是，因为并没有意识到这种精神分裂症背后的伤痕，对之的诊断和分析也变得模棱两可甚至陷入道德的两难。"[1]

经过最初的动荡与摸索，城市和人一样，逐渐走上正常的轨道。一座国际性的现代化大都市屹立在中国大地，它完成了一个迅速成长的奇迹。然而成长的背后隐藏着多少令人心酸的代价：

> 而我忧伤的是：有多少人没有熬到这一天！
> 有多少人曾对这座城市充满美好的梦想，但是，他们严重受挫，煎熬成伤，他们渴望尊严和爱，渴望理解和扶助，渴望在这个城市不遭白眼和轻蔑……他们没有坚持等下去，或者没有时间让他们等下去。他们带着冰冷受伤害的心离开深圳，他们会在噩梦中看见往日这座城市。还有更不幸的人，他们在病痛中、灾难中、抑郁中、疯狂中死于这座城市。在这座城市的土地下，有多少被精神的巨魔碾碎的灵魂？在黑夜苍茫的天空里，

1 杨庆祥：《杨庆祥："新伤痕时代"及其文化应对》，中国作家网，2017 年 3 月 20 日。

有没有哭泣的幽灵在游荡？[1]

"她的抑郁症是集体无意识的心理积淀、社会快速转型的精神压力、高度物质压榨下的人性异化，以及生理上疾病恐惧等综合征的爆发结果。军人家庭出身、受过正统理想教育、人文素养很高的作家李兰妮，显然难以适应中国社会在 20 世纪 90 年代发生的急剧转型，她身处改革开放的前沿——深圳，面对的是金钱以及金钱背后的欲望支配一切的疯狂世界，社会伦理的堕落突破了人的底线，这是她难以接受的生存环境。人作为环境的产物，她本人或许也是参加了创造环境的一员，无法脱离这样的环境而生存，这是精神危机的深刻之处。"当文学与城市相遇，城市又与疾病相遇，我们便收获了美好而深刻的文学。李兰妮的《旷野无人》提供了这样令人思考的文本。最重要的是，在"旷野无人"的死寂中，还出现了疗愈的亮色与温暖，这是难能可贵之处。正如同杨庆祥所说，新伤痕文学在哲学上已经是爱的哲学。贺绍俊认为《旷野无人》的书写是在做一项"伟大的启蒙"："就对于中国人民和中国社会发展的重要性而言，绝不亚于一个世纪前在中国大地上所进行的那场思想启蒙。上个世纪的思想启蒙是关乎人类社会命运的启蒙，而你现在所做的启蒙是关乎人类自身的生命健康的启蒙，进而从整个世界范围和全人类的角度看，这种启蒙同样重要。"[2]这也是饱受创伤和疾病之苦的李兰妮关于爱的启蒙，她忍受着巨大的痛苦一次又一次返回精神的黑洞，铺陈、展示着心理的伤口，目的是疗救。因此可以说，这是关于爱的书写，李兰妮强大的内心奉献出爱的伟力。"新伤痕文学"应当是关于爱

1　李兰妮：《旷野无人——一个抑郁症患者的精神档案》，人民文学出版社，2008 年版，第 209 页。

2　贺绍俊：《你在做一项"伟大的启蒙"——致李兰妮的一封信》，《文艺争鸣》，2009 年第 12 期。

的文学，治愈和拯救的文学，"新伤痕时代"更是新希望、新建设、新创造的时代。[1] 旧的伤痕文学是在痛诉，新伤痕文学则是在进行爱的呼吁。疾病是一种隐喻，城市也是一种隐喻，当两种隐喻相遇，折射的便是时代的症候。

爱的流变与呼吁

苏珊·桑塔格说："疾病的症状不是别的，而是爱的力量变相的显现；所有的疾病都只不过是变相的爱。"[2] 在某种意义上，李兰妮的疾病可以看作是爱的呼吁。但是完成呼吁之前，实际上它经历了爱的流变。这个流变可以说是从"大爱"到"小爱"的过程。在《旷野无人》与《我因思爱成病——狗医生周乐乐和病人李兰妮》（以下简称《我因思爱成病》）这两部作品中，可以完整而清晰地看到流变的过程与痕迹。从这一过程和痕迹中，我们又可以窥见时代的发展脉络。《我因思爱成病》也是李兰妮这个时期非常重要的一部作品，应该说它是《旷野无人》的续篇。《旷野无人》是"一个抑郁症患者的精神档案"，而《我因思爱成病》则是对抑郁症的疗愈篇章，表现了李兰妮与宠物狗之间的爱的互动。全书细腻生动，充满了温暖的爱的气息，已经完全没有了《旷野无人》中的凄厉与哀伤。此时的李兰妮，已经不是一个人站在无人的旷野上，而是有狗医生周乐乐的陪伴与爱，更有沉思之后的爱的力量。

从童年开始，李兰妮就充满了"大爱"。这是因为"从小受教育，

---

1 杨庆祥：《杨庆祥："新伤痕时代"及其文化应对》，中国作家网，2017 年 3 月 20 日。
2 ［美］苏珊·桑塔格：《疾病的隐喻》，程巍译，上海译文出版社，2014 年版，第 33 页。

我学的是，要热爱党，热爱祖国，热爱人民。我没有学过要爱家人，爱邻居，爱狗狗。我懂得向远方付出爱，不懂得在身边怎样爱"。[1] 不仅仅是李兰妮，那一代人都是如此。所谓的"大爱"，也就是我们所说的"集体主义"，而"小爱"则是泛指"个人"。梁永安说："我们以前特别强调集体，强调国家，强调家族。但有时候忽略了一个问题，就是没有一棵非常非常生机盎然的树，就没有一个特别丰茂的大森林。所以我们个体的发育几千年来没有解决。鲁迅的小说里面写了大量的这样的问题。"[2] 从现代文学的鲁迅时期到了当代文学的李兰妮时期，这一问题也没有得到彻底解决，李兰妮在当时是集体主义的一分子：

> 我们从老师那儿得知：我们可能是最后一代
> 与家庭保持联系的孩子。随着革命形势的发展，
> 小家庭即将取消，小孩子一生下来就要交给社会
> 统一照管，全国人民合成一家，不分彼此。[3]

这是"文革"时期的集体主义大家庭。然而，为什么就是在这样集体主义中长大的李兰妮没有获得爱的能力，她始终"不接受爱。不付出爱。不传递爱"[4]。完全把自己封闭在一个孤岛上，无法获得和传递生命的爱的能量。直到生病，危及了生命，这时候已经是新世纪了，经过了如此漫长的岁月，她才从宠物疗法中学会了，去爱一只小动物，因为周乐乐是她的医生与陪伴者。"因有小狗乐乐相伴，李兰妮那些潜伏于

---

1 李兰妮：《我因思爱成病——狗医生周乐乐和病人李兰妮》，人民文学出版社，2013 年版，第 296 页。
2 梁永安：《在单身的黄金年代，我们如何面对爱情》，《一席》，2017 年 6 月 28 日。
3 李兰妮：《旷野无人——一个抑郁症患者的精神档案》，人民文学出版社，2008 年版，第 44 页。
4 同 1，第 295 页。

内心的爱意牵挂有了寄托，她也在尝试着做一些改变，与父母亲人、与那些同样养有宠物的户主们，尝试着离开自己的孤岛去与他人交流分享。"[1] 是什么原因导致她封闭了自我，这其中有时代的原因和个人的原因。可是我们的社会文化对集体主义的偏爱却是一以贯之。东方文化与西方文化的主要区别也在于此：东方文化更强调集体的重要，忽视个人的发展；而西方文化则更注重个人的个性发展，"牧童也能当总统"，是对个人发展的最好鼓励，是对个体意识的最好尊重。东方文化的整齐划一，对宏大叙事的偏好，导致了国人一段时期以来，只注重"大爱"，而忽视了"小爱"。然而，"大爱"是由无数个"小爱"组成，没有了"小爱"，"大爱"应该无法成立。如果无法去爱一只狗，如何去爱国家，爱人民。狗也是一个个体的生命，只要是生命，就应该得到应有的尊重与爱。当周乐乐进入了李兰妮的家庭，李兰妮与母亲之间的关系得到了空前的改善。母女之间的感情通过一只狗获得了增进。母亲对李兰妮这样说：

> 我们那个年代多艰难，什么也不懂，误了自己，也误了孩子。你们现在不同啊，有知识，有条件，你要珍惜周乐乐。[2]

这也许是母亲对过去岁月的最好反思，也是母女和解的最佳渠道。曾经铁骨铮铮的母亲的内心，经过了岁月的动荡，终于变得柔软起来。这是一位走进新世纪的母亲，是一位与时俱进的母亲。她终于理解了女

1　谢有顺：《当文学与疾病相遇》，《文艺争鸣》，2013 年第 9 期。
2　李兰妮：《我因思爱成病——狗医生周乐乐和病人李兰妮》，人民文学出版社，2013 年版，第 86、87 页。

儿，理解了对生命的爱与尊重。曾经在《旷野无人》中的"大爱"，到了《我因思爱成病》，变成了涓涓细流的"小爱"，她们已经学会如何去爱一个幼小的生命，如何去关爱自己，如何去关爱身边的人。唯有如此，才知道如何关爱整个世界。个人的伤与社会的伤实际上是一体的，牵一发而动全身。个人受到了伤害，必然会在社会的肌体上得以显现。因此，对于"小爱"的理解，便是对"大爱"的尊重。二者之间，相辅相成。

"大爱"转变成"小爱"，这其中经过了人世沧桑，经历了社会文化历史的变迁。在"文革"时代，整齐划一的集体主义，多少热血青年满腔豪情地献身革命。刘小枫的《记恋冬妮娅》写到了一个他亲眼看到的在"文革"武斗中死去的女高中生，他写她青春的身体僵直地躺在地上，这个年轻的女孩子为革命"奉献"自己年轻的生命，个体被无情地湮灭在集体主义当中。在那个荒谬的时代，个体生命被无限地蔑视。而最可悲的是，女高中生不过是这场革命中的一个"工具"而已，但她在死之前，却并不知道，她还以为自己是为"革命"而死，"死得伟大"。在改革开放年代，又有多少人在消费主义与成功主义的诱惑下，盲目地热爱物质，崇拜金钱，扭曲了灵魂。李兰妮书写了"文革"、改革的历史对中国普通人的伤害。社会、民族、个人，要付出多少沉痛的代价，才能拨开迷雾，重见文明的曙光？而以伤害为代价，完成了"大爱"至"小爱"的转变，不禁令人唏嘘不已。

李兰妮一路走来，经过了"文革"、改革、社会主义市场经济变革，跌跌撞撞，万千辛苦，一言难尽。虽然童年遭受了"文革"的伤害，成人之后又遭遇急剧的社会转型，在欲望支配的城市里苦苦挣扎。但是，她终究完成了精神的蜕变、凤凰的涅槃。我们除了对其遭受的苦难给以深切的同情，对她与病魔做斗争的顽强毅力报以深深的敬佩之外，最重要的是我们必须清醒地认识到，"她要解释的是疾病背后的巨大的时代隐喻，以及探讨当代人身处的困境及其拯救的故事"，她的作品"之所以能让人读之震颤，就在于作家没有孤立地介绍一种病例，也不仅仅是指导同病患者的自我疗救，而是面向全体的人类，告诉他们，抑郁症的时代症状和它的象征性的隐喻"。旧伤痕与新伤痕也最终在岁月中完成反思和治愈，最终演变成爱的吁求。

第七章

人机交互的未来城市

也许深圳应该是最具科幻感的城市，因为它拥有强大的高科技产业的现实支撑，科技无时无刻不在深刻地影响着这座城市。深圳作家庞贝，从沉潜于千年前古典意蕴的《无尽藏》中华丽转身，嵌入当下蒸腾的现实世界里，并以奇妙的科技元素组建科幻的文学空间，以"独角兽"的勇气、智慧、优雅和力量，让深圳这座城市与科幻相遇，不知道在虚拟的文学世界里，究竟能撞击出怎样绚烂的火花？

熟悉而陌生的科幻城市

庞贝在作品《独角兽》中搭建了曲径分岔的迷宫，那是他重新构想的城市的时间与空间，而独角兽则是他想象中的城市的未来市民。在这样一座人机交互的未来城市里，后人类时代的人们依然在工作、生活、演绎着爱恨情仇，延续历史文明，一切秩序井然，理性而正常。仿佛这不是幻想出来的世界，而是真实的世界就本该如此。庞贝的《独角兽》并没有像其他科幻题材的作品一样过分地天马行空，而是理智地控制着思想的缰绳，并没有任由思想的野马任意驰骋，创造出一个完全令人匪夷所思的后人类时代的城市，而是让这座城市尽管以科幻的光影为背景，却依然如此真切，清晰可辨。

作品《独角兽》中所呈现出的，是一个熟悉而又陌生的城市。庞贝曾坦言道，他笔下的南方之城就是深圳，是他工作、生活了近三十年的城市，这是被他复制和转化了的真实世界，因此透露出一种既亲切又熟悉的感觉，也许这就是深圳作家书写科幻城市的优势吧。然而，这一切又都在连接着未来，它是一座通向未来的城市，因此又显现出几分陌生与神秘。亲切与神秘遭遇，熟悉与陌生相交，于是织就出城市的经纬与肌理，由此呈现出了科幻与文学艺术的迷惑与魅力，这也许就是作品的成功之处。

> 透过昏暗的玻璃，我再一次俯瞰身下的这座城市。雾霭中的城市，高楼密布的城市，有些大厦的天台有花树，有些则只是空空的秃顶。高楼之下是街道，灯火闪耀的街道。车流、人流、物流，在这座城市的另一维度，还有看不见的数据流。那是一个看不见的网络，那是由手机、电脑和传感器构成的网络，海量的数据正以人们看不见的方式在流动。他们说数据就是财富，虚拟空间便有了众多挖矿者。夜以继日地挖掘，日积月累的财富，这些看不见的数字，它们眨动着欲望的眼睛，它们也借由炫目的灯光而显形……

这是庞贝在《独角兽》的开篇展示给我们的城市的另一个维度——科技的城市，科技是通向未来的路径。庞贝曾经说，他在作品中所呈现出来的设想，应该在未来是可以实现的。因此批评界对这部作品的定义是科幻现实主义，是具有科幻色彩的现实题材的长篇小说。也就是说，不管加以怎样的科幻的文学幻想，都没有脱离现实主义的土壤，都是以深圳城市科技创新为背景，以人工智能为主导的科幻故事。虽然它们在今天的世界中暂时没有发生，但幻想出来的因素必定有一个科学而理性的支撑，幻想出来的故事与城市生活大背景有着情感关联。作家也在不断地试图开启人与城市之间的新关系，这种新关系的桥梁就是科技。科技似乎无所不能，以它的创新性带来了人与自我、人与人、人与城市的新型的关系。

主人公艾轲、何适、林韵都有粤港澳大湾区的故事人物原型，他们或者有着普林斯顿大学生物传感专业的博士头衔，或者是牛津大学计算神经科学博士，总之都是科技领域的领军人物，这就意味着他们掌握业内顶尖技术。然而，"这场开启人类新时代的人工智能竞赛中，技术其实比资本更重要，而技术源自人的智能，源自那些技术天才的大脑"。由于技术的应用，作品中出现的无人机、测谎仪、机器蛇、远程定向录音、无人驾驶，甚至可以陪伴人类的 Alpha-3，等等，都展现了这座城与技术的紧密关系，可持续发展的城市与城区，需要通过传感器数据支持城市的规划与决策。艾轲、顾濛这种科技人才，他们是城市的创造者，在深圳这座城市中，有很多像他们这样的科技人才活跃在科技领域内。当然他们同时也是城市的使用者，他们为更多的使用者进行创造，而作家庞贝则是城市中有远见的思想者，他思考的是城市的历史、现在与未来，同时他也是城市的创造者与使用者。但最重要的是，他用科幻与文学的想象塑造了文学人物的形象以及这座城市的文学形象，亲切而新鲜、熟悉而陌生。

庞贝描绘的未来的科幻城市，表面上似乎抽离了历史，超越了现实，但是实际上都是城市日常经验的想象。因此，当科幻与城市相遇之时，不仅城市是科幻的背景，而且城市里包含着科幻的无限能量，科幻融进城市的血液，科幻将城市的历史、现实与未来熔铸于一体，使得深圳城市的文学形象有了新的辨识度。在此之前，深圳这座城市的文学形象是模糊不清的，它完全不能等同于京派文学、海派文学的文化品牌效应，也不能等同于任何一座以历史时间见长的，例如西安、南京这样的古都。独角兽表面上是指那种快速成长的估值超过 10 亿美元的新企业，而庞贝对"独角兽"进行了科幻文学塑造，这里被作家隐喻为新城市独特的气质。可是独角兽不是狼，独角兽固然有力量和速度，但是更有智慧，有某种优雅的风度，因为独角兽也是光明的象征。这才是一座城市真正的生命力。庞贝的书写实际上为深圳这座城市塑造了这一极具科幻感的文学形象，改变了深圳一向以经济奇迹著称的模式化形象，这不能不说是对深圳这座城市的文学想象的一次巨大的改写与飞跃。

科幻城市的情感链接

庞贝的《独角兽》中的科幻城市是未来的城市，未来城市中居住的是后人类，但科幻城市并不因此而成为冰冷的时间与空间的组合，它也是一座有温度的城市，确切地说，它是一座有情感链接的城市。庞贝在《独角兽》中告诉读者，情感依旧是后人类时代生存下去的绝对力量，独角兽并不是一具冰冷的机器人，后人类也是有血有肉有爱有恨的个体。正如作品中反复出现的古典时期莎士比亚的《暴风雨》中的台词："爱所有人，信任少数人，不负任何人"，这仍然是后人类社会精神支撑的座右铭。

作品中除了浓重的科幻色彩和庞大的科技知识含量之外，还有作家庞贝无处不在的提醒：即便是在科幻的城市中，流通的法则依然是有重量的思想，依然是善良与智慧。科幻城市的前提是智慧城市，智慧的城市仍然要以情感为主要的流通的血脉。在科幻作家的笔下，未来城市也是一个行为的主体，如同人物一样可以展开行动，因此，未来科幻城市也充满着人类的情感。《独角兽》中描绘的未来城市，依然是一个温暖的世界，并不是炫酷得不可一世。举一个小小的例子，城市中因大雨而导致路面积水，为排水而打开的井盖，往往使得行人失足落井，这是一个屡见不鲜的城市现象，作家庞贝在作品中使用短距离无线通信与智能传感相结合的技术，在消防中心的大屏幕上即时显示出每一个井盖的位置，在那些因为排水而打开的井盖旁都竖起了风吹不倒的小红旗，旗杆的顶端还有红灯闪烁，提醒行人及时避开，以免落入井中。这莫非是作家庞贝的新技术专利发明？不，这不过是作家企图用虚拟城市去遮蔽现实的粗粝，这其中充满了作家温暖的情感，这份情感加入了科技含量。

作品的主体仍旧是一则爱情故事，也许有点儿陈词滥调，但并不影响作品情感的精彩表达。艾轲与林韵的爱情艰辛而坎坷，尽管艾轲被陷害入狱，林韵受辱后远走异国他乡，他们的爱情并没有因为时间与空间的距离而终止。最终，他们的爱情战胜了邪恶的力量。更饱含隐喻的是，在艾轲与顾濛的共同努力下，他们创造出了与林韵一模一样的机器人，这个机器人有着与林韵一样的智慧、美貌和情感。在多年之后，也就是进入数据霸权的时代，出现了新的物种，它们是仿生人。其中，有一个拥有林韵所有记忆的仿生人，她仍旧记得这段浪漫而无果的爱情，她与另一个继承艾轲所有记忆的机器人在伤感地聊着曾经的诗歌与爱情，他们的恋爱仿佛是一首抒情诗。因为他们在多年以前扫描和复制了原人的大脑神经。尽管过去了很长时间，这段爱情却超越了生死，超越了时空，在机器人这里完成了永恒。

"可你毕竟不是从前的那个林韵……"

"谁若守望，谁便会看见。"

……

"好吧，你就是林韵……"

那么，人与机器之间的关系，实际上回到了人自身的情感问题上，这是科技时代的文化矛盾冲突在人身上的具体体现。所以说，《独角兽》以前瞻性的设想，对人与自我、人与他者、人与城市的关系进行探索，将科学技术、情感关系与社会伦理共同作用在一起。作家的本意是他所描绘的科幻世界并不是完全的虚拟，而是以现实的社会性事实而存在，以人类的情感链接而成的具有想象性的科幻城市。

当然，作品中也存在着批判色彩，从某种意义上来说，批判也是一种强烈的情感力量。作家庞贝在作品中不断地使用世界著名画作《拾穗者》的隐喻来表达自己的情感。法国画家让·弗朗索瓦·米勒在 19 世纪创作的这幅油画《拾穗者》的原意是对底层的弱势群体的悲悯和同情，庞贝却借以表达对城市贫富不均现象的抨击。即便是到了后人类时代，社会阶层的极大差异仍然存在。这是关于财富与道德的思考，这是创富时代的道德重新建立的问题。作品中的反面人物何适盗取的秘密文档就藏在这幅画里，我们所要讨论的当然不是作家的审美修养，而是从这个细节的描写来窥见作家在创富的科幻城市中张扬与标榜一种人文精神的力量的意图。

科幻城市的新世界渴望

在《独角兽》中，我们可以看到作家庞贝以科幻的方式对城市的书写和想象，呈现出他自己独特的把握"城市"的方式，这种文学表达方式也彰显了深圳这座科技城市的独特性。那么，首先要分析的是，为什么会出现这种对城市的科幻书写？也就是说，城市文学与科幻书写相遇的理由是什么？有学者指出："在启蒙主义对人类心智改造失败的哲学背景下，AI 重燃了人类对新人和新世界的渴望。"从新文化运动的启蒙主义与 20 世纪 80 年代的启蒙话语的历史角度可以梳理出城市科幻文学产生的源头，人们试图用科幻描写的方式来重新启发与激活人类的智慧与心灵。这也许是对城市科幻书写产生的最恰当的解释。实际上，作家对科幻城市的书写，在文学的创作上也有其逻辑起点，文学的本质需要一刻不停地创新，任何模仿与重复都是文学上的大逆不道，获得称赞的途径就是要塑造新的人物形象与新的文学世界。那么，如何创造新的世界，科幻文学也许是一条捷径，通过它能直接呈现一个陌生的乌托邦世界，完全不受现实因素的制约。科幻的城市无疑就是被想象和塑造出来的崭新的世界。可是事实证明，如果仅仅是科技膨胀了城市，城市并不能因此进入更高级、更文明的社会形态中去，只有文明的社会文化与高科技相匹配，才有成为文明城市的可能。因此，一座城市中如果只有单一的科技呈现，而没有文明的羽翼来保驾护航，科技也会显露出它的苍白无力。

设置未来人类在高科技的虚拟空间内生存与发展，人们极其渴望新世界的出现，不惜以虚拟科幻的方式去建构这一个新世界。那么，其实在现实世界中可以找到它的逻辑源头。这在某种程度上，应该是对目前现实情形的厌倦与不满，所以产生对新世界渴望的种种想法。这种厌倦与不满一直激励着作家走出自己熟悉的舒适圈，再去创造一个闻所未闻的新世界来，把人类自身放置到陌生的世界。庞贝在《独角兽》中描绘的就是未来的生存图景，科技主导了后人类的生活，这是不同于现实世界的另外一个世界。韩少功也曾撰文《当机器人成立作家协会》，让人哑然失笑的同时，不禁严肃思考，这种机器人组织机构代替了人类的组织机构之后，是否真的就能避免现实中诸多的问题与遗憾。郝景芳获得雨果奖的科幻小说《北京折叠》也是城市与科幻相遇的一个典型案例，该作品也在表现另一个新的世界——把现实中拥堵的北京城像折叠纸片一样折叠起来，变成三重空间供人们使用的新世界。作家折叠的不是城市，而是城市的焦虑与无奈。所有这一切的幻想直接来自对现实世界的焦虑与不满。所以说，这种文学隐喻的表达是科幻文学需要承载的一种表达方式。科幻城市实际上就是一个充满隐喻的文学空间，这个空间是对新世界的渴望。

那么，人类内心渴望的新世界真的是全新的世界吗？其实并不是。科幻文学中所幻想出来的新世界并非真正的新世界。庞贝笔下的城市与科幻的相遇，有文明做纽带，有情感做链接。这里已经展现了作家的立场与表达。城市与科幻并不能在真空中相遇，它需要附加的因素作为条件。渴望新世界的意义是什么？如果可以做进一步的升华，科幻城市也可以被想象成一个有血有肉的人，有着人类的情感与智慧，有着对新世界的渴望。这个新世界不仅仅是科技的世界，重要的是人的世界。

第八章

光影中的城市

王樽

电影《误杀》中有一句台词："您要是看过一千部以上的电影，您就会发现在这个世界上，压根没有任何离奇的事情。"王樽的心中驻守了何止一千部电影的军队，作为资深的文艺评论家，他畅游在文学与电影的世界中，深深地思考，尽情地书写，世间早已春光明媚、云淡风轻。可是他却说："我书写，是因为无力直面世界的坚硬；我书写，是因为软弱与无能。"然而，事实上，他在电影的梦工厂中，以"带电的肉体"，倾听"远方的雷声"，看尽了"人间烟火"，最后干脆"与电影一起私奔"，开出耀眼的"厄夜之花"。王樽并不软弱，更不无能，他不过是谦谦君子，温润如玉罢了，他有细腻、绵密、辽远而坚定的内心，而这一切，也许是电影带给他的无穷力量。贾樟柯说："王樽的电影文字总能让我由电影出发看到我们共同的经验、记忆，那些无法忘怀的日子，甚至是某一年某一日的某种天气。每个人心里都有一块柔软的土地，电影是一条小径，生活最重要。"继《与电影一起私奔》《厄夜之花》《带电的肉体》《人间烟火》《远方的雷声》等多部与电影相关的著作问世后，王樽的《光影之城——电影中的深圳》仍关注电影，这一次聚焦的是他居住和工作的城市。因此，这部《光影之城——电影中的深圳》显示出了别样的情怀，这是一个人与一座城市、一个人与电影之间如丝如缕的缠绕、询问、商量与感念的电影诗篇。书中通过"我看""我感""我听""我写"四个不同的角度，阐释了电影中的深圳——一座王樽生活了二十多年的城市，已然是故乡，因此书写得如此深情，又如此辽阔。

城市在电影中的形象

在《光影之城——电影中的深圳》中，深圳电影第一次得到了梳理，该书曝光了许多难得一见的影片，材料扎实，因此显得难能可贵，它将成为未来深圳电影研究绕不过去的具有史料价值的著作，它的价值和意义显而易见。深圳在电影中的形象，被王樽的笔梳理得丰富、多元而摇曳多姿，可谓是横看成岭侧成峰。

1994 年，王樽第一次来到深圳，巧合的是《南中国 1994》也于这一年上映。这部体现时代特色、直击当时的影片，表明了来深圳寻梦的王樽与电影和城市的时间的同步性。影片中出现了深南大道的镜头，伴随着激越的音乐，塑造出深圳时尚、感伤而狂放的形象，这一城市形象带有明显的时代印记，也许与作者当时的心境更为吻合。《南中国 1994》是著名导演张暖忻的临终之作，但遗憾的是，这部描绘深圳生活的现实题材的作品，并不是她所有电影作品中的上乘之作。因为过于贴近时代，而丧失了些许的艺术性。影片高保真地留下了那个时代深圳的城市形象，传神地体现了那个时代的精神气质。高档酒店上海宾馆旁边依然是广袤的农田，曾经一度是"亚洲第一高楼"的地王大厦还没有竣工，一座青涩的城市正酝酿着勃勃生机，眺望着充满希望的未来。王樽对深圳这座城市最初的青涩记忆也与这部电影中的城市相互交织缠绕，难辨真假。

因为深圳的特殊的地理位置，早期的反特电影中，多会出现深圳的身影与形象。表现深圳城市形象的早期反特电影，例如二十世纪五六十年代的《寂静的山林》《跟踪追击》《秘密图纸》中的深圳形象笼罩在历史的迷雾之中，似曾相识，又不十分真切。可是，影片《跟踪追击》中的深圳罗湖口岸桥头的五星红旗的大特写却是如此醒目，"深圳车站"的照片，也无不在诉说着自我存在的价值感。影片《秘密图纸》中的深圳没有一处完整的城市形象，而是通过旁白的叙述，来建构城市的形象，虽然不能呈现出鲜明的视觉形象，却也令人对这座城市充满了无尽的想象。这种城市形象的另类表现手法，丰富了城市形象的内涵与意义。反特这一题材的特殊性，与那个遥远、神秘、暗藏危机，甚至有些蛮荒的早期城市形象相得益彰，相互烘托，达到了意想不到的艺术效果。电影为城市形象留下了最早的影像资料，弥足珍贵。

深圳作为港口城市，归乡题材的影片是绕不开深圳这一特殊关口的，因而深圳成为一个如此重要的电影意象。影片《钱学森》中，表现钱学森归国回来的镜头中并没有出现深圳罗湖口岸的具体场景，但是，伴随着抒情而动人的音乐，国宝级科学家的归乡以字幕的形式来呈现：1955年10月8日，深圳，钱学森回到了魂牵梦绕的祖国。对于深圳的呈现，在影片中可以有各种表现手法，这都无可厚非。关键的是，深圳作为一个重要关口，与归乡的重大情感难解难分，它甚至成了一个情感表达与宣泄的突破口。诗人洛夫1949年去台湾，阔别家乡三十年之后，于1979年的一天抵达深圳。到达之前，他在望远镜中看到了静默的深圳，再也克制不住内心汹涌的情感，挥笔写下了诗歌《边界望乡》："咯！你说，福田村再过去就是水围，故国的泥土，伸手可及，但我抓回来的仍是一掌冷雾。"

深圳曾经悲惨的历史形象真实地表现在《天堂凹》《逃港者》《照相师》等影片中。由于当年城市经济的落后，许多深圳人通过偷渡的方式逃往香港，逃港作为一种历史现象出现在镜头里，深圳困惑、悲苦的历史形象在影片中得到了具体可观可感的记录。逃港的方式五花八门，在不同的影片中有不同的呈现。《天堂凹》中以挖隧道的方式逃向香港，民工在暗无天日的地下凿着隧道，希望能通向天堂般的香港；《照相师》中的逃港者希望游过深圳河踏上香港的土地，而风险与代价却是巨大的，有的逃港者为此付出了生命；《逃港者》中的男主人公相传被鲨鱼咬死。这种逃港的镜头记录了真实的历史现象。无论以何种形式逃港，目的是一致的，那就是逃向物质富裕的幸福生活。

逃港是在迫不得已的历史情境中出现的现象，逃港并不是唯一和最佳的出路。《逃港者》中的女主人公被迫滞留在深圳，凭借改革开放的机遇，最后成为杰出的企业家。与此相对应的是，深圳快速发展的形象也同时出现在影片《天堂凹》《逃港者》《照相师》中，与深圳逃港的历史形象形成了鲜明的对照。"时间就是金钱，效率就是生命"的标语出现在影片中。深圳的时不我待、只争朝夕的鲜活生动的快速发展的形象，是导演与剧作家尤其钟情的电影情节。其实，这些镜头表现了深圳人当时的精神面貌，也传达出了那个时代所特有的气息，隐含着城市现代性的悄然登场。

影片《跑过罗湖桥》《过春天》展现了深圳最为日常生活的形象，仿佛这座城市褪去了最为时尚、摩登、梦幻的形象，展现出城市日常本质的一面。电影中，成千上万的跨境学童每天清晨从深圳到香港读书，夜晚再从香港回到深圳的家中。这种特殊的现象只能在深圳的通关口岸见到。这是一些拥有香港户口，却住在深圳的跨境学童，他们的父母为了能让孩子享受到香港更好的社会福利，而颇费苦心地将孩子生在香港，可是这种做法却产生了许多的连锁问题，例如，孩子的身份认同的问题，孩子的精神归属的问题，这些都是影片《跑过罗湖桥》《过春天》所致力于讨论的重点，最司空见惯的生活场景背后却是对身份认同的问题的深刻思考。因此，深圳城市日常形象的塑造并不是只停留在电影银幕上，而是被寄予了更多的反思。

深圳的深南大道这一形象是许多导演的宠儿，它成为电影中的重要意象，几乎是这座城市的代表。深南大道不仅出现在电影《南中国1994》中，还出现在《花季·雨季》《天籁梦想》《打工老板》中，深南大道升华为这座城市的文化符号。城市的春夏秋冬，深南大道尽收眼底。深南大道像巴黎的香榭丽舍大街、洛杉矶的日落大道一样，成为深圳城市的形象代言人。

深圳国际化的形象被影片《一家两制》表现出来，尤其是世界之窗的主题公园在电影中反复出现，以这种微缩景观来表达城市渴望拥抱世界的愿望。到如今，深圳也的确名副其实地成为国际性的大都市。世界之窗的微缩景观把深圳塑造得仿佛天堂那么美好，它意味着整个世界的幸福感都可以在此地拥有。然而，电影《天堂凹》却以底层打工者的故事告知大家，天堂凹才是最广大最真实的存在。表现深圳城市的影片可以关联起来进行解读，会得到更多的视角和收获。

那么，电影中的深圳通过王樽如此细致的诠释，拥有了多种清晰的形象，这些形象交织在一起，构筑了一座立体的城市，我们在它立体的空间中可以自由地穿梭，于是获得了认识城市的神秘通道。

城市中的电影院

在著名导演朱塞佩·托纳多雷的眼中，天堂就是电影院，因此他创作了世界电影史上的经典作品《天堂电影院》。在王樽的眼中，又何尝不是如此。王樽说："电影院是个世界，有承载，有放飞，有历史、现实、魔幻、传奇，无所不有。电影院有自己独特的时空，比如，人们常常将夜晚与白天混淆，将季节或冷暖混淆，至少是一时难以分辨，产生迷幻、疏离、错愕以及某种今夕何夕的疑惑。想到电影院，多数时候，不是首先想到某部具体电影，而是剧场的气氛，虽然只是匆匆过客，却与当时的情境、情绪混合在一起，悲欢离合，爱恨情仇，人间百味，杂陈其间。"[1]王樽在深圳电影院中看过的每一部电影，都与这座城市的记忆相关，都与这座城市的情感相关。尽管与王樽在电影院中邂逅

1　王樽：《光影之城——电影中的深圳》，深圳报业集团出版社，2020年版，第132页。

的电台女主持人，已淹没在茫茫人海之中，再也寻不着，但是笼罩在电影院中的美好情愫却再也挥之不去，成为难以忘却的纪念。

南国影院是深圳最早的电影院，建立于 20 世纪 80 年代，它是深圳电影的地理坐标，是承载一代深圳人光影记忆的地方。90 年代，王樽刚到深圳的日子里，曾经在老南国影院看过经典的电影《真实的谎言》《燃情岁月》《阳光灿烂的日子》《泰坦尼克号》，等等，这些美好的电影陪伴了他寂寞的青春时光，因此而变得那么令人难以忘怀。2002年，南国影院变身为新南国影城，而拆除的老南国影院，犹如被拆掉的一代深圳人的光影记忆，令人莫名地感伤。

后来雨后春笋般崛起的电影院，嘉禾、博纳、百老汇、欢乐海岸、益田假日、华谊兄弟、寰宇、新天等，它们都是深圳人温暖的去处。据《光影之城——电影中的深圳》一书统计，深圳目前有电影院 264座，可谓是遍地开花。深圳城市中的每一座电影院都与美好的记忆有关，城市中的每一座电影院都是一座美好的天堂。那么深圳这座城市是充满了天堂的城市，每一座天堂都为深圳人提供快乐的源泉。

除了电影院以外，与电影相关的电影俱乐部也成为深圳城市文化空间的必要补充部分。深圳的电影俱乐部有后院读书会的电影席明纳、上围电影博物馆、一间书房、蒲公英电影文化、深圳百老汇电影中心、maia's 天堂电影院、麦哲伦书吧、声色场所、越读学园、同花顺红酒屋缘影汇、迷影荟、巴布：青柠 / 壹年放映社，等等，是电影专业人士和电影爱好者的沙龙。电影俱乐部里大家可以分享电影的美学体验，一起感悟，共同成长。

与电影人对话电影

　　王樽与香港导演许鞍华、韩国导演许秦豪的对话的发生场域也在深圳这座城市之中，当然也可以发生在任何一座城市，这其中没有必然的关系。但是，因为这是一座充满梦想的城市，每一个来深圳的人都是为寻梦而来，那么，这座城市仿佛就是一座梦工厂，所以在梦工厂中的关于电影的对话就会显得与众不同，它被赋予了另外的文化意义，原本轻松的对话增添了庄重的感觉，仿佛仪式一般。

　　2007 年 3 月 12 日中午，王樽与许鞍华在深圳香格里拉大酒店的咖啡厅，展开了一次关于电影进行时的对话，对话中涉及香港电影新浪潮、文学女性、张爱玲等有趣的话题。

王樽：在你从影的三十多年中，正好经历了香港电影由衰及盛，再从盛到衰的过程。人们说香港电影本土化的历史，都一定要提起"香港新浪潮"这个词语，与意大利新现实主义、法国新浪潮、德国新电影运动都不同，香港电影的新浪潮并没有自己的宣言和纲领，也没有共同的组织，似乎只是顺便借用了这样一个词语。作为其中唯一的女将，你怎么评价"香港电影新浪潮"以及你在其中的作用？

许鞍华：这些都是后来添加到我们身上的符号。其实一切都是机缘巧合，并不是刻意而为。有老板愿意投资，我获得了执导自己第一部电影的机会，就把一件真实的凶杀案编成了悬疑和推理故事。我当时对波兰斯基的悬疑电影正感兴趣，就借鉴了他的一些手法，在影片中营造骇人的惊悚气氛，讲述了一件情杀案的真相，《疯劫》就是这样应运而生的。[1]

原本在电影理论界达成共识的香港新浪潮电影理论在导演许鞍华这里就这样被潇洒地消解掉了。

王樽：在你身上有很多符号化的东西，因为女性身份，还是单身，又拍了很多女性题材的电影，有人把你归为女权主义者。

许鞍华：其实我不是。只是女性本身就是弱势群体，老的女人就更是弱势群体，退休的人也是弱势群体。我有不少影片涉及女性，尤其是《姨妈的后现代生活》中的姨妈，她不仅是女性代表，也是弱势群体的代表。女人本来就在社会生活中处于弱势，社会地位更不用说了，其实我自己就很"姨妈"。在生活中有很多"姨妈"心态，比如怕赶不上时代，怕被人家轻视，还有不愿服输，又合时宜又不合时宜，老是赶不上，就好像唱歌总跟不上拍子，夹在两个拍子中间。[2]

作为著名的导演，许鞍华一向以强大示人，没想到她也有自己内心的柔软与脆弱。但是，她的女性题材的电影却给人安慰的力量。

王樽：从什么时候开始想拍张爱玲的？

许鞍华：我喜欢张爱玲，但她不是唯一，我不是"张迷"，也不是张爱玲专家，我也不是非要拍她不可。其实，张爱玲的小说很难改编，因为她笔下写的都是人的情感，这些是她的特色，但要变成影像就很难。我拍张爱玲，还是那句话，就是机缘巧合，刚好我想拍她的时候，有人投

1 王樽：《光影之城——电影中的深圳》，深圳报业集团出版社，2020 年版，第 170 页。
2 同 1，第 179 页。

资，就这么简单。很多情况下是时机恰当，比如 1982 年我想拍摄《倾城之恋》，刚好有顾问在香港，有人愿意投资；而 14 年后，再拍《半生缘》，那时遇到内地开放了，可以去内地拍外景拍街道，就去了，全部在上海拍摄的实景。[1]

　　把张爱玲小说搬上银幕意味着某种冒险，因为张爱玲已经把小说写到极致，电影恐怕难以超越，可是许鞍华对张爱玲小说的电影创作增加了对张爱玲作品解读的多样性，这不能不说是某种贡献。

　　2012 年 9 月 29 日中午，王樽与许秦豪在深圳中航大厦酒店的贵宾室展开了一场对话。王樽对许秦豪电影的理解是："他的作品沉稳、细致、典雅，没有猎奇与传奇，没有大起大落的恩怨情仇，更无韩国类型片中常见的疯癫奸情、嗜血暴力和变态畸形。他的影像都是普通的世态人情，平凡生活，涓涓细流，却寻常中有奇崛，温婉里出畸变，平和中现悬疑。"[2]

　　王樽在深圳这座城市中看电影、聊电影、写电影，电影是他生命中的重要组成部分，他的生命也因为电影而变得宽广。一个人、一部电影、一座城市，三者之间交织起来，是如此微妙又紧密。一个人徜徉在城市的电影中，一个人生活在电影的城市中，一个人在电影中看到了希望与力量。

1　王樽：《光影之城——电影中的深圳》，深圳报业集团出版社，2020 年版，第 180 页。
2　同 1，第 193 页。

第九章

新工人阶级的城市体验

1993 年，19 岁的谢湘南从家乡湖南来到深圳，做过装配工、搬运工、保安、推销员等工作。1997 年，谢湘南参加了第 14 届"青春诗会"，"青春诗会"是由《诗刊》社于 1980 年开始举办的诗歌活动，被誉为中国诗坛的"黄埔军校"。这是对诗人的最高褒奖，也在无形中鼓励了诗人的创作。2000 年，谢湘南出版了个人诗集《零点的搬运工》，引起诗坛的关注，成为打工文学的代表诗人，诗作《零点的搬运工》也成为其代表作。这部诗集记录了谢湘南成长的历史，也记录了城市早期发展的历史。由于其出色的诗歌创作表现，2003 年，谢湘南正式进入媒体工作，从此结束奔波动荡的打工生活。诗歌改变了他的命运。谢湘南是一位勤奋而高产的诗人，总计发表了一千多首诗歌，陆续出版了诗集《过敏史》《谢湘南诗选》《深圳诗章》和散文集《深圳时间》等，创作至今。

打工诗歌的早期表达

谢湘南早期的诗歌，写于 20 世纪 90 年代，诗人从农村来到城市，居无定所，一边打工，一边进行诗歌创作，他这一时期的诗歌创作呈现的是打工文学的特质。20 世纪 90 年代是中国快速城市化的时期，农民工浩浩荡荡地进城，谢湘南也加入农民工进城的大军。中国的社会阶层在悄悄地发生转移，谢湘南也通过自己亲身的经历、敏锐的观察、痛苦的思考以及勤奋的写作逐渐改变了自己的身份，从一名打工者转变为媒体人。谢湘南的诗歌以打工文学的姿态进入读者的视野，这一时期的代表作品有《零点的搬运工》《吃甘蔗》《呼吸》《深圳早餐》《我就站在打卡的队列中》《没有一座城市像这样一座城市》《凌晨五点的图书馆》等。

　　三十年前的谢湘南为什么会在中国诗坛脱颖而出？他无非是把打工生活的本真，完整地呈现在了我们面前，甚至让人看不出他艺术加工的痕迹，所以才能打动读者，震惊诗坛。他的诗歌创作实际上记录的是时代的声音，城市的发展，融进了个人的经验和情感。所以，在经历了朦胧诗、第三代诗歌和新生代诗歌之后，20世纪90年代中国诗坛一片寂静的状态下，打工诗歌以穿透人心的力量闪亮登场。谢湘南的《零点的搬运工》有震撼人心的力量，理所当然地成为打工诗歌的代表。

有人睡眠

有人拿灵魂撞生命的钟

有人游走

有人遥望月球而哭泣

时间滑过塔吊飞作重击地心的桩声

一切都是新的连同波黑的静默

不需叉车歌声高过高楼

搬运工寻找动词，鲜活的

鲤鱼，钢筋水泥铸造的灯笼

照亮孤独和自己，工卡上的

黑色，搬运工擦亮的一块玻璃迎接

黎明和太阳

　　如今重新读《零点的搬运工》，仍旧能感受到那个时代扑面而来的气息，改革开放的大潮给普通人带来的巨大的冲击。在深圳的城市建设时期，有无数的"零点的搬运工"在"拿灵魂撞生命的钟"，也有无数的"零点的搬运工"在用"擦亮的一块玻璃迎接黎明和太阳"。打工者以生命体验介入的方式介入了城市的发展。当年做搬运工的年轻的诗人谢湘南，在午夜零点的思考中，无论如何也不会想象到，这首诗歌未来将成为打工诗歌史中的经典作品。谢晓霞曾讨论过谢湘南的诗歌，她认为："谢湘南的诗作为 90 年代以来的都市诗的一部分，诗人以他的诗意的敏感给我们捕捉和描述了工业化进程中的日常生活的诗意，展示了一批新的都市欲望主体的漂泊、孤独和无所皈依，而叙事手法的运用是这一切得以展开的诗学基础。"[1]

谢湘南从 20 世纪 90 年代创作诗歌至今，现在的创作题材与早期的诗歌相比已经发生了很大的改变，而他早期的诗歌在今天看来更具有历史意义。创作于 1997 年 2 月 20 日清晨的诗歌《深圳早餐》，也是诗人早期创作的重要代表性作品，和《零点的搬运工》恰好构成打工者一整天的工作场面与精神历程，这两首诗歌有了互文的效果。谢湘南说："那时我在深圳上沙村的一个五金电子厂做工，刚下了晚班，在街头简单地吃过早餐回到宿舍。当我洗漱完毕躺在床上，习惯性地开始了我不平静的诗歌练习，我把这种生活的压抑、情绪的波澜与沉痛全都倾注到这首诗里。"

> 我想到念青唐古拉山上的鱼骨和马里亚纳海沟的黑炭
> 我拖着疲倦的躯体走出工厂大门看一轮太阳
> 升起然后花一枚镍币买一碟炒米粉和一勺子白菜汤
> 我咀嚼匆匆行走的上班男女的脚步与垃圾装运车
> 和送早报的摩托擦肩而过
> 我双眼布满血丝大脑残留着昨夜的清风和打工妹

1　谢晓霞：《都市的震颤与疼痛——论谢湘南的都市诗》，《名作欣赏》，2013 年第 6 期。

　　的嬉笑，身边是红树林是候鸟的住地是苍雾的

海是冒烟的工厂是高速公路是疾驶的汽车的尖叫

　　我想起凯鲁亚克的《在路上》和艾伦·金斯堡的

《嚎叫》

拧开收音机此刻没有广告和流行乐

······

我听到炒米粉和白菜汤在胃里

蠕动，晚安！我的老板，我的白天我的黑夜

我千百次地祈祷进入梦乡

　　作为一名"零点的搬运工"，结束了整晚的工作时，在早餐时间想到的是念青唐古拉山、马里亚纳海沟、凯鲁亚克、艾伦·金斯堡，而眼前的现实却是炒米粉、白菜汤、打工妹与垃圾装运车，理想与现实的距离是那么遥远，就如同黑夜与白天永远不能相交，诗人所能做到的，只有祈祷能拥有睡眠，这是一个多么卑微的要求。因此，一个在大时代面前苦闷却拥有理想的青年工人的形象跃然纸上，一个城市早期建设的历史也因此而展示出来。

　　除了关注自己作为打工者的精神状态，谢湘南早期的打工诗歌对打工者这一群体同样投去了悲悯的目光。这是他最熟悉的人群，就工作、生活在自己的身边。他把看到的、听到的，以叙事的方式写进他的诗歌，给予这个群体深切的关注。例如《一起工伤事故的调查报告》《沙嘴工业区112栋6楼》《在福田》等诗篇都是对打工群体的书写。"据说／她的手经常被机器烫出泡／据说／她已经连续工作了十二小时／据说事发后 她／没哭 也没／喊叫 她握着手指／走／事发当时 无人／目 睹 现 场。"(《一起工伤事故的调查报告》)谢湘南的诗歌的叙事性是非常强的，这种类似于白描的手法，没有浪漫主义的修饰，也没有神

秘主义的暗示，直接赤裸裸地呈现，却有震撼的力量，因为这就是诗人亲眼所见的赤裸裸的事实，他无非是直接呈现在诗里，呈现给读者。

随着打工时代的结束，谢湘南的诗歌创作开始关注更多的社会群体与社会现象，他的写作视野也越来越开阔。然而，他的早期打工诗歌的创作，无论对于他本人，还是对于整个诗坛，都具有非常重要的意义，因为他留下了对于那个时代的记录与观察，在今天看来，显得弥足珍贵。

与诗歌民刊的相互见证

在深圳，有一句很有诗意的话："每一个深圳人都是一位诗人。"谢湘南是与城市一起成长的诗人，他个人的命运与城市的传奇紧紧地联系在一起。他有许多诗歌书写的就是这座城市，在诗集《零点的搬运工》中，《深圳早餐》《试用期与七重奏》等诗歌写的就是这座城市。谈论谢湘南的诗歌，不能不谈论深圳这座城市的诗歌民刊。从《外遇》到《白诗歌》，到《诗生活》，再到"广东诗人俱乐部"论坛，这些民间的诗歌活动促成了诗人的成长，谢湘南与这些诗歌民刊有着密切的联系，是这些诗歌活动的积极参与者，他们相互见证了各自的成长。其实，自从 20 世纪 80 年代以来就有民间诗刊，最有影响力的《今天》刊物，成就了许多诗人，其中有些诗人成为朦胧诗的领潮人。因此说，诗歌民刊对于诗人的影响不可小觑。

诗歌民刊《外遇》是谢湘南在深圳最早遇到的刊物。[1]二十多年后，他对《外遇》民刊的理解是："《外遇》所追求的是打破一切观念和形式，一种诗歌或人生的'意外'，出乎意料的创新佳境，它是行动者的诗歌，是生活（生存）方式最直观的反射，因此这有更多的未知因素（可以理解为对固有诗歌秩序的破坏性和诗歌未来的建设性）。但有一点必须肯定：它融注了作为写作个体的先锋精神和创新勇气，这与它诞生在今日的深圳应该有一种内在联系。"[2]显然，诗人把个人的成长归功于诗歌民刊与城市的成长，而诗歌民刊的产生也是城市发展的必然产物。于是，诗人、诗歌民刊与城市三者之间形成了千丝万缕的联系，需要以今天的眼光重新梳理这些联系。当初《外遇》的成员有：安石榴、潘漠子、谢湘南、张尔、陈末、黑光、余丛，等等，他们共同推出了"中国70后诗歌版图"。他们的宣言是，"你不给我位置 / 我们坐自己的位置 / 你不给我历史 / 我们写自己的历史"（潘漠子语），以此来献给70年代生人。今天看来，诗歌民刊《外遇》虽然没有像《今天》那样产生巨大的影响力，但是，这本刊物的精神宗旨的确与深圳这座改革开放的城市在观念上是呼应的。这样我们就可以理解，民刊《外遇》为什么会出现在深圳这座改革开放的现代化城市里，并同时影响了那么多诗人。

谢湘南也目睹了诗歌民刊《白诗歌》的发展，他曾经为《白诗歌》做过阐释："'白诗歌'不是一种严格意义上的诗歌样式，甚至也不是对诗歌的一种定义，它是举张在污浊世界里白起来的诗人的存在之辨。白诗歌更多是一种情感的交集。如果要许给它一个未来的方向，那就是维

1　在谢湘南 2018 年出版的散文集《深圳时间：一个深圳诗人的成长轨迹》中，谢湘南介绍了民刊《外遇》的最早情况："1998 年 5 月 9 日，这是个永远值得我记住的日子。我们这群相聚于'边缘客栈'的异乡人终于将自己的梦想付诸行动，这次行动被命名为'外遇'。'外遇'这个词是行动两小时前，在小树林里喝酒、交谈时潘漠子随意吐出来的，它将作为我们要创办的诗报的刊名。"

2　谢湘南：《深圳时间：一个深圳诗人的成长轨迹》，深圳报业集团出版社，2018 年版，第 128 页。

系在诗歌自身当中的一种洁身自好，这也是诗人之所以是诗人，是这个世界的热泪盈眶的旁观者的所有缘由。"[1]随着互联网的发展，纸质的《白诗歌》也逐渐转移到互联网上。因为，网络上的互动性比较强，也因此涌起了"白诗歌"的热潮。除了《白诗歌》以外，谢湘南认为对自己的诗歌创作有影响的是深圳诗人莱耳创办的"诗生活"网，它的影响力甚至超过了许多纸质的文学刊物，成为众多诗人的一个精神家园。在当时，谢湘南是"诗生活"网的活跃分子。2002年，"诗生活"网举办了"广东诗人俱乐部"论坛，谢湘南是首任的四位版主之一。由此可见，谢湘南并不是一位孤独的诗人，在这座城市活跃的诗歌民刊的浪潮中，他是一朵活跃的浪花，身边不乏许多志同道合的朋友，就是在这样的思想环境中，谢湘南和诗歌民刊，与这座城市一同成长起来。

在这里，不得不提到与这座城市密切相关的诗歌人文艺术的综合体——飞地。谢湘南与《飞地》的创始人张尔是关系密切的朋友。当时创办民刊《外遇》时，他们都是重要的参与者。飞地是极其具有诗人张尔个人化倾向的诗歌刊物、文艺活动的综合体，在深圳这座城市中受到了诗人、文艺爱好者的关注与肯定。谢湘南与飞地来往密切，曾于2017年为《飞地》写过一则颁奖词："它是深圳的'诗歌中心'，它是诗意的飞地，亦是精神的高地。它集聚国内外诗人，传播诗意与人文生活。它是独立的出版物，也是开放与前瞻的人文空间，它将诗歌、文学、艺术融为一体，深度梳理、记录与传播，建构出以中国当代诗歌为核心的全新文化形态。它是深圳现代性的象征，一块飞地，一个想象出来的、不断超越自身的'自治城邦'。"从颁奖词中，我们可以看到，谢湘南对飞地的高度精神认同，以及自己从中得到的滋养，和飞地对于整座城市的

1　谢湘南：《深圳时间：一个深圳诗人的成长轨迹》，深圳报业集团出版社，2018年版，第167页。

贡献与意义。他们这些诗歌同人就是在这样共同创造的氛围中，孜孜不倦地书写着各自的诗歌，而这些诗歌共同塑造了这座城市的精神。

城市与乡村的女性关注

诗人谢湘南被评论界贴上的标签是打工诗人，打工诗歌是他的诗歌作品的主要特质，这样的标签极可能遮蔽了谢湘南诗歌创作的丰富性。实际上，他的诗歌中有一类非常醒目，目前评论界还没有给予足够的关注，至少在所看到的资料中，还没有这一方面的评论。因为这类诗歌在谢湘南众多的诗歌中如此闪亮，让人不得不去关注，那就是女性关注。作为一个文学理论的研究者，不应该过于感性地对待这类诗歌写作，但作为一位女性，还是被谢湘南的诗歌写作中的女性关注所感动。不禁令人猜测，是什么外在与内在的力量让他来关注女性。1995 年世界妇女代表大会在北京召开，世界各地的优秀女性云集北京，这是一次人类历史上的盛会。20 世纪 90 年代女性文学也是中国当代文学史上一个非常有影响力的文学潮流，代表作家有林白、陈染。林白的《一个人的战争》、陈染的《私人生活》是 20 世纪 90 年代女性文学中的重要作品。不知道诗人具体所受到的影响是怎样的，但是诗人被裹挟在这样的时代潮流之中，自然也受到其中的影响。谢湘南的《吃甘蔗》是一首极其有代表性的诗歌，评论者会把它看作是打工诗歌的代表，但从中也能看到对女性的关怀。这首诗写于 1997 年，显然与 20 世纪 90 年代的历史环境是契合的：

那些女孩子总爱站在那里
用一块钱买一根一尺长的甘蔗

她们看着卖甘蔗的人将甘蔗皮削掉

（那动作麻利得很）

她们将一枚镍币或两张皱巴巴的五毛

递过去

她们接过甘蔗嚼起来

她们就站在那里

说起闲话

将嚼过的甘蔗渣吐在身边

她们说燕子昨天辞工了

"她爸给她找了个对象，叫她回呢"

"才不是，燕子说她在一家发廊找到一份轻松活"

"不会的，燕子才不会呢"

在南方

可爱的打工妹像甘蔗一样

遍地生长

她们咀嚼自己

品尝一点甜味

然后将自己随意

吐在路边

—— 《吃甘蔗》

　　通过诗人的观察与书写，诗歌呈现出可视的画面感，而诗人的思考则是敏锐的：这首诗歌当然是在说，"在工业化的流水线上，生命的活力和激情被简化为机器的流转和轰鸣，而青春更是被物化，但是这种工业化的大潮作为一种社会发展趋势还是在吸引着遍地生长的打工妹将自己的青春随意支付。机器及它所代表的物对人的挤压和异化这个后现代的话题在这里被重提"。[1] 但是更多的是，诗人在这里不动声色地、像叙述故事一样表达了自己的情感，有痛惜、同情以及无奈。在《车间的睡眠》这首诗里，有一句"而我习惯称作仙女的姐妹／老板叫她们打工妹／总有一天她们要离开这里"，从称呼中都可以看到诗人对打工妹的关怀，这是诗人投注的女性关怀。

　　这里的女性关注是打工妹，是时代造就了这样一类特殊的群体，诗歌发出的是时代的声音。诗人除了对进城的打工妹群体关注以外，还对在农村的女性也给予了关注，例如"姐姐""母亲"。《忧郁》这首诗歌令人格外触目惊心，然而诗人的书写依然是不动声色，似乎是零度情感的写作，越是如此隐忍，诗歌爆发出的力量越是强大：

我的大姐得了精神分裂症

她想跟所有的人打架，有一次

她给了我一记耳光

　

我的二姐与婆婆吵架

公公抓住她的头发把她掀翻

在地，在夜晚她吃了农药

　

我的三姐远嫁他乡

十年时间我见她三次，去年母亲

1　谢晓霞：《都市的震颤与疼痛——论谢湘南的都市诗》，《名作欣赏》，2013 年第 6 期。

病倒，她在家住了十天

四姐在家守着空房

五姐带着两个孩子和一个爱玩牌的男人

我有个不识字的老婆和长得不像我的女儿

在我未出生时父母为自己打好了棺材

我从农村流落到城市，多像一只丧家之犬

——《忧郁》

　　这首诗歌写于 1998 年，有着小说一样的情节，撞击着人的神经，有评论者说《忧郁》这首诗歌如同余华的小说《活着》，这种比喻特别贴切。很多人都读过余华的《活着》，张艺谋也曾经把这部作品搬上银幕，但由于种种原因，没有公映。小说的内容是男主人公的亲人一个个死去，最后只有一只老牛陪伴着他，他依然要坚持活着。诗人谢湘南在这首诗中堪称零度写作，如此冷静的背后，是诗人对女性无尽的悲悯，尤其是对受到男权欺凌的农村女性。这首诗堪称诗人的代表作。实际上，诗歌中二姐的自杀是真实发生的事情，二姐自杀的时间是 1997 年，这对于诗人是一个重要的年份，也是在这一年，诗人参加了"青春诗会"。1998 年，还没有从悲痛中走出来的诗人谢湘南为苦难的二姐以及亲人写下这首著名的《忧郁》。[1] 同年，该诗发表在《诗刊》第14届"青春诗会"专号的头条。

　　类似书写母亲和姐姐的诗歌还表现在他的组诗《我的晕车史》中，其中有《妈妈的篇章》和《姐姐的篇章》，诗人以长篇叙事诗的形式表达了对农村女性的关怀，可以说是《忧郁》这首诗的加长版。

> "妈妈，可怜的人儿。她一生进过三次城，
> 第一次为了生我；第二次为了看病；第三次还是
> 看病"
>
> ——《妈妈的篇章》

> "姐姐们相继出嫁了，我再也不能在姐姐的
> 呵护下与姐姐吵架，我不知所措地走在为姐姐送
> 亲的队列中……"
>
> ——《姐姐的篇章》

　　从时间的线索上，可以看到诗人连续的思考，或者思想的变迁。《吃甘蔗》是在20世纪90年代对女性的书写，到了新世纪后，诗人对女性的关怀的态度，发生了些许变化，有一首诗，堪称是《吃甘蔗》的续篇，那就是《葬在深圳的姑娘》：

1　在谢湘南2018年出版的散文集《深圳时间：一个深圳诗人的成长轨迹》中，他追忆了这件往事："听到二姐自杀的消息大概是在4月份，同在深圳打工的四姐夫打来电话，急匆匆、声音低沉地转告我这一事件。我听到后当时不知如何反应，怎么可能呢？春节时，我还在二姐家吃过年饭，她好好的一个人，为何会寻短见呢？春节后我重返深圳的工厂上班，没想到那竟是我与二姐的最后一面。""1997年，我23岁，对于生命的认知，其实仍然懵懵懂懂，但因为二姐的突然离去，我似乎明白了些什么，因为我是他唯一的弟弟，她是我唯一的二姐。"

没有人知道你们怎样生活过

用怎样的感情投入这片土地

此刻你们用微笑

静立在墓碑上

那是一个凝固的光影

是太阳也躲着的一团磷火

你们身体，活泼地流动

曾在这个城市的街巷里穿梭

是制衣厂 玩具厂 电子车间 柜台前 写字楼内

让人心颤的气息

…… ……

城市灯火凝视可能的亲人

此刻你们真正成为亚热带的一株植物

在城市的外围

与夜露为伴

或许你们在夜晚还会来到城市上空散步

而这城市已认不出你

那条米花色裙子，用水冲洗三次之后

不再有汗味的发夹

——《葬在深圳的姑娘》

如果说诗人早期对女性的关注还充满了悲悯，为女性发声、为女性去战斗的意愿，那么后期对女性的关注，则是因为时代的变迁，而呈现出一种对女性更复杂的思考，不再是一味批判的姿态，这种变化体现在许多诗歌的创作中，例如，《女邻居》《罗小姐》《乞讨》《水果》《数字化生存》《小玻》《病妈妈》等诗作中涉及的具体的女性意象，这类女性形象与 20 世纪 90 年代作为弱势群体的女性已经迥然不同，时间已经来到 21 世纪，女性的社会地位也在悄悄地发生调整和变化，许多都市女性已经实现了经济独立、精神独立，但是在现代化的都市里，女性仍然存在着精神上的众多困惑，这些问题呈现在诗人谢湘南的诗作中，会引起读者的共鸣。以《女邻居》为例：

她的隔壁

住着一团虚幻的空气

当寂静开始麻木

她拨响自己的肉体

她让那边的寂静

更加没有呼吸

在习惯的遐想中

她的隔壁

肯定是城市的幽灵

当一个像幽灵一样的男人

访问自己

带走欢乐的顶峰

幽灵的门窗

同样已被时间的盲目

敲过

邻里之间

有时陷入相似的思考

以不同的方式

深居简出

本质的区别

被一墙

连接

　　这首诗歌，给人以无尽的遐思，读者可能会猜测女邻居的身份，但又难以确定答案，这种晦涩的隐喻增强了诗歌的魅力，也为都市女性蒙上了一层朦胧的面纱。在《数字化生存》中有一个女性角色——孙小姐，她是身份确定的人，是咖啡店的老板，但是对孙小姐的态度，诗人却是欲言又止。在科技时代的都市里，女性呈现出的是另外一种现代的面孔，这里的"孙小姐"，与之前诗人笔下的"二姐"，已然不是同一个世界里的人。一个是现代都市女性，一个是乡村女性，她们有着不同的困惑，但都能出现在诗人的笔下。显然，诗人对女性的关注，并没有因为时间的变迁而发生变化。相反，诗人更加关注都市中的女性的精神困惑，诗人仍然有一颗关怀的心，不过所指的对象发生了变化：

7月7日五点半

我联系了 92°C Coffee Club 前去采访

与店主孙小姐聊开后

我品尝了一杯卡布奇诺

我拿起相机

并用舌头探访了一杯意大利单品的泡沫

继续探讨咖啡的品尝，孙小姐介绍

在欧洲，咖啡馆都是百年以上老店

他们子承父业，经营咖啡

星期六、星期日照常关门

似乎从未想过要去扩张

我羡慕欧洲的咖啡态度

也就开了这家咖啡馆

交谈的间隙，孙小姐不停

接着电话。在华强北

她的一家餐厅正在装修

我不能用女强人这类词来形容她

对孙小姐，这肯定是一种冒犯

——《数字化生存》

　　孙小姐是现代的都市女性，她有自己精神世界上的事业追求，正如她羡慕欧洲对咖啡的态度一样。诗人对孙小姐这样的时尚的都市女性给予了理解和尊重。《小玻》则书写了一个现代都市女性，一个文艺女青年对于情感的态度：

在凌晨 2 点

我稿写得云里雾里

她发出呼救

"救我啊，诗人哥哥"

我于是回答：

"我是爱你的……"

再说两遍

这话就充满感情

成了真的

另一个夜晚

我在深圳不动

小玻从宁波飞回上海

她要跟我讨论哲学

在小逻辑的扉页，展开关于

压迫的共性——

哲学家和诗人的联姻

我说：要么我去外滩作一块绊脚石

要么你来深圳当一盘辣椒酱

她嗤之以鼻，觉得

贵族的生活离她尚远

——《小玻》

然而，除了都市精英、都市白领和文艺女青年，还有的女性是社会
的底层，在《水果》《罗小姐》《乞讨》中的卖水果的女人、妓女、女乞
讨者：

我搜索一个深圳的比喻

夜里，我又遇上那个卖水果的女人

前夜，她找给我五十块钱假币

我走到她面前

新鲜的水果认出了我

——《水果》

罗小姐脱裤子

她是一个做母亲的人了

罗小姐唱歌
她还不是一个合法的妻子

罗小姐，罗小姐
你虚构的观众里有我
当你路过婚纱店，流着稀薄的
眼泪。那也是我每天经过的地方
——《罗小姐》

她的脸在车玻璃上哆嗦
她的碗在车玻璃上哆嗦
她连命都不要了
还来讨几个钱

绿灯，快些快些亮
我要做一个硬心肠的人
我要摆脱她
我要将她
从一场车祸的噩梦里
甩出来
——《乞讨》

谢湘南的诗歌中所出现的女性形象，各有不同，有的令人悲痛，
有的令人羡慕，有的令人关怀，有的令人愤怒，把她们集中起来，构

成了一个庞大的女性群像，有农村妇女，有打工妹，有都市白领，有文艺女青年，也有妓女和女乞丐。无论是什么样的女性，诗人对她们始终有一颗关怀的心。"及至千禧年，互联网时代的女性声音集体爆发。曾有一个有趣的全球问卷调查：'如果互联网有性别，那么它是男还是女？'绝大多数网民投票相信，互联网是女性。互联网让人们可以友好地跨越各种不同的界限，它非常多元，又不具备直接暴力，这些都更接近于女性气质。事实上，如今的整个人类文明都开始女性化，这可能是互联网和城市化进程共同作用的结果。她者的回归，毋庸置疑是这一时刻的历史需求。"[1] 显然，谢湘南对女性关注，从农村女性到打工妹，再到都市女精英，都是历史时刻的反映，因此，诗人谢湘南的书写具有历史意义。

1　戴潍娜：《"她者"的醒来》，《读书》，2020 年第 6 期。

第十章

城市的曲面

舞台剧《深圳青年之 12 道选择题》中闪光的城市符号

卡尔维诺说，"看不见的城市"。是的，城市是看不见的。然而，在舞台剧《深圳青年之 12 道选择题》中，分明看到了一座年轻而鲜活的城市，熟悉而陌生，遥远而亲切，她就是深圳。在这部两小时的舞台剧中，这座城市独有的符号如星星般点缀着，它们在舞台上闪闪发光，犹如万家灯火，足以照亮每一位异乡人。这些城市符号勾勒了这座城市的面目，我们可以清晰地看到这座城市的时间与脉络、喜乐与哀伤。因此可以说，舞台剧《深圳青年之 12 道选择题》以无限的深情，以城市符号独有的辨识度，建构了深圳城市家园的形象。

每一座城市都是相同的，每一座城市又是不同的。因为每一座城市都拥有自己的味道与颜色，都拥有自己的城市符号，包括物质符号与文化符号。

剧中的深圳大学、深圳义工、炒股票、服装贴牌、银行职员、人工智能、西部支教，甚至女主人公邱若冰父亲的广东话、母亲的上海话和她的普通话等，都是剧中鲜明的城市符号，它们原汁原味地记录了这座城市的历史与当下。城市符号不仅展现了深圳这座城市金融、科技与商业高度发达的特质，更能让观众感到真实与亲切，仿佛故事就发生在身边。这部剧不只是以小剧场的体量拉近与观众的物理距离，更是以城市符号拉近与观众的心理距离。置身于小剧场的观众犹如置身于现实生活中，产生了原初的亲切感和归属感，获得了身心的慰藉，实现了对这座城市的文化心理认同。

移民是深圳特有的文化符号。剧中四位年轻的主人公——邱若冰、霍成、于震雷、刘小芬，他们是同学，都毕业于深圳大学。他们也是"深二代"，在这座城市出生，在这座城市成长，又在这座城市老去。年轻时的霍成简单又纯真，有着当作家的文学梦，也因此收获了美好的爱情。然而，在商业的大潮里，他终究抗拒不了物质世界的灯红酒绿，背叛了爱情，也背叛了理想，一路沉沦下去。而给予霍成美好爱情的邱若冰则是城市理想的化身，她做义工，去西部支教，为爱情奋不顾身，她的美丽、纯洁成为这座城市的精神符号。

故事的时间安排耐人寻味，跨越了从 2008 年到 2060 年的 50 多年。编剧以美好的想象，畅想了未来的深圳，那就是，它不再是一座移民城市，移民只是历史，这座移民城市已经变成了家园。因为在剧之尾声，也就是 2060 年，曾经走入歧途的霍成，终于实现了自己年轻时的作家梦，完成了"深圳青年"的书写。虽然他已经永远地失去了邱若冰的爱情，因为他必须为自己的迷失付出昂贵的代价，可是他却重新找回了自己的精神家园，实现了心灵的救赎。

为何要以这些物质的、文化的城市符号连缀成一部舞台剧？这部以城市为故事背景的舞台剧，突出了地域文化的特征，城市符号本身也应该成为承载地域文化的载体，同时也是城市最真实的自我。因此这部剧应该是深圳戏剧发展史上的一个环节，它弘扬了城市的本土文化，这就是舞台剧《深圳青年之 12 道选择题》的价值之所在。因为这座城市拥有自己独特的光芒，所以剧中的城市符号都闪闪发光。反之，因为这座城市的文化符号在闪光，所以城市的光芒更加璀璨。更重要的是，书写本土文化的舞台剧《深圳青年之 12 道选择题》，与众多的艺术形式共同建构起城市文化心理的认同。尽管寻求这种文化心理认同的道路是漫长的，但在这个漫长的过程中，深圳人建设并拥有了自己的家园。

巧合的是，笔者也是在 2008 年以移民的身份来到这座城市，也就是剧中故事开始的时间。几年来，不停地有逃离这座城市的念头，可是终于有一天夜晚，出差归来，在深圳机场的上空，看到了万家灯火，长舒一口气，这就是家园了。此时，又想起那晚的万家灯火，那灯火在心中闪闪烁烁。

大榕树下是家园——深圳大型话剧《大榕树下》

深圳大型话剧《大榕树下》的文本本身仿佛就是一株千年的大榕树，主干傲立、枝丫繁茂、绿意盎然。当微风吹过，摇曳多姿，荡人心田。《大榕树下》以深圳这座城市为背景，以两小时的容量，涵盖了这座移民城市四十年的斗转星移、沧桑巨变。大榕树下流转了人们四十年的光阴。整个话剧层次丰富，纵深交错。主线清晰可见，暗线条理分明。从中可以窥见导演兼编剧孙清河的巧妙构思。主线是宝乐和喜妹从20世纪80年代一直走到新时代一路的苦乐艰辛，他们共同见证了城市的发展，也彼此见证了与城市的共同成长。暗线有许多条，宝乐与牛班长相隔阴阳时空的对话，宝乐与三位大学生的君子之约，春娃寻找铃铛的执着，窦彬与倪虹的分道扬镳，宝乐的乡下亲戚们的深圳寻梦以及深二代刘南南、圳生后来者居上的奋斗。主线与暗线纵横交织出艺术作品的丰盈与绵密，更显示出一座城市发展的沉甸甸的重量与意义，折射出城市的精神气质。

《大榕树下》的开场是令人惊艳的，因为它先入为主地把观众代入到20世纪80年代的时空中，熟悉的歌曲《金梭银梭》唤醒了观众的记忆，事先埋伏在观众席里的饰演小商小贩的演员们开始向观众兜售那个时代的抢手货，他们操着全国各地不同的口音叫卖，"玻璃丝袜""电子表""深圳特区周报""盒式录音带"，等等。对于某些年龄的观众来说，仿佛恍若隔世，但一切又是那么熟悉和亲切。然而，20世纪80年代初期的深圳一切都显得那么慌乱，真的是"欲说当年好困惑"。可是就是因为这些梦想和迷思，才使得这座城市变得那么神采飞扬。

宝乐与牛班长相隔阴阳的对话始终飘荡在作品行进过程的上空，既遥远又真实。他们是最早来深圳建设的基建工程兵，是城市的开拓者。编剧对牛班长姓氏的选择显然别有意味，因为他是深圳真正的拓荒牛。不幸的是，牛班长在工程建设工地上的意外事故中去世。他的骨灰也因为城市的发展速度太快而不得不几次迁移，但他的青春永远地留在了这座城市，拓荒牛的精神永远地烛照这座城市的夜空。

当年除夕之夜，宝乐与三位大学生在大榕树下有一个君子约定，相约十年见一次面，他们每次的见面都推动着情节向前发展。林元成长为政府部门的处长，暗恋喜妹的周大年创业开了公司，他们每次都是如约而至，唯独文静没有来。四十年过去了，他们经历了股票风波，经历了房屋拆迁，一切都变了，不变的是那棵大榕树，仍然那么茂盛苍翠。宝乐和喜妹当年经营的小小的云吞店也变成了茶餐厅。大家以为文静早已经忘掉了君子约定，可是后来的事实证明并没有，文静已经长大的儿子前来赴约，当年盟约的四分之一块地图终于补全了，他们百感交集。剧中守诚信、重承诺、懂得坚持的城市精神再一次被突出与放大。

终于，大榕树迎来了让人热泪盈眶的时刻，已经进入暮年的宝乐和喜妹，他们的女儿，也就是"深二代"刘南南，为父母在大榕树下举办了迟到的、盛大的婚礼，邀请到了所有来深圳寻梦的亲朋好友。当不再年轻的喜妹披着洁白的婚纱隆重出场的时候，故事的情节被推到了高潮。这座城市终于成为移民者的家园，大榕树下成为人们的精神家园。

大榕树是一个含义丰富的意象和符号。大榕树下不仅是舞台艺术展示的空间，大榕树更是具有巨大的象征意义。苍翠的大榕树，究竟有怎样的魔力，把人们召集在它的膝下？它张开温柔的臂膀，注一潭碧绿的阴凉，以无限的爱心庇护辛劳的人们。话剧《大榕树下》为这座移民城市的人们筑造了家园，这就是他们四十年来苦苦寻找的家园。因为，大榕树下收藏了他们的青春记忆，收藏了这座城市的历史记忆。深圳诗人一回在他早期的诗中曾经问："你是哪里人？"失去了故乡的诗人，并不认同自己是深圳人，并不认同这里是家园，他把自己当作这座城市的客者。因为移民的本质是一种生命的移植，移植的痛苦来自根与土壤的冲突。四十年过去了，人们还在寻找家园吗？他们寻找到了吗？他们找到了，就在"大榕树下"。文艺作品的书写与演绎建构了共同的心理归属感，家园意识在观众观看话剧的熟悉感中逐渐建立，仿佛是剧中人，新的文化认同与文化想象的共同体因此而完成，集体记忆是人们归属感和安定感的精神保障，这恐怕是话剧《大榕树下》真正的价值意义所在。

《大榕树下》有一个诗意的结尾，隐喻的力量升华了主题。刘宝乐抱着牛班长的骨灰坛，从舞台往后台走去，整个舞台背景呈现出蓝色的大海，泛着朵朵浪花，全场灯光呈现蓝色。这时，天上突然飘下雪花，整个舞台笼罩在一片白茫茫的大雪之中，这座城市有历史记录以来从没有下过雪，在优美的音乐中，雪花翩翩起舞。艺术手法的处理，使得圣洁的诗意顿时升腾而起，每一朵雪花也仿佛有了重量，重重地砸向每一位观众柔软的心底。

尤其值得一提的是一个花絮，当初的舞美设计曾设想大榕树露出地表、盘根错节的根，可以从舞台上蜿蜒至舞台下观众席的座椅下，如此这般，舞台上下便可建立一个情境的关联，观众仿佛置身于实境之中，自己如同是剧中的某一角色，或者感受到大榕树的荫蔽，艺术感染力便可大大增强，如此浪漫而诗意的想法，出自该剧的艺术总监从容，但因现实种种原因，未能如愿，留下的诸多遗憾，还是被大榕树下四十年的时代沧桑、风晴雨日一一补足。

深圳话剧《庄先生》中的生命智慧

你我是生活在哪里的时空？前现代、现代抑或后现代？不晓得身心在何处，嘈杂、纠结、阴霾，在现代性的悖论中，惶恐、焦虑、不安。现代有力的节奏不停地催促我们，"快些，再快些，时间到了"。然而，随着悠远苍凉的箫声，帷幕徐徐拉开，时空切换到战国时代，与麻衣长衫、古意盎然的庄周邂逅在第四届深圳戏剧节的开幕大戏《庄先生》之中，你是否会将焦虑与悲哀耸身摇掉，与庄先生会心一笑。"古人今人若流水，共看明月皆如此"，今人即是古人，古人即是今人，由庞贝编剧、黄凯导演的话剧《庄先生》是现代与传统的交集，通过古代庄周与现代庄生的生动对比，升华出另一片洞天。

李泽厚说："中国文人的外表是儒家，但内心永远是庄子。"是的，编剧庞贝的内心一定是庄子。在话剧《庄先生》中，他所眺望的是人类精神家园的故乡，这个故乡就是迷途知返后的庄生与他的妻子所说的那片郊外的芦苇地，那里有蓝天，有白云，有阳光，还有自行车……风中的芦苇地，风吹芦苇，如波浪起伏……此时舞台景深处豁然出现一片风中的芦苇地，芳草萋萋，唯美动人，恰恰符合了散文《庄子》的浪漫主义手法。庄子的生命智慧是苦难的战国时代的产物，是一朵波德莱尔的"恶之花"。在当时烽烟四起的社会环境里，庄子始终坚持自我，不为物役，维护人格独立，追求生命自由的精神指导，执着地追求生命自由的超然之举，直到今天仍然具有深刻的现实意义。所以说，话剧《庄先生》所追问的仍旧是人类精神家园在何处的问题。庄生为了拿到课题经费，不惜献上自己多年的学术成果给领导，庄生的妻子因为无法安于婚后乏味的生活而向楚院长投怀送抱。在这五光十色的现代性中，尤其在物欲纵横的现实世界中，如何不迷失自我，摆脱外在的精神束缚，达到绝对的精神自由境界，需要的是怎样的生命智慧？可以说，话剧《庄先生》是一剂在古代哲学中发现，医治现代社会病的良药。

对于生与死的探讨，剧中出现了四次：一次是小寡妇之夫亡故，一次是庄周的"装死"与生还，一次是庄妻的死去，还有庄生坠楼而

"死"，又意外生还。作者不厌其烦地讨论与展现生死，每一次"生"与"死"的含义不同，但都同时对人的生死做了一个崭新的解释，认为人总是要死的，但死后并非沦落为空无，而是重新融入天地间的始卒若环、无穷无尽的变化中，还有灵魂的重生。从而将人类从死亡之限的恐惧中拯救出来，让人勇敢地直面生命。这不是对待生命的消极情绪，是对生命的无比热爱与珍惜，这是一种强烈的自我意识以及拯救众生的慈悲情怀。所以说，这种终极的人文关怀为话剧罩上了一个无形的灵魂。

它不仅是有灵魂的戏剧，而且也是形式上的先锋戏剧。形式对于一部话剧来说，是何等重要，是它精美的外壳。《庄先生》的结构也极其有趣，它不是通过两个平行的结构将古代与现代两个故事呈现在舞台上，因为这样是彼此独立的，仅仅在线性的时间里还不能让人物形象饱满起来，而是以"互梦"的方式让两个故事交集在一起，古代的庄周与现代的庄生出现在彼此的梦境之中，仿佛就是彼此的前世今生，而他们的精神始终是同一个人。这种叙事结构形成了你中有我、我中有你的状态。实际上使得古代与现代的两个人呈现出立体的姿态，形成了一个饱满的形象。它不是一个从A点到B点的单线距离，而是在多维空间内展示自我，给予人物以极大的舒展空间和梦幻的感觉。

在人物形象上，庄周与庄生显然是该剧的主角。庄周的妻子虽然戏份不多，形象却饱满而立体，充满了人性的复杂，应该是观众喜欢的一个角色。年轻时的庄妻在庄周假装"死"去之后手足无措，差一点与楚王孙私奔。为了楚王孙，险些劈开了庄周的脑袋。但是最终她也没有离开贫穷的庄周，经历了风雨之后的庄妻在老年时感叹："我是没什么不知足的，穷是穷，可也没病没灾过了一辈子……自己的日子自己过，不是活给别人看。我就要在这几天死去，就这样无疾而终，年龄也该有八十一岁了，思来想去，我是没有什么不知足的。现在我是有些累了，我不想再干这编草鞋的活了。"这里能让人感到些许人生的无奈与凄凉，也透露出生命的智慧，一个靠编草鞋过了一生的贫苦女人，虽然在年轻时也有偶然的迷失，但是她终将自己的人生在诸多的困境中，化险为夷，平安度过，这也是庄子哲学的精髓。

如果说散文《庄子》是美，因为它浪漫主义的表现手法，想象奇特，汪洋恣肆，奇趣横生，一直是中国文学，甚至世界文学的昆仑，那么脱胎于《庄子》的话剧《庄先生》便是美的浓缩。它的极简主义的舞美设计，古朴神秘的音乐，古典意味十足的服装，文白相间、莎士比亚式的台词，演员的精彩演绎，无一不在向人传递出它的成熟与精湛。在商业化泛滥的今天，没有以谄媚的姿态去讨好观众，而是通过对古代先贤思想的再阐释来邀请观众参与对生命、哲学、艺术的思考，这是将一个重大的使命背负在这部话剧之中。

第十一章

城市的侧影

《特区文学》（1982—1992 年）与 20 世纪 80 年代文学

纵观《特区文学》（1982—1992 年）68 册杂志，可以清晰地看到两个维度，一个是反复对特区的书写与建构，一个是对港澳台与华文文学的隆重推介与传播。这两个维度构成了《特区文学》创刊十年以来的主干。那么，如果把它与 20 世纪 80 年代文学史对照来看，会有怎样的发现？它与 20 世纪 80 年代文学史是否存在着某些对应或者某些缝隙？这些对应和缝隙又能够说明什么问题？带着这样的疑问与困惑走进 20 世纪 80 年代《特区文学》发黄的纸页，这是那个时代的生动鲜活的文学场景。

深圳经济特区于 1980 年 8 月正式成立，《特区文学》于 1982 年 1 月正式创刊。在创刊的第一期中，《特区文学》就旗帜鲜明地宣布刊物的宗旨："反映特区建设面貌，透视港澳社会百态，交流内外文化动态，培养文学创作新苗。"从中不难看出，这是一本强调地方性的刊物，反映特区面貌和介绍港澳社会生活成为刊物最初定下的调子。但是，祖国是辽阔而广大的，世界是复杂而多彩的，人民是勤劳又勇敢的，读者希望在这份刊物中看到祖国，看到人民，了解世界。

经济特区创办的文学刊物反映特区建设面貌也是顺理成章的事情，本来就无可厚非。《特区文学》通过《深圳之歌》《特区浮雕》《岭南作家》《雏凤新声》《我与特区有奖征文》《中国潮报告文学征文》等栏目推介特区人书写特区的作品，主要集中在诗歌、报告文学与小说上，这样的作品占据了整个刊物的绝大比重。

从诗歌来看，《特区文学》上发表的诗歌有一个突出的特点，那就是直抒胸臆地描写特区的建设：

深圳巨变，

天天在变。

你讲得眉飞色舞，

我听得感慨万千。

——这儿是深圳吗？

高楼如林，

黄尘漫卷；

脚手架追星赶月，

推土机搬岭迁山。

沿着弯弯的铁丝网，

奇迹般出现

多少工厂、码头、

度假村、旅游点……

真让我眼花缭乱！

…… ……

——这儿是深圳吗？

天线成群，

像蜻蜓盘旋；

汽车成串，

像长龙蜿蜒。

家家户户，

沙发、音响、

冰箱、彩电……

从沙头角到蛇口

种田人住进了

> 别墅、花园……
>
> 简直像天方夜谭！
>
> ——韩笑《深圳之歌》

　　这种诗歌采用大量的排比句进行渲染、铺陈，讲究节奏分明、声韵铿锵，以增强感染力。继承与延续了 20 世纪 50 年代至 70 年代的政治抒情诗的特点，出现了颂歌的浪潮，诗歌中充满了有关建立怎样的新世界的想象。1949 年刚刚建立的新中国是一个新世界，而压抑了三十年后建立的经济特区，也被想象成一个新世界。实际上，"政治抒情诗歌是当代政治与文学特殊关系的产物，表现了作者关注政治事件、社会运动的热情，和以诗作为武器介入现实政治的追求"。[1] 那么，如此看来，以政治抒情诗的表现手法来表现特区建设的蒸腾的场景似乎也是一个恰当的选择：

> 好像是很长时间了，
>
> 我不敢尽情地歌唱。
>
> 喉咙有点沙哑，
>
> 心情也有点迷惘，
>
> 脚步有时也感到晃荡。
>
> 我曾经在怀疑自己
>
> 渗出的汗珠——
>
> 是否滴在
>
> 坚实的土地上？

1　洪子诚：《中国当代文学史》，北京大学出版社，2010 年版，第 68 页。

但我又分明感到，

有一片神奇的巨浪，

有力地拍击着自己的心房。

我相信

我祝福

沸腾起来的海洋不会凝结，

春临四野的土地不会荒置。

昂起了的头颅

——不会再使弯下；

迈出可喜的一步

——不会再度收回。

用勇气探索的勇气和智慧，

将在这土地上处处鲜花怒放！

——黄振超《写在特区的土地上》

然而，20 世纪 80 年代文学在诗歌上的主要成就是朦胧诗的崛起。对于建设一个新特区、新世界的急切而兴奋的心情，以朦胧诗的表达方式显然是无能为力的，或者说对当时特区的政治与社会环境是不合适的。所以大量政治抒情诗的产生显然是迎合了当时某种政治文化的需求，有需求就有产出。

报告文学的情况如何呢？报告文学是《特区文学》中的重镇，占据着半壁江山。因为报告文学在迅速反映社会生活，直接传达主流社会价值等方面具有其他文体无法比拟的自由度。因此，《深圳的斯芬克斯之谜》《世纪贵族》《深圳人》《特区第一楼》《"海上世界"的故事——记深圳蛇口的"海上世界"》《深圳，花园中的城市》《中国股市与他》《深圳临时工》《一份没有盖章的报告》《深圳，两万人的苦痛与尊严》

《深圳有个王中王》等报告文学都反映和表现了改革开放和深圳经济特区的现代化建设，展现了新的场景和新的生活。实际上，"报告文学在80年代曾有两次'高潮'。一次是'文革'结束后不久，另一次是80年代末。报告文学常常拥有大量读者，引起热烈反响。原因之一是，由于特定语境中新闻受到的限制，报告文学有时承担了新闻的某些功能，以'文学'的形式来'报告'读者关心的社会新闻和现象。这种'跨界'的文体显然有它的生命力，但对坚持'文学性'的批评家来说，如何看待关于这类社会问题、社会事件的'调查报告'性质的文字，总是令人困惑的问题"。[1]

仅仅创刊一年，李钟声在1983年第2期上发表了《评〈特区文学〉创刊一年中的中短篇小说》，"特区建设已经进行了三四年，并涌现出许多崭新的人物，许多改革家，我们热切地期待着作家们去反映他们，表现他们。我们深信，不用太长的时间，一批带着时代生活气息和鲜明个性的特区建设者形象，必将进入新时期文学的人物画廊"。在此，可以看出李钟声急切的心情，确切地说，这也是《特区文学》急切的心情。"文革"后的精神失语是"文革"后知识分子共同焦虑的问题，而《特区文学》因为特区的建设找到了一个出口，那就是描绘特区的新世界，急切地建设一个特区的新世界，这是现代性的焦虑。然而，不管如何，《特区文学》坚定地向着一个新世界的目标飞奔而去，与20世纪80年代的文学思潮与美学思潮变迁产生了缝隙。

在1984年第1期的"新春致辞"上，《特区文学》刊发了这样意味深长的宣言："有人给我们送来一些现代派小说，有的是所谓黑色幽默，荒诞离奇，不知所云；有的是所谓心态小说，专事挖掘正常人的阴

1　洪子诚：《中国当代文学史》，北京大学出版社，2010年版，第249页。

暗心理，通篇给人一种透不过气来的压抑感。推荐者说，这类稿子在别的刊物是发不出来的，我们是特区，思想应当更'解放'一些，就看你们有没有勇气了。对此，我们理直气壮地拒绝刊用。理由很简单：我们是社会主义特区的文学刊物，不是同人刊物，我们有明确的编辑方针，不能以某个人的好恶来取舍稿件。"

在 1985 年第 4 期上发表的陈残云的《特区文艺漫谈——一九八一年十月在深圳市文联座谈会上的发言摘要》指出："过去一个时期，国内出现一些被称为'伤痕文学'的作品。那个时候发表这种揭露'四人帮'罪行的作品，是很有意义的。但到现在还继续写很多这样的东西，就值得我们考虑了。现在各方面的政策比较解放，事业获得发展，我们应该写三中全会以后在党中央领导下，欣欣向荣的一面。""例如香港《七十年代》的编辑李怡主编了一本叫《中国新现实主义作品选》的书，收集了一些'伤痕文学'的作品。""李怡那本书收入了像《在社会档案里》《假如我是真的》《飞天》等这类作品，多是些揭露性的作品。《文艺报》批评了这本书。美籍华人女作家于梨华也对这本书有看法，当着编者的面指出该书太偏，使人感到太绝望……"

对于 20 世纪 80 年代的伤痕文学、现代派文学，《特区文学》表明了自己的态度。创刊四年后，在一个重要的年份——1986 年，我们看到了《特区文学》发生的某种细微的变化。1986 年第 4 期上发表了谢冕的《这里是现代广场——诗人诗会序》，文章认为："这是一次现代诗的聚会。他们不约而同地都把诗写得抽象。他们把这看成中国诗人跨入世界的必需。"同时也出现了北岛、芒克、多多、杨炼、晓青、贝岭、石涛、张真、翟永明、岛子等诗人的诗歌。谢冕认为北岛的诗歌《恶梦》有更为灰暗的色调，他把一只眼睛画在"方向不定的风上"：

于是凝滞的时刻过去了，

　　　　　却没有人醒来

　　　　　恶梦依旧在阳光下泛滥

　　　　　　　　　　　——北岛《恶梦》

　　显然，这是与歌颂特区建设的政治抒情诗全然不同的现代诗。也正是在这一年，《人民文学》第 9 期上发表了深圳作家刘西鸿的小说《你不可改变我》，小说的标题就是 20 世纪 80 年代的宣言，一种个人自主与独立意识的彰显，确认了对自我与个人的尊重，与 20 世纪 80 年代文学提出的对人性、人格、人的尊重的思考显然是完全吻合的。这部作品获得了 1985—1986 年全国优秀短篇小说奖，也被洪子诚收录到《中国当代文学史》的"中国当代文学年表"中。与此同时，由徐敬亚策划，《深圳青年报》和《诗歌报》联合举办的"中国诗坛 1986 年现代诗群体大展"，引起了全国性的轰动。深圳作家李兰妮的《他们要干什么》发表在《特区文学》1986 年第 1 期上，提出"有本事尽管亮出来"的竞争意识。所以，有学者将 1986 年看成是深圳文学的起点。[1]

　　然而，令人遗憾的是，刘西鸿的《你不可改变我》并没有在《特区文学》上亮相，作为一种补救，1987 年第 2 期的《特区文学》上，发表了孔捷生的文章《你在改变我——刘西鸿作品读后》和刘西鸿的小说《慢慢走啊，慢慢走》。孔文认为："刘西鸿却不是这样写的。她甚至不曾在深意识层里牢记'特区'二字。那里就是她的生活、青春、梦幻。那片土地就是她的，如同那片自己的天空。""我不觉得，也未曾听别人说过，读她的小说时觉出可以归入特区题材的范畴。这便怪了，越是写得真切，便超乎那一处小小的空间。""她在自己的天空里找到了

1　王为理，陈长治：《深圳文化发展报告（2019）》，社会科学文献出版社，2019 年版，第 238 页。

一扇自由进出世界的小门。"1988 年第 3 期上也发表了对刘西鸿的讨论，邵泰芳的《透视生活折射时代——试论特区小说的社会认识价值》一文认为："刘西鸿的小说处处都渗透特区人强烈的自我意识。其短篇小说《你不可改变我》，蔑视传统观念的羁绊，呼唤人与人之间的理解与宽容。这种富有现代色彩的观念，具有极强的震撼力和深沉的警世意义。'你不可改变我'，我也不可改变你。亦东、孔令凯，各有其志，各自顶着自己的天空，想做就去做！"孔捷生与邵泰芳这两篇文章的主张是不同的，孔捷生认为刘西鸿超越了特区意识，而邵泰芳则认为刘西鸿恰恰是一种特区意识。从中可以看出，《特区文学》作为地方性的文学刊物，有着强烈的地缘意识。

张奥列在《一种新的文学形态——特区文学初论》中提出："那种'旧貌换新颜'的主题，'理想之光'的基调，'开荒牛'的精神境界，与二十世纪五六十年代的文学如出一辙，并未真正切入特区生活的特质，因而很难贴上自己的标签。"尽管如此，《特区文学》也在悄悄地做一些调整，能看到刊物的迂回、纠结、煎熬等心情。

1988 年第 2 期的《特区文学》刊登了谭甫成的小说《小个子马波利》，这是一篇非常重要的作品，它与刘西鸿的《你不可改变我》同等重要。"《小个子马波利》之所以难以绕过，具有里程碑的意义，在于在新时期以来的文学殿堂里，以深圳特区为故事发生背景，在现代性叙事中，第一次塑造了一个备受现代物质诱惑、灵魂拷问、精神煎熬的传统知识分子进退两难的形象。"[1]因此，李陀在 2006 年第 10 期的《读书》杂志中发表《另一个八十年代》，文中极力推荐谭甫成。李陀写道："我认识一位作家，名字叫谭甫成，大概在一九八○或一九八一年前后，他

---

1 于爱成：《深圳：以小说之名》，海天出版社，2015 年版。

和石涛——俩人是哥们儿——就已经写出了相当成熟的后来被批评界叫作'先锋小说'的作品，那比后来的马原、余华、格非们要早得多。要认真追寻八十年代先锋小说的兴起，他们的写作试验绝对是不应该被忽略的，他们是先行者。"

《特区文学》的这种地缘意识隐含在华语文学圈意识之中。这就是它对"港澳文学与华文文学"的推荐，甚至刊登连载梁羽生的武侠小说《还剑奇情录》与亦舒的言情小说。

所以说，纵观这十年的《特区文学》，它清晰的两个维度似乎证明：《特区文学》一次次与 80 年代的文学思潮与美学思潮失之交臂。虽然它没有"伤痕""反思""改革""寻根""先锋"与"新写实"，但是它却以自己的方式运作，都基于地方意识形态的逻辑，它所凸现的和它所忽略的，都是特定传播语境所需要的。尽管也有学者在 1995 年提出："严格地说，本体意义上的特区文学还没有形成，这一方面是由实践形态的历史渐开所致，另一方面也是由理论形态的意识模糊所致。"[1]但是这也许并不重要。重要的是，我们看到了那个时代一个地方性刊物所呈现的地缘意识、中国意识以及世界意识。1992 年，邓小平南行，社会思想环境发生了重大变化，市场经济全面展开，《特区文学》的 20 世纪 80 年代就这样悄悄结束了。1994 年，《特区文学》经历了重大转型，转到"新都市文学"的战场中去了。因此，20 世纪 80 年代《特区文学》的两个维度在 20 世纪 90 年代《特区文学》中就越加模糊了。

1　王列生：《简议特区文学的特》，《深圳大学学报（人文社会科学版）》，1995 年 12 月。

《特区文学》：新媒体时代文学期刊的多重面孔

　　《特区文学》，是与时代一起成长的文学期刊，是与一座年轻的城市一起成长的文学期刊，是这个时代的留声机，是这座城市的面孔。自1982年创刊以来，这本与时代和城市共命运的文学期刊，经历了无数次的调整与动荡，昔日辉煌自不必说，在波涛汹涌的新媒体时代，在喧嚣的商业都市洪流的夹缝中生存的一份纯文学刊物，是否还能傲然坚守于神圣的位置之上？2018年《特区文学》推出了第5、6期，即"大湾区文学专辑"与"文学新生代专辑（1988—1999）"，这两期刊物的隆重出场，标志着《特区文学》在新媒体时代迎来了又一次转型，预示着《特区文学》在"大湾区"与"文学新生代"的双重奏鸣曲中踏上了新的征程。这两期文学期刊有着郑重其事的仪式感，它是通往未来的仪式。在这仪式感的背后，它不仅仅是商业都市中安静的一隅，不仅仅是车水马龙都市中心灵休憩的港湾，不仅仅是城市文化共同体的重要组成部分，为共同的心理认同与归属散发着自己安静的能量，更重要的是一叶知秋的力量，在表面的文本背后，折射出中国当代文学期刊现代性的多重面孔。

　　两期文学期刊涵盖了以下两个维度，这两个维度之间经纬交织，构建了现代性的文学生态图景：

　　一是与时俱进的大湾区文学主题。《特区文学》曾经致力于特区范围内的文学呈现与展示，然而，大湾区这一概念的引进，无疑扩大了特区文学所探讨的范围。湾区本来是指围绕沿海的众多海港与城市所构成的群落，由此衍生的经济效应，被称为湾区经济。全球较为明显的湾区有纽约湾区、旧金山湾区和东京湾区。粤港澳大湾区城市群的概念首先出现在政府工作报告中，推动内地与港澳的深化合作，发挥港澳独特优势，提升其在国家发展和对外开放中的地位和功能。文学期刊对这一经济概念的借用，旗帜鲜明地表达了办刊的理念，显示了纸质文学刊物欲要在新媒体时代脱颖而出的努力，涵盖和引领纸质文学刊物的潮流，从立足于广东到面向世界的雄心与胆魄，倡导经济湾区建设中的文学参与，从而提升文学期刊的影响力，这是《特区文学》所积极倡导的理念。在这一期刊中，不仅有作家邓一光、胡野秋的小说，诗人黄礼孩、郑小琼的诗歌，更有于爱成的《深圳文学与湾区远景》、蔡益怀的《香港文学的气场与潜能》和凌逾的《花城如何绽放于大湾区》关于大湾区文学的讨论。于爱成对于大湾区文学这一概念尤其警醒，他不无忧虑地提出"大湾区文学之谓只是一种盛气凌人、先入为主的形而上学的迷思"，他更主张，"不是城市之间的相互对标，而是对标国际湾区的成就，是人类顶端城市文明的方向"。这种辩证反思的精神在刊物之中闪闪发光，无疑，同时也显露了《特区文学》包容、博大的胸怀。

二是文学新生代的集体浮出。《特区文学》贡献出整期的版面推介新生代，即 90 后的作家群，以新锐的作家为文坛输送新生力量，90 后的作家则以整体亮相的方式宣告着文学新时代的到来。推介新人，自古就是文学期刊所要承担的责任与义务。当年，因为《收获》推出了余华、格非、马原、洪峰等先锋作家的作品，《北京文学》《人民文学》《上海文学》也做出了回应，陆续推出先锋作家的作品，由此形成了中国当代文学的一个先锋文学的流派，至今仍然传为美谈。然而，这一期《特区文学》的表现已经超出了对新人扶持的范畴，它暗示了更多的中国当代文学动态的信息。90 后的写作群体即便还尚未成熟，但因为这一代青年作家的生长环境、教育程度、国际视野已经完全不同于前辈作家，他们的书写必然有别于前辈作家。那么，他们如何来接续中国当代文学的传统，这恐怕是整个文坛都在翘首以盼的重大文化事件。在欢迎、鼓励与培养的心态中，《特区文学》以如此隆重的方式，迎接了 90 后新生代的正式入场。不仅为文学研究者提供了第一手的研究资料，而且还可以从 90 后的作家作品中捕捉到更多的现代性元素，更好地通过作家作品分析出社会现状的变迁。虽然说 90 后作家的名字对大家来说还有些许陌生，但其实王占黑、李唐等 90 后的作品已不时地出现在全国重要的文学刊物的头条中。如果说 1991 年出生的王占黑和 1992 年出生的李唐还算是少年老成，那么 1999 年出生，当时年仅 19 岁的时潇含的《漫食记》也能在《特区文学》中悄然登场，这也着实考验了编辑的眼力与勇气。对于 90 后的作家的大力扶持，可以是一种美谈，同时也意味着某种危险。然而，绝美的风景，往往在奇险的山川。因为他们的路还很长，在这里刚刚起步，他们要走向未来，他们要接续中国乃至世界的文学传统，任重而道远。

从这双重维度之中，可以总结出《特区文学》的几个重要特质：

创新性。《特区文学》不仅仅是在坚守，更多的是在创新。《特区文学》如同它所在的城市一样，不断创新前行。它所坚守的是文学的使命，创新是时代赋予的特质。在新媒体时代，纸质文学刊物如何冲破生存的重压，创新是唯一的通道。《特区文学》创新的力量来自冲破特区的局限，以大湾区的体量，比肩国际城市群的胆识，粤港澳大湾区将向世界三大湾区——纽约湾区、旧金山湾区、东京湾区的方向进发，而文学则是它的代言人。

互动性。《特区文学》推出的"文学新生代专辑"，实际上是与中国的各种文学期刊的对话，这种互动性构建了"万紫千红总是春"的文学百花园。因为，几乎与此同时，《人民文学》设专栏集中推出了 90 后作品，《上海文学》开设了"青年专号"，《作品》推出了"90 后推荐 90 后"，《天涯》推出了"90 后作家小说专辑"，《芙蓉》推出了"90 新声"，等等。这种不约而同的举措，仿佛是多声部几重唱，一个声音追逐着另一个声音，另一个声音再追逐着另一个声音，使得《特区文学》融进了交响乐的乐章，共同发声，声声入人心，最终殊途同归。

主题性。文学期刊一期一个主题，鲜明的主题以先入为主的态度彰显出期刊所宣扬的理念，以最强烈的冲击力让读者过目难忘，以此培育着读者的群体。关于主题的选择，《特区文学》具有浓烈的时代感，能够把握到时代的脉搏，能够敏锐地捕捉到当下的信息，及时地生成自我的理念。

科技性。《特区文学》不仅在内容上创新，更加主动融合了新媒体技术。配合纸质刊物，同时也推出了微信公众号，推介优秀的篇章，使得新媒体的传播优势能够为己所用，赢得读者的尊重与青睐，显示了刊物科技性和与时俱进的一面。

《特区文学》在双重维度下所显示的重要特质，勾勒出文学期刊在新媒体时代所呈现出的多重面孔。即便是纯文学的刊物，也不可避免地参与了现代性的社会进程，现代性的、复杂性的元素在一个刊物中可以清晰地辨认出来。因为文学期刊的时效性，时刻表明着它是一个动态的文学现场，时刻感应出时代的精神，各类文学现象涵盖在同一个文学空间之内，构建起百花齐放、百家争鸣的文学生态。无论作者还是读者，都深刻地参与文学生态的格局的构建，而《特区文学》则更像一个虔诚而忠实的手艺人，精雕细刻着自己的作品。作为阅读者，寄情于这一文学期刊，也许是对它隆重而殷切的期许。

社区写作与深圳文学

深圳文学反映的是中国的城市化的问题。在某种意义上，我们可以把城市化理解为空间问题，地理空间、政治空间、经济空间、文化空间等。对于深圳来说，很难像其他城市一样，有那么漫长的历史，如北京、上海、南京、西安，似乎不适合从时间上去讨论深圳文学，也许从空间上讨论更为恰当。对于深圳文学的讨论，首先我们要承认的是，深圳文学是一种都市文学，而都市是由一个个社区构成。都市是一个巨大的文化空间，而社区是空间的组成部分。这是物理意义上的城市空间。然而深圳文学自从发生以来被贴过许多标签，例如打工文学、底层文学、青春文学、都市文学，如今随着睦邻文学奖多年来的不断实践，深圳文学的又一个标签是社区文学，这实际上是包含着美好愿望的命名。之所以这样说，是因为这里的社区除了它字面上的物理空间的意义外，还是一个隐喻化了的精神空间。社区，英文是 community，它的汉语解释可以是公社、团体、公众，以及共同体、共同性。深圳本是一座陌生人的城市，就是因为其陌生，所以会有社区写作这一提法的产生。如何使得陌生人社会变成共同体，是通过社区写作，打破了陌生人的界限，在陌生人社会建立某种联系，形成一种社区凝聚力。于是，归属感产生了。在一个移民城市中，精神空间是非常重要的。因为移民所构成的城市，首先是一个陌生人社会。如何把陌生人社会建构成城市的文学空间，这是一个精神社会学的问题。这是一种精神社会学现象，正是这种精神社会学现象内在构成了城市发展的动力。这也就是深圳文学之所以被命名为社区文学的阐释。这种社区文学的命名也同时反映了深圳这座城市的现状，以及命名者对深圳都市生活的幻想。许多愿望实则是某种意义上的宣传，其所言并非完全属实，却也提供了宝贵的信息，那就是城市的自我感知。社区文学能让深圳人感到一种温暖，产生社区的凝聚力。社区写作是一种有家园感的写作，作家本人也要有一种家园意识，而不是他者意识或者客者意识，不能让金钱的共同体取代所有社会关系的纽带。深圳文学的社区写作恰恰是在做这样一种努力。

为了更好地理解以上的理论阐释，可以引出深圳作家薛忆沩的作品，通过对他的作品的解读，来理解深圳文学中社区文学的提法与命名以及内在的含义。薛忆沩的《深圳人》是一部以深圳人为原型的系列短篇小说集，作家称这部小说集为"深圳人的文学索引"。小说里的一个个普普通通的深圳人，并不是媒体上所说的改革的弄潮儿和成功的商人，他们仅仅是出租车司机、女秘书、小贩、神童、物理老师、文盲，等等，可以是深圳街头走过的任何一个不知名的陌生人，而这些陌生人，就生活在每一个社区里。然而，薛忆沩在作品中并不提供地标（说到地标，这也是一个很有意思的话题，有许多深圳作家、诗人喜欢在作品中使用深圳的真实地名，例如吴君、邓一光等），而薛忆沩不仅不提供地标，也不反映社区，甚至小说的主人公连名字都没有，作家只是使用指代性的称谓：我、你、他、她、父亲、母亲、文盲。如果说地标提供了物理空间的位置感，那么名字则是社会性存在必需的彼此认识的符号，薛忆沩刻意抹去这些回归的路径，残酷地将他们放逐在一个完全陌生的空间，使得他们丧失安全感，让每一个深圳人都在这个巨大的现代性的空间里面临迷路的威胁。例如《文盲》中的文盲，她是深圳的外来人，同时是一个文盲，作家在她的身上设计了一个深刻的悖论。她不敢去医院，她没有知识、没有技能、没有社会交往。那么，没有地标、没有边界的深圳是一个巨大的符号，让每一个身处其中的人都丧失归属感，充斥着不稳定的伦理关系。所以说，薛忆沩对深圳人的书写与深圳社区文学的命名形成了一种呼应或者说是一种互文的关系。

对深圳这座城市的反复书写，大量出现在这几届的睦邻文学奖的参赛作品中，成为深圳文学的一个显著的标识。例如，2018 年的年度十佳中赵俊的《与深圳有关》、叶耳的《啊，深圳，一只鹅要拨动多少清波》，2017 年的年度十佳中赵目珍的《秘境：关于一座城市的断想笔记》、萧相风的《湾厦旧村：2 万个深圳活法》，等等，许许多多作家的作品以深圳为名，来书写这座城市。那么，他们书写了怎样的一座城市？或者说，在他们的笔下，深圳这座城市呈现了怎样的现代性的多副面孔？赵俊是在睦邻文学奖中脱颖而出的优秀诗人，他的《与深圳有关》是一组组诗，一共有七首，这七首诗是很有代表性的书写城市的悖论的组诗，诗中呈现了城市多元、流动、碎片、无可皈依的人文特征。"忘掉自己的乳名，栖身于 / 城市的肋骨。这是一个女孩 / 能给予新居所最大的善意"（《深圳故事》）。"忘掉乳名"无非是失去故乡，而"栖身于城市的肋骨"，无疑把漂泊都市的疼痛感表达得非常有质感。"大家彼此冷漠相对，脸上长着仙人掌，你无法轻易触碰"（《后瑞，或西部》）。这里非常形象地表达了陌生人社会中人与人之间的疏离感。"在春节，每个地方都散发着 / 共同呼吸制造的热气 / 但他们同时留下了一座空城 / 我现在站在深圳。感觉自己 / 像漫游太空，它突然 / 变得可爱。就像水牛 / 卸下牛虻。我正享受着叮咬 / 我成了孤独的吸血者"（《深圳空城记》）。这里写尽了城市的孤独。

重新思考

第十二章

城市的参差对照

上海

城市小说的叙事黑洞：姬中宪

事件的坍缩

　　阅读姬中宪的小说，难免会联想到刘小枫在《沉重的肉身：现代性伦理的叙事纬语》中的观点："叙事家有三种，只能感受生活的表征层面中浮动的嘈杂，大众化地运用语言的，是流俗的叙事作家，他们绝不缺乏讲故事的才能；能够在生活的隐喻层面感受生活，运用个体化的语言把感受编织成故事叙述出来，是叙事艺术家；不仅在生活的隐喻层面感受生活，并在其中思想，用寓意的语言把感受的思想表达出来的人，是叙事思想家。"[1]姬中宪无疑就是这样的叙事思想家。他所书写的城市文学作品《单人舞》《双人舞》《三人舞》《四人舞》《紧急刹车》《红井园的最后一夜》《我不爱你》《恒温城》《鹿岛鹿角对大阪钢巴》等，主题充满了模糊性和多义性，人物形象呈现出符号性和抽象性，情节也不具备逻辑性，更多的是片段。作品不负责提供传统意义上的"真

1　刘小枫：《沉重的肉身：现代性伦理的叙事纬语》，华夏出版社，2004 年版，第 206 页。

实"，只是"模拟了一个酷似人间的地方"，他在故意地、极力地破坏传统小说所致力追求的东西，用自身感受和身体在意义层面去思考，以丰富的意象、寓意的语言和强烈的思想力呈现出寓言化的城市，以寓言性来结构全篇，创作上的统一性被多重的意象所撕裂。因此，姬中宪的城市书写的寓言化叙事需要读者和批评者深度而内敛的情感投入，并在阅读中时时伴随着思考的压力，因为稍不留神，可能就会在他"凌乱"而"坍缩"的叙述中走失，在他精心设计的城市迷宫中找不到出口。姬中宪小说中的城市仿佛卡夫卡笔下的神秘的城堡，繁复曲折、机关重重的路径，将永远无法抵达，充满了神秘、离奇、绝望与荒凉，作家如此展现了在审美上的艺术追求。

借用物理学的概念，恒星在外壳的重压之下，核心开始坍缩，最终形成黑洞。姬中宪几乎每部小说开始都在一本正经地建构故事，然而随着叙事的展开，那些原本高度写实的构件纷纷被踏空、被悬置、被碎片、被抵消，最后以一种内陷式的塌落收场，正如恒星核心的坍缩。读姬中宪的小说，感觉他像一位精巧的建筑师，一砖一木地搭建故事，朝着一座摩天大厦的方向，当读者沿着阅读惯性，准备拾级而上时，姬中宪不知抽掉了哪根横梁，整座楼轰然倒塌，将读者丢在失重与错愕中。这是一种典型的坍缩式的叙事，带有一种自毁的危险倾向，那些原本很大很重的东西，被不知不觉地轻量化，最后被一一消解掉，露出一个个巨大的、醒目的黑洞。它抽空了阅读的预期，逼迫我们就地反思：那些看似丰满的现实与坚硬的逻辑，原来如此虚无和荒诞。在当代作家群体中，姬中宪本人也恰似一个黑洞，他远远地站着，不那么引人注意，然而一旦靠近他，立刻被他强大而奇异的能量吸附，难以自拔。他以极具辨识度的城市文学写作确立了他在当代文学中的独特地位。

姬中宪这种疏离与抗拒传统的写作形式，与中国 20 世纪 80 年代末期的先锋文学有着相似之处，又有太多不同，毕竟不是在同一时代语境下产生的文学作品。先锋文学当年受到西方现代主义文艺思潮的影响，以昂扬的姿态提出形式上的创新，对传统写作进行批驳，对宏大叙事进行消解，对真实性进行反驳，先锋文学洋溢在对现代与后现代情绪的躁动中。但是因为先锋文学过分形式化，与现实脱节，不得不在20世纪90年代初期就匆匆谢幕，成为一个昙花一现的文学流派。姬中宪在继承先锋文学的先锋精神之外，与先锋文学不同的是，他本身就生活在这样一个坍缩化的时代之中，他的观察视角和写作姿态与他所在的城市的状态是一致的。他居住在魔都——上海，一个不断扩张，其实也在不断内卷的现代都市，其外壳越是宏大，其中的个体越是渺小，二者的撕裂越触目惊心，80年代先锋文学通过语言与叙事技巧所隐隐勾画出的那个后现代的未来，如今已是日常。姬中宪是一个彻底的当代人，他七八年前写的小说，放在今日仍然前卫，他以敏感的心思与艰苦的思索，使得笔下的城市像一颗重压下的星球，坍缩成为一片片碎片，洒落开来，纵使如何小心翼翼地拾起，都无法黏合到原初的样子。然而，这碎片闪烁着的千姿百态的光芒却令人晕眩。

姬中宪的每一个中短篇，都是独立的，但是可以连缀成长篇，是一个开放性的大文本，如同他自己所说的，隶属于某个庞大计划的一环，可以当长篇小说来阅读。相反，姬中宪的每一部长篇，又都可以拆开成为一个个独立的中短篇，丝毫不影响到它的可读性。如此一来，他的写作获得了一定的自由度，给阅读带来了一定的开放度，当然也给研究带来了一定的难度。他的每部作品之间都有着复杂而清晰的关联，他在技术和艺术之间完美地周旋，以至于没有发生一个裂缝，有着严谨、富含逻辑的整体观在背后支撑。

《我不爱你》中久别重逢的一对男女被一道无限延伸的建筑围栏分隔在咫尺，被众人追逐的漂亮女人用舞会上一次意外的"踏空"将之前层层升温的情欲之火当场熄灭；《单人舞》中一个男人在一天之内丢掉了全世界，最后被架空在一座废弃的楼顶，而楼梯已被拆除；《紧急刹车》堪称一幅当代中国的浮世绘，数量庞大的出场人物仿佛各自携带着一颗小核弹聚首在高速路上，最后以一场惨烈的"内爆"收场，而贯穿始终的悬念"那个老人是谁？他为什么在高速上步行"则直到故事结束也未给出解答，成为永久的真相黑洞；《恒温城》中的初恋男女千里相会，却在高铁车站的最后一公里处错失对方，女方险些因为找不到卫生间酿成大错，真是对这个看似便捷的钢铁城市最好的讽刺；《鹿岛鹿角对大阪钢巴》由四个并无实质关联的故事拼贴而成，每个故事都在最揪心处戛然而止，四组人物被分别丢在叙事的尽头，茫然无措，像极了那些被城市巨轮抛来抛去、身心飘零却从未等来一句解释一声安慰的现代人……种种反常规类型、反线性逻辑的情节构成了姬中宪小说中独有的**事件坍缩**，如此种种，是有着社会学学科背景的姬中宪提供给我们的一份份理性的社会学报告样本，是小说家姬中宪为我们虚构的一个个文学故事。我们为自己无力找到真实与虚构的边界而莫名地悲哀。

艾略特在《荒原》中曾经发问："这座城市的意义何在，你们拥挤在一起，是否因为你们彼此相爱？"回答说："我们大家居住在一起，是为了相互从对方那里捞取钱财。"在中篇小说《紧急刹车》中，姬中宪的回答则更胜一筹，一场性爱之后，他与她都面临着收不回成本的尴尬局面；小说中所有人都在高速公路上驱车狂奔，为着各自刻不容缓的目的，然而一声紧急刹车，"取消了之前的所有努力"。荒诞与悖论把城市撕裂，只剩一个个巨大的、满目狰狞的黑洞，徒留满地的无奈与荒凉。

人物的降维

在姬中宪坍缩化叙事的城市文学中，有着众多符号的集合。他喜欢将具有现实性的故事，进行抽象化处理，故事中的城市人物被处理成一系列抽象的符号。或者可以说是一种对人物形象的降维，从四维降低为三维，从三维降低为二维，降低维度，作减法处理，通过极简主义的方式，使得这些符号化的人物反叛了传统小说的典型环境中的典型人物形象，仿佛无脸人一般，形成了一系列个体的黑洞。然而，他创造的"无脸人"这一特殊的意象却在众多的文学创作中显得如此醒目，和那些饱满的人物形象形成了巨大的反差。我们是否要为姬中宪这种逆风而行的勇气和胆识鼓掌？

短篇小说《三人舞》中的无脸人"我"，开篇就说道："我下定决心在这个故事中隐去所有人的名字。包括我自己。"[1] 其他的作品中也往往以"我""你""他"来替代，即便是有名有姓的人物，也被作家冷漠地敷衍过去，试图把作品中的人物都淹没在庞大的城市洪流中，徒留一个个符号。试想一下，在城市的街道上，汹涌的人流正在上班下班的路上，可是每个人都没有脸，只有一个身躯支撑着一个光秃秃的头颅，正在一起乌泱泱地走过斑马线，那将是多么恐怖的一种情形。姬中宪将这种艺术探索几乎放置在自己的每一部作品中，乐此不疲。那么，不禁会有疑问，是否作家对塑造典型的人物形象无力而为之呢？回答当然是否定的。读者甚至能从字里行间看到作家狡黠的笑。在他的短篇小说《俄国好朋友》中则一反常态地、随心所欲地塑造了"包包"这个典型的人物形象，这位鲍副教授人在囧途时的诙谐、卑微、猥琐、狼狈、悲哀的

---

1 姬中宪：《一二三四舞》，上海文艺出版社，2015年版，第231页。

形象被书写得淋漓尽致、栩栩如生，但背后却透露出作家对"包包"真实、可爱、质朴、未经过充分社会化的人格无尽的同情和悲悯，可见作家根本不缺乏游刃有余地驾驭人物形象的能力。让人联想到毕加索的立体主义与超现实主义结合而震惊世人的画作《格尔尼卡》，很多人无法理解其中抽象的原委，但是如果对比画家早期的现实主义作品，会发现毕加索经历了多么漫长的探索，才走向创作的巅峰。那么，姬中宪为什么喜欢描写符号化的城市人，当然可以说这是他在艺术探索上的孜孜以求，但其中有着怎样的来龙去脉和逻辑关系，隐藏着多少不为人知的寓意，是讨论与研究他的城市小说的重点。

姬中宪 25 岁毕业后留在上海工作，3 岁前在农村生活，他说："虽然在城市定居多年，但仍然是旁观者的眼光，对城市仍有好奇、沉迷以及一点点仇恨。"[1] 这样类似的表述不仅出现在他的创作谈中，也出现在作品里。《三人舞》中被符号化的"我"在疲惫不堪时也会直抒胸臆："当我踏进这个城市时，我感觉自己像一只进化未完全的海底寄生类爬虫，在潮水和泥沙的裹挟下踉踉跄跄地跌在城市的滩涂上，每一步都伴随着来自异类生物的危险。在城市的庞大和神秘面前，我甚至一度以为是时间和空间发生了巨变。"[2] 在这里，人将非人，面临着巨大的恐惧和危险，城市带给人的压迫无法排解。现代主义文学的开山鼻祖卡夫卡多年之前就在《变形记》中袒露，人已经被异化为大甲虫，而在姬中宪这里，人可悲到连具体可见的甲虫都不是，只是一个个符号，一个个无脸人，这种城市带给人的异化已经完全变形，以至于找不到具体的形状，只留一个空洞无感的符号。

1　徐刚等：《姬中宪和新城市文学写作》，《文学报》第 22 版，2016 年 6 月 30 日。

2　姬中宪：《一二三四舞》，上海文艺出版社，2015 年版，第 249 页。

《四人舞》中的人物形象也丧失了典型性，"老头""老太""男人""女人"被浓缩成为四个符号在表演，他们只能在天光大亮时刻，各奔东西。作家对这四个符号的书写是惜字如金、简洁有力的，与传统小说中的典型人物形象完全是南辕北辙、背道而驰的。有趣的是，在《鹿岛鹿角对大阪钢巴》中却意外地为每个故事，用人物的名字旗帜鲜明地做了标题，似乎要准备书写确定的人物形象了，但是作品内容却和这个人物的名字毫无关系。这个名字可以是这个城市中的任何一个人，被淹没在茫茫人海中。作家仿佛在游戏般地去对待他的小说中的人物，刚刚想要建构起一个人物，却又随即被消解成碎片。究其原因，还在于作者所致力于表现的黑洞如此强大如此蛮横，以至于每一个人物都被稀释，被同化，被抹平，被抽离了血肉，成为一个个扁平的符号。其中的寓意，不言自明。

那么，真正的小说人物在消失吗？代之以一个个人物符号，这样是否会折损叙事小说持之以恒的魅力？木叶提出了质疑和否定，认为"小说极其动人的一点就在于作者和笔下的人物的相互成长和辨认"。[1] 在此，希望与木叶商榷。所有的艺术探险都在绝美的悬崖峭壁之上，艺术的追求就是要做那个独一无二，唯一性是永恒的艺术规律。符号化的城市人，来自坍缩化的、不堪的城市。那么，符号化的人物与坍缩化的城市呈现出了某种意义上的高度和谐，相互映衬，增强的是城市写作的寓意。难道整个人生不是都可以抽象成一个个符号吗？姬中宪在对传统小说进行实验，首先触动的就是人物形象，人物形象是小说的要素之一，这是他在对传统书写发出的一个强有力的挑战，传统的人物形象或许不能真实地反映今天的现实。在现代性与后现代性的今天，"人将被抹去，

1　木叶：《旁观，卸妆与"灵魂的深"——读姬中宪》，《创作与评论》，2017 年第 5 期。

如同大海边沙土地上的一张脸"。[1] 我们每一个人不过是庞大的城市中的一个符号而已，我们每一个人的一切也都可以由一个个符号所代替。世界将变成一个巨大的符号，何况一座座城市，更何况一个个城市人。

诗化的寓言

姬中宪的小说语言，也是一个个黑洞，每个黑洞都是无底的深渊。姬中宪笔下的城市，是无法抵达的神秘城堡，充满了绝望和荒凉。他的每一部作品都是一个黑色的寓言。但是，吊诡的是，他的作品中所营造的氛围，却令人出其不意。《单人舞》是一篇如此精致的短篇小说，作家精心谋划，谨慎推进。《单人舞》中的"他"的家门钥匙和陌生人的车钥匙相互被锁在对方那里，"他"不得不进行了一系列的艰苦卓绝的进入家门的努力，这期间经历了形形色色的社会景观，所表现的戏剧冲突内核有着强大的爆发力，展现的是普通人的非常状态，但是就是这些荒诞的行径之后，在小说的结尾，作家放飞了自我，让"他"来到了陌生人的家里，脱掉衣服，翩翩起舞。在这里，不知道为何，总能让人联想到韩国著名导演李沧东的电影作品《燃烧》中的一个镜头，惠美在吸食过大麻之后，在夕阳下裸舞，像一只飞翔的小鸟，并开始在舞蹈中哭泣，她想要像晚霞一样消失掉。这是极度饥渴的舞蹈，是为人生意义而饥渴的舞蹈，这成为整部电影中最美的镜头，让人过目难忘。因为此刻，作品中流淌的诗意顿时升腾而起。《红井园的最后一夜》中的夏鱼

1　［法］米歇尔·福柯：《词与物——人文科学考古学》，莫伟民译，上海三联书店，2001年版，第506页。

被感情伤得千疮百孔之时，也不得不以一场化装舞会来终结所有的伤痛。《双人舞》《三人舞》《四人舞》也在借舞蹈的名义而言其他，作家在借他人的酒杯，浇自己心中之块垒。姬中宪在创作中对舞蹈情有独钟，舞蹈成为他的小说中巨大的隐喻。开心时起舞，悲伤时起舞，这不就是真实的城市生活吗？这不就是真实的人生吗？他的"舞系列"小说将成为他创作道路上的醒目标识，将成为作家的代表作。

当你小心翼翼地走进姬中宪的城堡时，每一个城堡里都在举行着浩大的舞会，伴随着优美的音乐，无脸人们在舞池中翩翩起舞，你希望能揭示其中些许的神秘，却不期然地发现了波涛汹涌的诗意顷刻间喷涌而出。这是大雪无痕般的隐喻，这就是诗意化的寓言，这也就是姬中宪作品的迷人之处，闪烁着艺术璀璨的光芒。

姬中宪的写作实际上呈现出一种智慧，类似黑色幽默的东西，幽默来自智慧。但是，这在他的创作中，真的是不算什么，真正难得的是一种欲哭无泪的感动，他的作品触动了人的精神深处的感动，这种感动能让你感受到，在黄昏的微光中，有那清晨的小鸟飞进你孤寂的鸟巢里。那么，这种感动应该来自作品中作家有意无意制造的诗意。姬中宪的小说在叙事上的闪回、跳跃，倒叙、插叙，都是吸收了诗歌创作的手法。小说的诗化也许是他所致力追求的境界。长篇小说《我不爱你》也是充满了诗化的嫌疑，是献给城市的爱情诗。这完全可以看作是一个都市爱情故事，但是作家究竟如何具有化腐朽为神奇的力量，就是围绕着"我"对妻子带回家来寄住的九指女孩的情愫的描写，这种"草色遥看近却无"的情愫在小说的字里行间中如同雾气般地缭绕，影影绰绰的，挥之不去。在这种云山雾罩的情愫的笼罩之中，一个本可能陷于流俗的故事却升腾起美好的诗意来，令人不禁惊讶于原来高雅与世俗仅仅是一步之遥。结尾并不令人意外，如同《廊桥遗梦》的结局，九指女孩在一个清晨轻轻地离开了，这是一个令人崩溃的消息。然而"我"却对妻子说，"我们生个孩子吧"，刚刚升起的诗意又被拉回日常的现实。现实虽然并不残酷，却没有了那份美好的诗意，更多的是挥霍不尽的无边的日常时间，时间成为巨大的难题。因此，阅读姬中宪的作品，需要足够的理性，不能让自己的情绪被他过山车般的叙述所掌控，需要有与之对抗的能力，才能去更好地感受艺术作品所带来的震撼心灵的力量。

实际上，小说呈现出诗歌化的特质，或者出现更多其他的文体的特质，如果作者老道而成熟，能够驾驭得游刃有余，不仅不会影响作品的品质，还会为作品增色许多。在国际上享有盛誉的法国作家帕斯卡·基尼亚尔的《音乐课》就是一部诗化小说，小说中流淌的是诗歌的语言。其实，姬中宪的小说语言也隐藏着隐秘诗性追求，例如，"大车软塌塌的，像巨人甩出了一摊鼻涕，凝固了，挡在所有人面前"[1]，"那个弯弯的女孩走了，像从一个完美的圆中剪掉了一截弧线"[2]，等等。不仅如此，基尼亚尔的《音乐课》碎片式的书写，是出没在小说、诗歌、散文、传记、评论之间的一种文体，这是更加自由而奔放的书写，来自基尼亚尔那自由的内心和游走的灵魂。同时，这种跨界的书写为文体的界限扩展做出了贡献。那么，比较之下，姬中宪的越界的书写就更应该得到更多的谅解和欣赏，因为艺术的灵魂本来就应该是自由飞翔的。姬中宪的《双人舞》中，只有两个人物的对话，作品不像是一部小说，倒更像一场辩论，辩词言之凿凿，辩论双方誓死捍卫自己的观点，辩论过程或许有些枯燥，结局却直接指向诗意的哲理：读书不是为了适应规则，而是怀疑和挑战规则。这就是对城市有着小小仇恨的姬中宪的城市写作，也许，恰恰是因为这个小小的仇恨，让他完成了如此优秀的城市文学写作。

1　姬中宪：《一二三四舞》，上海文艺出版社，2015 年版，第 61 页。

2　姬中宪：《我不爱你》，上海文艺出版社，2015 年版，第 226 页。

第十三章　『他者』的镜像

城市空间缝隙中的青春成长：白雪

20 世纪 90 年代，少年的白雪跟随父母来到深圳，成为一名"深二代"。1997 年香港回归时，她作为深圳小学生中的一员，去送驻港部队进驻香港。在她幼小的心灵里，这仿佛是一场盛大的嘉年华。从北京电影学院导演系毕业后，白雪一直蛰伏在深圳，见证着两座城市的不同发展。直到 2019 年，十年磨一剑，白雪拍摄的深港城市题材的影片《过春天》上映，获得了各项大奖。这部影片不仅为她带来了极大的殊荣，也是深港两地题材的作品第一次在银幕上得以呈现。可以说，以深圳人视角的观察，为她拍摄电影《过春天》提供了许多现实上的支撑，因此能够极其细腻而真实地表现这两座城市之间的关联。深圳与香港两座城市仅仅一河相隔，紧密相连，彼此纠缠，每段发展时期呈现出不同的关系，始终动态地微妙变化，又始终相互成为对方的镜像。"《过春天》第一次以内地人的视角去讲述和审视香港，这种讲述正如影片所选择的青春叙述的方式，充满了试探和暧昧。"[1] 影片《过春天》搭建了深港两座

1　臧瑞楠：《以我之痛　歌世界之殇——评电影〈过春天〉》，《视听》，2019 年第 10 期。

城市的视觉空间，并不是繁华的摩登大厦与都市霓虹，而是一边是手持镜头下的逼仄而压抑的香港底层空间，一边是固定机位下的单调无聊的深圳家庭空间，我们在这城市空间的缝隙中看到了十六岁的女主人公佩佩来往于两座城市之间的艰难而挣扎着向上的青春成长。因此，影片《过春天》为这两座城市之间的关联问题提供了某种路径的阐释，值得我们去做细化的分析和解读。

青春故事承载时代问题

"过春天"是一个非法走私的暗语，当然也包含着些许美好的愿望和期待。电影使用了"过春天"这个名字，不仅是在表达影片中走私内容的真实，也是对正处于青春期的女主人公佩佩的美好祝福，希望她能够顺利地度过青春期。电影《过春天》表面上是一个关于青春成长的故事，实际上，并没有看到的那么简单，如此解读也有悖于白雪创作的初衷。这应该是借用青春成长故事的外壳，来装载了时代的城市问题的一部影片。作为编剧兼导演的白雪如此设计，也是十分巧妙。

电影《过春天》所展现的是十六岁少女佩佩作为一个跨境学童，往返于深圳与香港之间读书，因为偶然的机会，成为一名水客，从中获得利益，最后被抓的故事。佩佩的青春期看起来并没有那么顺利，但她有美好的青春憧憬，希望能够和闺密在圣诞节去日本看雪、喝清酒。现实中经济的拮据，使得她不得不做水客，从香港走私手机到深圳，为了一张去往日本的机票。而做水客也没那么顺利，最终被警察人赃俱获。在这个青春成长的过程中，她失去了友情，隐隐约约的恋情也在萌芽中被扼杀，从父亲那里获得的亲情是如此单薄，而母亲给予的亲情更加没有支撑的力度，并令她烦恼不堪。佩佩和男孩阿豪往对方身上绑手机的镜头，逼仄的空间、昏暗的光线、胶带的声响、呼吸的声音，把佩佩青春成长的欲望推向了影片的高潮。虽然在城市夹缝中挣扎向上的青春如此不堪和无奈，佩佩终究还是完成了青春的成长仪式。最后她与母亲达成和解，一起登上了山顶，俯瞰整个香港的全貌，那是令母女俩伤心的地方，也最终被踩在了脚底；她把鲨鱼放归大海，使它摆脱了束缚，可以自由地游向大海的深处。这些隐喻的运用，都极好地表达了佩佩青春成长仪式的正式完成。

这本来是一个当下的故事，可是故事的背后折射的却是一个时代的问题。影片没有作直接的陈述，而是通过艺术的手法表达了青春艰难成长的背后，是一个时代遗留下来的社会问题。于是，我们可以追问的是，佩佩为什么是一个跨境学童？跨境学童是一个多么庞大的群体？从影片中可以找到表面的解释，那就是佩佩的香港父亲作为一名大货车司机，与佩佩的深圳母亲，在非婚的状态下生下了佩佩，因为父亲在香港是有家室的人。那么导致的直接结果是佩佩获得了香港的户口，可以在香港接受义务教育，却要与母亲生活在深圳。一个小孩子，每天不得不往返于深圳与香港之间，像一个无奈的钟摆一般。

跨境学童是一个特殊却很庞大的群体，白雪第一次把镜头对准这个群体。这个群体，作为历史的产物，终将会成为消失的人群。但是，他们存在过，代表了历史的某个阶段，或者代表了城市发展的某种阵痛。借由跨境学童这个群体，总是能让人想到中国当代文学中知青文学这个文学潮流。当年作为知识青年下乡的那个巨大的群体，在青春成长的当口来到了农村，有些知识青年不可避免地与当地的农民或者组织家庭，或者生下孩子，暂时享受到了家庭的温暖。但是知识青年也许无一不渴望回到城市，回到自己的城市的家中。当知识青年大规模返城的时候，那么，也许有一些不能幸免的孩子，就被永远地留在了农村。现在这一群孩子早已经长大，但是，这个下乡的知识青年群体却永远地被留在了历史里，他们也是时代的产物，并不是哪一个个体的行为，谁也跑不赢时代的脚步。跨境学童同样是时代的产物。白雪说："她身上天然地具备着时代的印记。她的父母其实是 90 年代相遇，当时很多香港人到深圳，然后生下像这样的孩子，那时香港收入比较高，一个月赚三四万，但内地可能就是三四千，差异很大。现在差不多 20 年过去了，到底发生了什么，在孩子身上是一个集中体现。我觉得这是一个非常有趣的切入口，作为一个人物，她承载着不同时代。"[1] 下乡知识青年和佩佩的身上都承载了不同的时代，佩佩在青春期的遭遇，其实可以回过头来，从那个逝去的时代中找到相应的答案。

那么，一个当下的青春故事其实隐含了逝去的一个时代。在 20 世纪 90 年代，深圳与香港的差距比较明显。这个时期是全面市场经济的时代，深圳作为改革的窗口与试验田，涌进了许多从祖国四面八方来寻梦的年轻人，虽然影片没有交代，也许佩佩的妈妈就是其中的一员。这些寻梦的年轻人，有些真的在这片神奇的土地上创立了自己的丰功伟业，然而，也有佩佩母亲这样的人，沦为有家室的香港人的外室，才有了佩佩这个生命出现在这个世界上，而最终佩佩母女俩也逃脱不了被抛弃的命运，个人的命运也淹没在时代的命运之中。不过白雪的下笔是柔软的，她没有将任何道德批判强加在佩佩母亲身上，虽然影片所呈现的佩佩的母亲是一个终日无所事事、以打牌为生的女人，最终还被男友骗光了钱财，但是白雪对她没有任何指责，而是给予了深切的理解。影片更重要的是表现了对一个时代的深层次的反思，在一个轻盈的青春成长故事背景下，重要的时代问题得到了清理和思考。虽然没有给出客观的

---

1 白雪，亓天阳：《创作是一种自我抉择：对话〈过春天〉导演白雪》，《北京电影学院学报》，2019 年第 4 期。

答案，也无法给出答案。但是，那个时代是有必要得到清理的，两座城市之间的连接也得到了细致的梳理，影片因而获得了思想的重量，它不像少女的青春那么轻飘飘，而是有些许的沉重。

自我身份的建构与丧失

白雪说："这部电影的特殊性就在于这个人物的双重背景，佩佩作为一个跨境学童，她在深圳住，在香港上学，她的人生充斥着矛盾性，双重的价值观和文化背景、教育背景都很矛盾。我觉得她是一个很尴尬的人，这是这个人物最迷人的地方。"[1] 佩佩表面上的身份是持有香港户口的香港人，接受的是香港的教育。然而，佩佩的骨子里并不能算作香港人，虽然她在香港读书时，使用的是粤语，可是过了关口，她又不得不说回普通话，这都是表面上的标志。她必须在天黑之前，回到深圳的家。她并不属于香港这座城市。那么，她属于深圳这座城市吗？她在深圳没有同学和朋友，只有一个终日无所事事的母亲，根本无法理解她心灵深处的痛苦。所以说，佩佩是一个没有身份的人，她处在两座城市之间的漂浮状态。或者说，佩佩刚一出生，就是一个身份的丧失者。当她来到青春期，她能感到某种不安，她不能像同学陈颂儿一样，做一个地道的香港人，拥有一个香港的男朋友，可以理直气壮地参加香港朋友的生日派对。佩佩在生日派对上是那么怯懦，为了能被香港朋友的圈层接纳，她不惜纵身跳入海中，尽管她并不会游

1　白雪，亢天阳：《创作是一种自我抉择：对话〈过春天〉导演白雪》，《北京电影学院学报》，2019 年第 4 期。

泳。她强烈地需要身份的认同感，她在寻找，她在建构，她迫不及待地需要一个心理的身份。

佩佩尴尬的身份问题，才是推动剧情向前发展的主要动力。佩佩为了自我身份得到认同，做了一系列的努力，她在主动建构自己的身份，渴望自我的独立。和同学陈颂儿相约去日本过圣诞节的旅行，不仅仅是青春女孩的梦想，更是一个身份丧失者的逃离，逃离深圳与香港——令她身份认同混乱的地方。这场旅行可以暂时摆脱做城市夹缝人的尴尬，同时，这也是城市对人的流放。如何能完成这种可能，首先，佩佩去找了父亲，希望能得到他的支持，但是，听到父亲为自己的三世同堂的家庭需要支付七百万的房款时，敏感的佩佩没有向父亲开口。但是，她并没有停止完成这次逃离的努力，她放学后到一家小餐馆打工，获取微薄的收入，尽管并不能支付去往日本的机票费用。然而，谁也不能阻止这个青春期的女孩的倔强，因为深圳与香港之间支离破碎的城市空间已经无法容纳她蓬勃生长的青春，她必须要完成这次圣诞旅行，完成一次青春期的精神上的逃离。所以，当机会来临时，她毫不犹豫地抓住了机会。

当她第一次走私手机过关时，从镜头的躲闪中，能看到佩佩的紧张与不安。可是，第一次成功地"过春天"之后，她一次比一次大胆和自信，并且得到了水客领导红姐的重视，由佩佩带着走私团队过关，还被人尊称一声"佩佩姐"。在这铤而走险的过程中，佩佩似乎找到了自我的尊严，找到了自己的精神归属感，她在逐步地实现自我身份的建构。这一刻，一个十六岁懵懂无知的女孩充满了对未来的希望。她甚至有了帮助红姐走私枪支的想法，尽管被阿豪及时地制止了，因为这毕竟是要坐牢的。如果梦想就这样持续下去，结果将不堪设想。好在到这里，戏剧冲突戛然而止。佩佩自我建构身份的梦想及时地破碎了，她又回到了当初身份丧失的状态中。从身份丧失到建构身份，再到身份丧失的过程中，佩佩是否又回到了当初的原点，当然不是。在两座城市空间缝隙的冒险中，佩佩完成了自我的青春成长。她不再是当初的那个十六岁的女孩佩佩，她所经历的一切，使得她彻底放弃了自己理想中的乌托邦的世界，在理想破碎之后最终回归到现实，放下了青春期的叛逆，找到了与世界和谐相处的方式。

白雪通过静水深流的镜头语言，不仅叙述了一个少女成长时期遇到的问题与困境，也折射出一个城市的困局。深圳这座城市的发展，曲折而艰难，虽然是改革开放的试验田，却创造了世界经济的奇迹。这座城市也是在自身的成长中去及时发现问题，解决问题。香港的摩登与深圳的崛起是一对镜像，相互映照着彼此。香港与深圳这两座国际性大都市，没有给予佩佩一个安全的身份，也没有空间去容纳疯狂生长的青春，佩佩的铤而走险，无非是为自我建构一个身份，让迷惘的青春有一个归属。但是因为佩佩自从来到这个世界，就意味着她将遭遇这个不平凡的青春，这并不是所有的青春都应该有的样子，而是她生长在两座城市空间的夹缝之中，她必须去努力地向上，才可能接触到被城市空间遮蔽的阳光。

虽然佩佩的母亲在努力让女儿过上最好的生活，而现实是，当她生下佩佩的时候，就已经意味着给佩佩今后的人生道路带来更多的困扰与不安。佩佩的父亲因为与孩子长期的疏离，也无法去顾及青春期女孩内心的惶恐与焦虑，他在佩佩的成长过程中是缺席的。当佩佩无法从父母那里得到任何实质性的帮助和精神上的支撑的时候，她不得不去借助社会的力量为自己获得一个精神上的身份，尽管它是违法的，也在所不辞。懵懂的十六岁的她其实并不懂得自己在建构身份，她只是在现实中感受到了自己存在的尴尬，她并不明白一个曾经的时代，赋予了她这种尴尬，她也不懂得两座城市空间之间的巨大的压迫感。她只是感受到了在两座城市空间缝隙中的压迫感，使得她不得不努力向上生长，摆脱空间缝隙之间的挤压，然而，这次逃离空间缝隙的预谋并没有成功，这个青春期女孩最终回到了她不得不所处的位置上，现实的一切仍旧没有改变，而改变的只有自我的心灵，身份没有改变，精神状态却发生了变化，这一切，也许就是成长的代价。

"他者"空间的相互比较

《过春天》是关于城市空间的电影，主人公佩佩就生长在城市空间的缝隙里。影片中出现了各种各样的空间，狭小逼仄的水客的单元房，阿豪的破败的大排档，承载小鲨鱼的鱼缸，豪华游艇上的派对，天鹅山的山顶，偷带手机的海关，交易手机的地下停车场，等等，这些狭小而具体的空间承载了电影叙事的空间，也是佩佩蛮荒生长与裂缝生存的残酷隐喻。电影中还出现了更大的空间——日本、爱尔兰、西班牙。佩佩在深圳与香港的空间中来回游荡，但她的心中却渴望一个飘雪的空间——日本；陈颂儿的姑妈并没有出场，出场的是她在香港带游泳池的豪宅，人却远在爱尔兰；陈颂儿本是香港人，却要到国外去留学；佩佩的妈妈身在深圳，却向往着西班牙，并自学西班牙语。这些城市的空间相互构成了彼此他者的空间，他者的空间之间构成了比较的关系。那么，这些他者的空间比较的背后，究竟揭示了什么？这是不是一种空间中的迷思？空间的迷思是不是可以理解为社会的迷思？

陈颂儿的姑妈，抛弃了香港，远走爱尔兰；陈颂儿的父母，要送陈颂儿出国留学；佩佩的妈妈，年轻时为了给孩子一个香港的身份，不惜委身于一个有家室的香港人，孩子得到香港身份后，她又渴望着去西班牙。而佩佩和陈颂儿的梦想是去有雪、有温泉、有樱花的国度，为达到这个目的，佩佩不惜铤而走险。如此看来，似乎每个时代都有每个时代的迷思。迷思的背后是空间的经济、政治、文化的差异，这些差异构成了某种向往，这种向往又影响了每个人的人生与命运的境况。这是一系列的逻辑因果关系。

然而，这些空间的他者实际上在近些年来发生了变化。有学者提出了"消失的空间"，"在本土、区域、全国和全球的空间体系中，本土的破裂或消亡变得异常明显。作为被有人称之为'消失的空间'的本土香港或深圳，在大湾区、全国以及作为全球空间的爱尔兰、西班牙与日本的空间体系中，青春成长和身份认同都显得无所适从。这样的空间难以安置像玻璃一样脆弱薄凉又容易破碎的灵魂"。[1] 空间的隐喻在影片中得到呈现，不知道陈颂儿是否出国留学，徒留教室中的一张空空的课桌；佩佩被取保候审，最终也没能看到日本的雪；佩佩的妈妈的西班牙梦显然也难以成真，那是一个虚无缥缈的彼岸世界。

"在全球空间'一体化'动向中，作为香港本土的'他者'世界，无论是人们留守的坚持或逃离的挣扎，都反衬着本土的衰微和没落。"[2] 如果以深圳和香港为例，可以作一个平行的比较。在 20 世纪 50 年代到 80 年代，深圳的经济落后于香港，所以会出现一些逃港事件，可是随着深圳的经济崛起，如今的深圳与香港的关系也在悄悄地发生着变化，甚至有些香港人会到深圳来定居。那么从全球来看，西班牙、爱尔兰等城市空间作为深圳的他者，又成为新一轮的渴望。所以，城市空间比较的背后，是深层次的政治、经济、文化的比较。强有力的国际政治地位、发达的经济以及引领世界的文化，成为国家与国家、城市与城市之间的竞争的焦点。因此，电影《过春天》所提供的是走向世界的一种城市空间视角，也是对全球化的深刻思考。

1　巩杰：《〈过春天〉：城市空间中的青春荒芜与身份龟裂》，《中国艺术报》第 5 版，2019 年 3 月 27 日。
2　同 1。

参考文献

[1] 张英进 . 民国时期的上海电影与城市文化 [M]. 苏涛，译 . 北京：北京大学出版社，2011.

[2] 张英进 . 中国现代文学与电影中的城市：空间、时间与性别构形 [M]. 秦立彦，译 . 南京：江苏人民出版社，2007.

[3] 孙绍谊 . 想象的城市——文学、电影和视觉上海（1927—1937）[M]. 上海：复旦大学出版社，2009.

[4] 张京祥 . 西方城市规划思想史纲 [M]. 南京：东南大学出版社，2005.

[5] 刘惠媛 . 博物馆的美学经济 [M]. 北京：生活•读书•新知三联书店，2008.

[6] 吴亮 . 没有名字的城市 [M]. 上海：学林出版社，2003.

[7] 路春艳 . 中国电影中的城市想象与文化表达 [M]. 北京：北京师范大学出版社，2010.

[8] 张德明 . 从岛国到帝国：近现代英国旅行文学研究 [M]. 北京：北京大学出版社，2014.

[9] 程光炜 . 都市文化与中国现当代文学 [M]. 北京：人民文学出版社，2005.

[10] 沈福煦 . 城市论 [M]. 北京：中国建筑工业出版社，2009.

[11] 陈平原 . 北京记忆与记忆北京 [M]. 北京：生活•读书•新知三联书店，2008.

[12] 杨宏海 . 我与深圳文化：一个人与一座城市的文化史 [M]. 广州：花城出版社，2011.

[13] 吴亮 . 另一个城市 [M]. 重庆：重庆大学出版社，2009.

[14] 倪立秋 . 新移民小说研究 [M]. 上海：上海交通大学出版社，2009.

[15] 陈圣来 . 上海蓝皮书：上海文学发展报告（2015）[M]. 北京：社会科学文献出版社，2015.

[16] 荣跃明，黄昌勇 . 城市叙事：记忆、想象和认同 [M]. 上海：上海人民出版社，上海书店出版社，2017.

[17] 蓝宇蕴 . 都市里的村庄：一个"新村社共同体"的实地研究 [M]. 北京：生活•读书•新知三联书店，2005.

[18] 吴晓雅 . 白石洲：深圳的中心与边缘 [M]. 深圳：深圳报业集团出版社，2018.

[19] 王国华 . 街巷志：行走与书写 [M]. 深圳：深圳报业集团出版社，2017.

[20] 王俊 . 歌声起处——深圳流行音乐四十年 [M]. 深圳：深圳报业集团出版社，2018.

[21] 马航，王耀武 . 深圳城中村的空间演变与整合 [M]. 北京：知识产权出版社，2011.

[22] 于爱成 . 深圳：以小说之名 [M]. 深圳：海天出版社，2015.

[23] 蔡东 . 深圳文学：生长与展望 [M]. 深圳：海天出版社，2015.

[24] 王素霞 . 深圳：日光之下的文学虚构 [M]. 深圳：海天出版社，2015.

[25] 赵一凡，张中载，李德恩 . 西方文论关键词（第一卷）[M]. 北京：外语教学与研究出版社，2006.

[26] 黄鹤 . 文化规划：基于文化资源的城市整体发展战略 [M]. 北京：中国建筑工业出版社，2010.

[27] 汪民安 . 现代性 [M]. 南京：南京大学出版社，2020.

[28] 苏秉公 . 城市的复活——全球范围内旧城区的更新与再生 [M]. 上海：文汇出版社，2011.

[29] 李志刚，顾朝林 . 中国城市社会空间结构转型 [M]. 南京：东南大学出版社，2011.

[30] 胡野秋 . 深圳传：未来的世界之城 [M]. 北京：新星出版社，2020.

[31] 阳建强，吴明伟 . 现代城市更新 [M]. 南京：东南大学出版社，1999.

[32] 廖令鹏 . 新城市文学的新语言 [M]. 南京：江苏凤凰文艺出版社，2020.

[33] 赵园 . 北京：城与人 [M]. 北京：北京大学出版社，2002.

[34] 曾一果 . 想象城市：改革开放 30 年来大众媒介的"城市叙事"[M]. 北京：中国书籍出版社，2011.

[35] 王笛 . 显微镜下的成都 [M]. 上海：上海人民出版社，2020.

[36] 陈启文 . 为什么是深圳 [M]. 深圳：海天出版社，2020.

[37] 南兆旭 . 深圳自然笔记 [M]. 深圳：深圳报业集团出版社，2013.

[38] 孙民乐 . 深圳新文学大系（非虚构写作卷）[M]. 深圳：海天出版社，2020.

[39] 孙民乐 . 深圳新文学大系（底层文学卷）[M]. 深圳：海天出版社，2020.

[40] 李杨 . 深圳新文学大系（打工文学卷）[M]. 深圳：海天出版社，2020.

[41] 李杨 . 深圳新文学大系（新都市文学卷）[M]. 深圳：海天出版社，2020.

[42] 利罕 . 文学中的城市：知识与文化的历史 [M]. 吴子枫，译 . 上海：上海人民出版社，2009.

[43] 本雅明 . 巴黎，19 世纪的首都 [M]. 刘北成，译 . 上海：上海人民出版社，2006.

[44] 本雅明 . 发达资本主义时代的抒情诗人 [M]. 王才勇，译 . 南京：江苏人民出版社，2005.

[45] 格莱泽 . 城市的胜利 [M]. 刘润泉，译 . 上海：上海社会科学院出版社，2012.

[46] 贝淡宁，艾维纳 . 城市的精神 [M]. 吴万伟，译 . 重庆：重庆出版社，2012.

[47] 洪伯格 . 纽约地标：文化和文学意象中的城市文明 [M]. 瞿荔丽，译 . 长沙：湖南教育出版社，2008.

[48] 加瑞特 . 剑桥地标：文化和文学意象中的城市文明 [M]. 杜敏，周鸿，译 . 长沙：湖南教育出版社，2008.

[49] 安德森 . 想象的共同体：民族主义的起源与散布 [M]. 吴叡人，译 . 上海：上海世纪出版集团，2005.

[50] 威廉斯 . 关键词：文化与社会的词汇 [M]. 刘建基，译 . 北京：生活•读书•新知三联书店，2005.

[51] 伯克 . 什么是文化史 [M]. 蔡玉辉，译 . 北京：北京大学出版社，2009.

[52] 休斯克 . 世纪末的维也纳 [M]. 李锋，译 . 南京：江苏人民出版社，2007.

[53] 科特金 . 全球城市史 [M]. 王旭，等译 . 北京：社会科学文献出版社，2006.

[54] 林奇 . 城市意象 [M]. 方益萍，何晓军，译 . 北京：华夏出版社，2001.

[55] 哈维 . 巴黎城记：现代性之都的诞生 [M]. 黄煜文，译 . 桂林：广西师范大学出版社，2010.

[56] 李欧梵 . 上海摩登——一种新都市文化在中国（1930—1945）[M]. 毛尖，译 . 北京：北京大学出版社，2001.

[57] 拉班 . 柔软的城市 [M]. 欧阳昱，译 . 南京：南京大学出版社，2011.

[58] 雅斯贝斯 . 时代的精神状况 [M]. 王德峰，译 . 上海：上海译文出版社，2013.

[59] 史蒂文森 . 城市与城市文化 [M]. 李东航，译 . 北京：北京大学出版社，2015.

[60] 芒福德 . 城市发展史——起源、演变和前景 [M]. 宋俊岭，倪文彦，译 . 北京：中国建筑工业出版社，2005.

[61] 莫尔 . 乌托邦 [M]. 戴镏龄，译 . 北京：商务印书馆，2008.

[62] 哈维 . 希望的空间 [M]. 胡大平，译 . 南京：南京大学出版社，2006.

[63] 芒福德 . 技术与文明 [M]. 陈允明，王克仁，李华山，译 . 北京：中国建筑工业出版社，2009.

[64] 柯布西耶 . 明日之城市 [M]. 李浩，译 . 北京：中国建筑工业出版社，2009.

[65] 雅各布斯 . 伟大的街道 [M]. 王又佳，金秋野，译 . 北京：中国建筑工业出版社，2009.

[66] 伯曼 . 一切坚固的东西都烟消云散了：现代性体验 [M]. 徐大建，张辑，译 . 北京：商务印书馆，2013.

[67] 戴维斯 . 水晶之城——窥探洛杉矶的未来 [M]. 林鹤，译 . 上海：上海人民出版社，2019.

[68] 町村敬志，西泽晃彦 . 都市的社会学——社会显露表象的时刻 [M]. 苏硕斌，译 . 台北：群学出版社，2012.

[69] 阿克罗伊德 . 泰晤士：大河大城 [M]. 任明，译 . 上海：上海文艺出版社，2020.

[70] 苏贾 . 后现代地理学——重申批判社会理论中的空间 [M]. 王文斌，译 . 北京：商务印书馆，2004.

[71] 哈维 . 新帝国主义 [M]. 初立忠，沈晓雷，译 . 北京：社会科学文献出版社，2009.

[72] 格林 . 伦敦六百年 [M]. 李耘，陈冰，译 . 海口：南海出版公司，2020.

[73] 霍尼 . 我们时代的神经症人格 [M]. 冯川，译 . 南京：译林出版社，2016.

[74] 马尔库塞 . 爱欲与文明：对弗洛伊德思想的哲学探讨 [M]. 黄勇，薛民，译 . 上海：上海译文出版社，2005.

[75] 布鲁姆 . 如何读，为什么读 [M]. 黄灿然，译 . 南京：译林出版社，2011.

[76] 贝纳沃罗 . 世界城市史 [M]. 薛钟灵等，译 . 北京：科学出版社，2000.

[77] 吉罗德 . 城市与人——一部社会与建筑的历史 [M]. 郑炘，周琦，译 . 北京：中

国建筑工业出版社，2008.

[78] 卡林内斯库 . 现代性的五副面孔 [M]. 顾爱彬，李瑞华，译 . 北京：商务印书馆，2002.

[79] 希利尔 . 空间是机器——建筑组构理论 [M]. 杨滔，张佶，王晓京，译 . 北京：中国建筑工业出版社，2008.

[80] 列斐伏尔 . 空间与政治：第二版 [M]. 李春，译 . 上海：上海人民出版社，2015.

[81] 李欧梵 . 都市漫游者：文化观察 [M]. 桂林：广西师范大学出版社，2003.

[82] 卡尔维诺 . 看不见的城市 [M]. 张密，译 . 南京：译林出版社，2012.

[83] 哈维 . 叛逆的城市：从城市权利到城市革命 [M]. 叶齐茂，倪晓晖，译 . 北京：商务印书馆，2014.

[84] 雅各布斯 . 美国大城市的死与生 [M]. 金衡山，译 . 南京：译林出版社，2006.

[85] 盖尔 . 交往与空间 [M]. 何人可，译 . 北京：中国建筑工业出版社，2002.

[86] 雷塔诺 . 九面之城：纽约的冲突与野心 [M]. 金旼旼，许多，刘蕾，译 . 北京：中国人民大学出版社，2020.

[87] 克朗 . 文化地理学 [M]. 杨淑华，宋慧敏，译 . 南京：南京大学出版社，2005.

[88] 史蒂文森 . 文化城市：全球视野的探究与未来 [M]. 董亚平，何立民，译 . 上海：上海财经大学出版社，2018.

[89] 金 . 敖德萨的历史：一座梦想之城的创造与死亡 [M]. 李雪顺，译 . 北京：社会科学文献出版社，2020.

[90] 萨迪奇 . 城市的语言 [M]. 张孝铎，译 . 北京：东方出版社，2020.

[91] 段义孚 . 人文主义地理学：对于意义的个体追寻 [M]. 宋秀葵，陈金凤，张盼盼，译 . 上海：上海译文出版社，2020.

[92] 梅塔 . 孟买：欲望丛林 [M]. 金天，译 . 上海：上海文艺出版社，2020.

[93] 阿德里 . 城市与压力：为什么我们会被城市吸引，却又想逃离？ [M]. 田汝丽，译 . 北京：中信出版集团，2020.

[94] 弗拉格，巴伦 . 城市的界限：创新是如何被扼杀的 [M]. 蒋子翘，译 . 上海：上海译文出版社，2020.

[95] 班维尔 . 时光碎片：都柏林记忆 [M]. 金晓宇，译 . 南京：南京大学出版社，2019.

[96] 比尔德 . 庞贝：一座罗马城市的生与死 [M]. 熊宸，译 . 北京：民主与建设出版

社，2019.

[97] 佛罗里达 . 新城市危机：不平等与正在消失的中产阶级 [M]. 吴楠，译 . 北京：
中信出版集团，2019.

[98] 道格拉斯 . 城市环境史 [M]. 孙民乐，译 . 南京：江苏凤凰教育出版社，2016.

[99] 桑塔格 . 疾病的隐喻 [M]. 程巍，译 . 上海：上海译文出版社，2003.

附录 邓一光深圳城市文学访谈录

深圳文学的时间如同深圳这座城市的历史一样短暂，但在中国当代文学中，深圳文学却越来越举足轻重，邓一光的深圳城市文学写作更加醒目。20世纪80年代邓一光的作品就已经成熟，他著有《我是太阳》《我是我的神》等10部长篇小说，20余部小说集，获得首届鲁迅文学奖、首届冯牧文学奖、首届郭沫若散文随笔奖、首届林斤澜短篇小说奖杰出短篇小说作家奖等多项文学大奖。2009年移居深圳后，他又开始了全新的创作，这是对自我的超越，同时又是对中国当代文学的强烈震动。通过对他的访谈，我们可以更好地理解深圳这座城市，理解深圳城市文学以及中国当下的文学写作。

时间：2021年1月27日、2月2日

地点：深圳

人物：邓一光、刘洪霞

刘洪霞：邓老师好，感谢您接受访谈。

邓一光：洪霞博士好。

刘洪霞：自 2009 年，您移居深圳以来，写了许多关于深圳城市文学的作品，出版了《深圳在北纬 22° 27′ ~ 22° 52′》《你可以让百合生长》《深圳蓝》《坐着坐着天就黑了》等城市文学的中短篇小说集，这与您以前以战争题材为主不同，究竟是什么力量促成您对城市的思考，使您华丽转身？

邓一光：我没有转身，早期的写作比如《蓝猫》《八岁》《流浪者》《猜猜我的手指》《一只狗离开了城市》，这些小说集里收录的都是城市故事，我管它们叫当代故事。那会儿人们的注意力在我写的现代故事上，也就是您说的战争题材。写完《我是我的神》后，大约 6 年时间，我只写过一个短篇，实际上停止了小说写作，直到移居深圳的第三年恢复写作，陆续写了一些当代故事，它们比较集中地发表出来，人们看不到我的现代故事，能看到的只有当代故事，所以，是人们的关注"华丽转身"了。

刘洪霞：哦，您的划分有意思，战争题材的叫作现代故事，城市题材的叫作当代故事。当然，这是表面原因。我们换个角度，能不能告诉我，是什么深层的原因激励着您去书写我们生活的城市，您对城市的思考是怎样的？

邓一光：城市是人类智慧和想象力的最高体现，无所不能，理论上，任何个体都拥有在城市中得以完成进化，快速改变命运的可能，对写作者，它构成最显现的时代样板观察、经验处理和叙事表达的价值。不过，在我看来，这不是城市的全部，它同时也是孤岛效应最集中的地方。听起来很矛盾，有一种荒诞的逻辑，但这恰恰是城市的真相之一。人们很容易注意到小说家对城市戏剧性变化的嗜好，有心的作家会在故事中织入不安分的叙事轨迹，揭开人类孤岛现实的秘密，在连续性的叙事表达中拒绝作为个体的人从这个世界上消失掉的意志和愿望，进而分享人的内心解放经验，这契合个体书写和时代书写的双重动力，进入现代之后，小说的世俗功能和终极目的都在这儿。

刘洪霞：说您华丽转身也许并不是太准确，其实，您在之前的写作——没来深圳之前，也就是二十世纪八九十年代您就已经在关注现代都市的各个层面，例如《城市的冬天没有雪》《老板》《红色贝雷帽》《独自上路》《我们走在一座桥上》等作品，那个时期是中国城市化的开端，而现在的中国仍然走在大规模城市化的进程之中。因此，您那个时期的城市文学写作与现在的深圳城市文学写作应该有所不同，可以具体谈谈有哪些层面上的不同吗？或者说，从这两个时期城市文学的写作上，可以看到中国城市化的诸多问题以及演变是什么？

邓一光：我早期的城市题材依赖于生活体验和感受，那会儿我是新闻记者，题材大多直接取自社会观察，对某些题材感兴趣，新闻无法满足表达，就把它们写成故事。我个人的经验，城市的性质决定了它浓厚的政治构成、商业功利和大众文化诉求，之于写作者，在创作主体感受和投射上都有着强大的规定和约束力，它们诱惑写作者在社会意义上做出努力，即建立政治立场、市民要求和生活愿望上的现实主义写作，比如您一定不陌生的市民经验与城市诉求的同构，这样的写作，表达视域相对比较窄。

刘洪霞：您是说，这是您早期写作建立的基础？

邓一光：嗯。这些年，因为时代剧烈变迁和个人生活的动荡，作为写作者主体的我和观察客体都在变化，书写对应地发生了变化。您提到的深圳城市文学写作，以及中国城市化问题和演变，我理解指的是中国城市化进程中典型经验在文学上的反映，这是学者课题，文学相反会警惕它的外部彰显内容，比如说那些很容易用数据或概括性手段进行表述的城市建设成就，以及城市与个体之间的利益性冲突，这些内容对小说会形成表达视域的制约。我的兴趣在于，深圳产生于一次虚拟，在建立之初没有得到前经验的加冕，甚至没有得到多数居住者的授权，相当长时间里，它在意识形态领域一直受到质疑，内部博弈也很激烈，是建立在对历史的前经验和前现实的背叛上的。实际上，和其他写作者不同，我不认为它是一个令人惊喜的市场经济奇迹，而是把它看成一座"叛逆者之城"。

刘洪霞：哦？这是一个有趣的视角。

邓一光：这么说当然有些简单，事实上事情比这个要复杂得多。四十年来，数以千万计的移民来到这里和离开这里，他们割裂和背叛了自己的前生活，在一座完全建立在虚拟之上，却得以快速发展的城市中，没有什么文化基因可以帮助他们连接现实生存和抵达理想，直到现在，人们仍然在不断抛弃阻碍自己前行的那些既定的东西，创造全新经验。你在内地任何城市都能看到一些数十年没有太大变化的人，他们甚至作为一个阶层存在着，但深圳没有，几乎每一个人都不可能维持恒常状态，历史在这儿迭代得非常快，这种命运的变化包括本地居民。经过四十年的城市化发展和改造，这座城市几乎没有剩下多少显在的原住民文化了。我在这座城市生活了十年，只结识了三位本地居民朋友，谈不上对他们的历史有多少了解，这显然对城市的整体性观察造成了困难。我曾把我的一位本地居民朋友称为"活化石"，他比我大几岁，我叫他"小梁"，他很高兴，也乐于做我的老师，我想你可能也没有多少本地居民朋友吧？

刘洪霞：是的，我在深圳的确没有本地居民朋友，我的朋友和我一样，也都是外乡人。

邓一光：这正是多数城市移民的现实生存境况，也是写作面对的问题，我们不再有一个过去熟悉、文化遗传清晰、在任何时候都能找到经验援助的舒适区，甚至找不到一个整体性存在的观察对象，这就意味着我们的写作要进入无人区。所以，我更愿意把深圳看作由 2200 万个个体组成的共同体，一座 2200 万个孤岛组成的群岛，写作不是面对一个整体，而是面对无数割裂状态下的个体。

刘洪霞：我理解您所说的孤岛，其实我们生活在这座崭新的城市里，都是一座孤岛，我想正是因为这座城市带给您的这种感受，才有了您到深圳以后创作的改变，这种改变也正印证了中国城市化的发展。

邓一光：可以这么理解。

刘洪霞：作家是极其敏锐的，每一个时代细微的改变都会被捕捉，更何况这种轰轰烈烈的城市化以及带来的人的心灵和观念上的改变，您所说的"叛逆者之城"某种意义上准确而形象地概括了这座城市的内心。

邓一光：您提到了文学的关键所在。孟子说心之官则思，不思则不得，不从情感、思想和精神这些角度去考量，城市是没有意义的，文学也就不在场了。

刘洪霞：深圳文学的研究仅仅是刚刚开始，没有历史的回顾，也没有学科体系的参照，需要作家、批评家与研究者共同努力，去建构一个地域文学。您的《深圳在北纬 22° 27′ ~ 22° 52′》《你可以让百合生长》《深圳蓝》《坐着坐着天就黑了》这几部作品集，批评界会贴上"深圳写作"或者"深圳城市文学"的标签，您如何看待这样的标签？

邓一光：我用生活中的素材写出故事，人们用我的故事为素材进行阐释，这是书写的完整生态过程，理论上是公平的。

刘洪霞：我的意思是说，难道这是您最真实的，或者无限接近真实的深圳城市文学的写作吗？

邓一光：我们得为"真实"和"深圳城市文学"这两个概念约定大致认同或者理解的要素，然后再讨论，尤其什么是真实。写作的差异不是故事与故事中人物的不同，它恰恰首先发生在对待真实的不同理解上。但有一点我可以回答您，从写下第一个字时我就表达过，我没有义务去书写一座公共认知客体上的城市，那不是我感兴趣的，我甚至不认为有这么一座完全共识意义上的城市存在。

刘洪霞：嗯，真实的标准的确是首要的。

邓一光：城市文学的定义不止一个，研究者基于言说而确定的价值描述，在公共判断领域可以理解，但具体到写作个体，任何确切而简要的"标准说明"都难以突破对书写内涵和外延理解的习惯经验限制，难以穷尽书写本质的复杂性，所以，研究者尽可以为自己寻找言说方法，但也面对阐释和命名的标签尴尬。深圳文学在并不长的实践中，已经有过这样的标签尴尬了，它对城市文化的发展弊大于利，也无益于具体写作个体的实践和研究工作。

刘洪霞：那么，城市与城市之间的写作会有重大的差别吗？难道这些城市不是在统一的城市化进程中的结果吗？网络上就有"千城一面"的说法。

邓一光：我不同意城市是统一进程结果这个判断。我们习惯于把城市当成一个复制品——事实上，的确存在大量这样的复制品，中国内地的三、四线城市复制比例非常高，从现代化进程看，深圳也在大量复制外部世界，甚至一度有"山寨"城市的批评。但真正的复制不在现代性必然导致的规范性观念、模式和路径的效仿上，而在城市化进程中，深圳传统的海疆文化、耕读文化等基因被快速稀释掉，几乎无从辨识，在于现代精神对前历史毫不犹豫地贬低和断裂上，这是作家应该关注的。但也应该看到，外部世界是复杂的，城市发展的内部动因也是复杂的，重要的是，统一进程这样的观察忽略了人这个重要因素，包括城市的设计者和施建者，以及具体生活在城市中的人。制式化不是唯一的构成要素，城市仍然有不同的魅力，即使看上去似乎相同的城市，住上一段时间，你仍然能区别出城市的独特性，而且是本质上的不同，这需要观察者具备耐心和热情。

刘洪霞：您是否认为，深圳这座城市有自己独特的气质，比如王安忆的上海、金宇澄的上海、小白的上海都是不一样的，邓一光的深圳与其他深圳作家的深圳也是不一样的，如何去理解这个问题？

邓一光：如您所说，上海和深圳都有非常强烈的、不同于其他城市的气质和城格。从发展史看，上海开埠后受西方文化影响，既得益于欧美近现代工业文明文化，又保留了江南传统的吴越文化，属性非常明显。深圳早期是边远海疆，鸦片战争后加了个陆疆，两次鸦片战争中，直接冲击的是珠江三角洲和长江三角洲，造成了广州一口通商的结束和上海的开埠，这两次战争，英国人的舰队都是从深圳边上过去的，那个时候深圳只有几个不起眼的兵营，就这么被历史忽略掉了。和其他内地城市比，深圳除了地处南洋边，毗邻香港和澳门这个地缘条件外，没有任何先天优势，完全凭着早期建设者的强烈进取、不走循规路、情绪饱满和不安分闯出了一条路，这种气质与它的"年轻"和缺少积累如出一辙，这种情况在其他内地城市几乎看不到。上海的开埠可以说是顺天应人，半殖民地文化快速落地，几乎整个中国的官僚资本和民族资本快速聚合。深圳的崛起却没有这些条件，中央不给钱，内地体制质疑，理论界批判，完全是一个不情不轨的逆子形象，您想想那句深圳文化基因中的口号，"杀出一条血路"，颇有些决绝。这样的两座城市，可以说基因和发展模式完全不同。还有一种情况要看到，上海早期移民主要由江浙人构成，当代以后才开始多元，深圳移民以广东和两湖地区的人为主，地域文化对城市的形成有着相当重要的影响。以城市发展史考量，几千万上亿新老移民在这两座城市里生活过，在城市留下或多或少的痕迹，这是城市基因，构成城市的隐结构。提到城市文学，上海是内地城市文学的集大成者，尤其"五四"之后那批作家和出版人，应该是最早的城市文学文本的提供者，当代作家中最优秀的一些，也有不少生活在上海，他们的城市书写方兴未艾时，深圳的文学还没有起步。

刘洪霞：虽然当前各个城市的建设被严重地同质化，然而作家却能发现其中的不同，这是文学的魅力，作家看到的那个城市是"看不见的城市"。所以，深圳文学使得研究者很难去归纳，因为它的丰富与多元，来自全国各地的地域文化与方言，在这里汇集。就是因为有这么多的迷思与梦想，才让这座城市的文学显示出不同于其他地域的特征。

邓一光：深圳出色的作家不少，凡是冒出头的都有辨识度。这正是写作的魅力，也是城市的魅力。写作这一行为的合法性包含了不同的写作行为和文本实践，很难想象巴黎只有雨果，而没有拉伯雷、梅里美、伏尔泰、卢梭、巴尔扎克、波德莱尔、加缪、司汤达、大小仲马、左拉、莫泊桑、普鲁斯特、福楼拜、罗曼·罗兰和蒙田，那样的巴黎是很无趣的。

刘洪霞：同理，如果没有邓一光、杨争光、曹征路、南翔、薛忆沩、李兰妮、盛可以、吴君、蔡东、毕亮、卫鸦、郭金牛、许立志、黑光、张尔、谢湘南、刘洋和王诺诺等，那样的深圳也是很无趣的。关于您的"深圳文学地图"是许多研究者都很感兴趣的话题，您的深圳城市文学写作使用了大量深圳真实的地名，例如，"香蜜湖漏了""宝安民谣""光明定律""出梅林关""杨梅坑""欢乐谷"，等等，都包含了深圳人耳熟能详的地名，把它们连缀起来可以组成一幅"深圳文学地图"，但这种书写只是表层的意义。

邓一光：嗯，即使在地理、历史、民俗和语言这些文化学领域下足功夫，要是仅仅对城市的标志性符号做表征上的描摹，也远离了小说创作的要义。小说家是生活的观察者，也是命名者，他编织故事地图的兴趣不是他想做一个故事的旅游者，只满足于历史地理和自然地理的常识内容，而是他以故事的写作，拥有文化价值和精神意义命名的权利和能力，进而在人类精神与情感领域建立个人叙事。

刘洪霞：这正是我要说的。我想您把深圳地名写进作品的时候，肯定有更深层的想法，例如《我在红树林想到的事情》《万象城不知道钱的命运》《一直走到莲花山》这三部作品，也涉及深圳的三个很著名的地名——"红树林""万象城""莲花山"，它们在这里不简简单单是一个地理标识，而是结合作品内容，这个地名是某种意义上的指代，例如，红树林代表了令人惊愕的高房价，万象城是最代表消费力的购物中心，莲花山则是著名的相亲角，许多大龄单身男女去那里，希望摆脱单身的命运。买房、消费、相亲，这是与城市人生活紧密相关的事情。所以，您的"深圳文学地图"是不是可以这样理解，还是有更多其他的含义？

邓一光：城市与人物、文化是一种镜像关系，投射的是人与城市、文化的内在肌理，以及更为真实的精神气质。如是，小说家就不会让故事停留在实际的地名上，而是把空间位置的自然或人文地理的实体名称作为一种特殊的含义给予重新命名，比如作为一种矛盾因素植入人物的生存环境和精神纠缠，使单纯的冲突情节因异质物的刺激，分泌出复杂和尖锐的新的故事成分，戏剧创作中叫延宕。具体到您提到的三个故事，"红树林"写的是个体命运与关联生命、历史创伤与现实困境这个主题，"红树林"对应的是主人公所处的整体背景，所以在故事中，主人公念念不忘的是覆盖他的水鸟、脚下的那些人类史前生命砗磲、三角藻、水狸和刺水蚤，你不知道和主人公彻夜对话的是"看不见的男子"、黑脸琵鹭还是主人公自己。"万象城"写一个身处城市主流生活场域中的卑微人物的希望、纠结、羞涩和忍耐故事，"万象城"对应的是华丽事物和现象与价值悖论。"莲花山"在城市中心地带，具有城市象征的公共空间，本是最该出现共情和同理心，获得个体生命赋权的地方，人们却怪异地遭遇身心分裂，深陷归宿匮乏的黑洞，"莲花山"对应的是失衡的价值取向和关系。其实对故事做如是解释并不高明，好故事有一种弥漫能力。

刘洪霞：对作品做过于表面的阐释，会牺牲作品的丰富性与深刻性，您的"深圳文学地图"需要有更深刻的理解。

邓一光：就具体文本来说，阐释者有权做他想要并且能够抵达的解读，但这也提供了一个有趣的观察角度。城市管理部门制定的标准地名符号，为什么会有那么多专业研究者做文学地图研究？至少有一个原因，就是城市体制决定了它具有关系上的权力优势，您可以把它看作光晕效应，人们面对城市这个庞然大物时，常常会下意识地从主体变为客体，在潜移默化中放弃了个体不同的经历和习得，以及对地理地缘的精神性理解，放弃作为主体对日常生活观察、体验和重新命名的意义，而一些人看到了，并且坚持从本体出发，突破经验的有限阐释，这恐怕才是文学地图研究的价值和意义。

刘洪霞：好故事会留给研究者更多的阐释空间，也就是您所说的弥漫能力，它肯定不是单一的故事主题，而是有多重的理解角度，故事是立体的，而不是扁平的，它所勾连起的事物仿佛是错综复杂的 3D 空间地图，会令人迷失，也会令人清醒，您的"深圳文学地图"恰恰是这样的。另外，我在您的深圳城市文学作品中发现了有趣的事情，您几乎每一篇小说都写到了动植物，您似乎非常喜欢动物与植物这两个意象类别，您几乎是被作家事业耽误的动植物专家。

邓一光：很遗憾，我没有动植物学专业背景，但的确喜欢，而且有时候会习惯和它们——主要是动物——没来由地说几句话。说起来我的生活很乏味，不是林区居民、海洋中人、野外生存者或者任何动植物保护组织成员，和动植物既没有共居生活条件，也没有固化的他者观念。

刘洪霞：《深圳在北纬 22° 27′ ~ 22° 52′ 》中出现了马和蝴蝶，还有《簕杜鹃气味的猫》中的猫，《深圳河里有没有鱼》中的鱼，《王子厨房的老鼠，或者家乡菜》中的老鼠，还有红树林、百合、簕杜鹃等植物，这些意象包含了怎样的隐喻？您是否在建立一种城市生态文学的主张，还是另有更深层的原因？

邓一光：写作时我不带传统意识形态的城市生态文学考量，唯一例外的是《就像一块即将消失的陨石》，那是去年疫情期间，在得知深圳湾航道疏浚工程环评事件丑闻后，因为愤怒写下的；新界那边把环深圳湾当作城市垃圾场，蛇口这边把环深圳湾当作人造观光带，我觉得人们毫无收敛，太欺负原住生命了，我就想，别给我谈抽象的城市发展，那是谎言。那个故事我完全不考虑技法，就是呐喊，那就是它，它就得这样。

刘洪霞：作家直抒胸臆的呐喊，摒弃了各种技术层面的考究，这样也许力量来得更强大，我要为《就像一块即将消失的陨石》这篇作品点赞，这是知识分子的写作和担当。

邓一光：现代意义上的城市生态文化突破了人与自然的传统整体主义，自然在很大程度上不再是殖民话语中人类的他者，而是人类社会的一部分，甚至内化为自我。但我不尝试这样的写作。大概念上我是动物，和其他动植物的区别是思维及文明方式，如果这是进化论意义上的优势，反过来，我的生存能力远远不如它们，缺乏它们所具有的自然活动范围、种群尊严和神秘感，比如我不能像黑白秃鹫和大天鹅一样在万米高空飞翔，像葡萄牙鲨鱼和狮子鱼一样在万米海底游动，这是一种遗憾，我做梦都希望拥有那样的能力，但能力的匮乏也许是幸事，这样我就不得不放尊重一点，不会为所欲为，同时在一种未能满足的共生情节中关照个人的孤独情结。我觉得我还能找到，至少在视野、命运观照和情感中找到现实关联依据，这个您可以在《如何走进欢乐谷》和《北环路空无一人》中看到，那两个故事里写了两只狗。

刘洪霞：有印象，一只有着北极狼基因的雪橇犬，一只苏俄猎狼犬。

邓一光：对，它们和主人公没有同化和顺应机制，并非内化关系，人只是视角和投射，那就是我的立场。

刘洪霞：您充分地表达了对动植物的尊重，同时您也指出了人类的未知，人类不能一厢情愿地表达对动植物的认识，那也许就是人类未知的层面。实际上，您解构了人是万物的灵长，解构了人类中心主义的学说。

邓一光：是的。

刘洪霞：好，我们再继续细致而具体地讨论一下您作品中的动植物。您在《簕杜鹃气味的猫》中写道："公园里有很多流浪猫，其他地方更多。狗属于城市的正式居民，有养犬证，猫没有，人们还不承认它们的'居民'身份，等于说，它们在生存之地没有户籍，和狗是两个阶层，饿死或病死在街头，说得通。"

邓一光：您读出了反讽，对吗？沿着这个思路您很容易看到一个事实，宠物狗和实验狗被纳入城市管理体制，它们的命运是在人类制式化设计中不断进化出人类的人格的一部分，以及充当人类的实验品。猫没有被纳入城市管理体制的原因很复杂，并非管理体制书面作出的那些考量。大概率上，人类面对猫是自卑和恐惧的，不然你看世界各民族的民间故事和文学作品，它们是怎么写猫的？猫具备对人类所有价值准则的颠覆，人对猫的豢养与其说是防鼠患和宠物需要，莫如说是满足于谄媚和清高的心理隐缺。还记得《籁杜鹃气味的猫》最后一段吗？

刘洪霞："关于这个，昆虫们接受了，别的动物没有接受。"别的动物指的是人。

邓一光：这个故事隐藏着一个逻辑悖论，那些被虐杀的猫没有具体形象，故事中的当事人有，看上去他们决定着猫的命运，实际上他们的命运被面目模糊的猫主宰着，癫狂或者搅进癫狂事件。

刘洪霞：所以，这里仍旧是在否定人类中心主义的观念。是不是可以理解为，您也是在映射人的阶级差别。因为在《离市民中心两百米》中，您写到了高知夫妻住到了市民中心附近，而在市民中心附近工作的保洁工多少年来却从未走进市民中心，市民中心是这座城市的 CBD，是政治、经济、文化的中心，所以，您是不是从城市空间的角度来谈阶级的差别？

邓一光：私有制出现以后阶级就出现了，可以说阶级是人类文明的产物和秩序，进入现代社会以后，这个层级不但没有打破，反而更为细致和固化。不过，我在故事里写到动物时并不映射阶级差别，阶级差别是现实，不具有象征意义，我不打算从人类历史基础症结开始故事，至少短故事做不到。我只是在某个话语境域中展开命运，由此不断梳理人的真相和社会真相，如果人物恰好具备这样的条件，我会怂恿他去做不甘的抗争。

刘洪霞：所以说，您的城市文学所反映的事物是非常复杂的，绝不是表面意义上的讨论，这需要批评家给予更深层次的关注。

邓一光：阐释的过程是阐释者与文本的共谋关系，别忘了，批评家也是故事的创作者，他们观察和分析故事，是为了安放他们自己焦虑不安的话语，那也是故事。

刘洪霞：《王子厨房的老鼠，或者家乡菜》也是我非常喜欢的一篇小说，它获得了首届簕杜鹃文学大赛的特等奖，如果把您的名字隐去，我会猜测这是一位年龄三十岁左右的作家的作品。当然，并不是说作品幼稚，而是这部作品充满了都市生活的时尚感，又不乏深刻的思想。那么，我的问题是，您是否觉得现在的小说创作不仅仅是在写一个好故事，而是在如何讲故事上做最大的努力？刚才我们一直在讨论写什么，现在我们来讨论一下怎么写。

邓一光：好故事并不天然存在，在阐释能力已经成为人们拥有的基本能力之后，人们对故事的要求越来越高，阅读不再是传统的共情行为，而是一种 1+N 精神博弈游戏，并非新鲜素材和曲折情节就能满足阐释阶段的反复创作，不是单纯的趣味就能让故事稳操胜券，故事已经做不到题材和内容决定一切，写法是小说家之所在存在的合法前提。

刘洪霞：简单说，是不是如何很高级地讲故事成为小说家所致力追求的目标，不仅是对小说传统现实主义写法的挑战，也是对现代主义小说写法的挑战。因为，您这篇作品《王子厨房的老鼠，或者家乡菜》在如何讲故事上做足了功课，因此对研究者或者读者提供了多重的阐释空间，而不是直接的单一主题的东西，作品有了丰富的层次而对研究者又提出了智力与经验上的挑战。

邓一光：传统小说不是没有好故事，现代小说也没有过时，我读蒲松龄，读卡夫卡和格里耶，只能在白天读，夜里读会脑子异常活跃，睡不着觉，作为人类系统性的高级表达，他们的经验恐怕难以穷尽，甚至将是智能人学习的内容。传统小说和现代小说也在进行各种新形式的探索，现实主义不可逆地发展到新现实主义，寓言写作发展成新寓言，在人的生存状态的困境和人际隔阂，极端物质主义的批判方面有不少佳作，而且这种发展没有停止，还会不断进化。但可以肯定地说，我们所处时代之于前文明是颠覆性的，人类文明几千年来建立的价值和伦理体系已经不能解释当下时代的现状，当代社会的复杂性不但强行建构起人的多维生存空间，也促使人类不得不建立起多维认知、精神和思想空间领域，小说家要回答这些问题，让传统故事的 1 构成现代故事 N 的可能，就不得不蜕变，提供多维故事结构，否则之于人类生存现实描述和未来想象是无效的。

刘洪霞：您说的有效故事指什么？

邓一光：视创作冲动和素材定，不尽相同。有时候是故事自身特质欲望的单纯满足，有趣或典型意义人物、激励想象力的情节、巧妙而增值的结构，有时候是营造一个精神或思想的裂变装置，故事能释放出强大的裂变反应，由此激发阅读者的精神或思想能量，形成阐释冲击波。

刘洪霞：形势所迫，人类文明发展到一定阶段，小说的历史也过于漫长，作家也被"逼迫着"不断创新，生产出更新的艺术形式，小说是一个生命体，它也在不断生长。那么，不同的作家会有各自不同的方法。

邓一光：是的。

刘洪霞：所以说，据我的观察，您是学者型作家，也就是说，您是一位有学问的作家，钱锺书就是一位非常有学问的作家。如果您从事文学理论研究，应该是一位优秀的学者，这对作家来说，是很难得的。而恰恰是这种作家学者化的转变，是您的作品形式创新的一个表达，您的故事不是一个简单的故事，是一个被充分"学术化"了的故事，是一个有难度的故事。

邓一光：我没有学术训练基础，连学业基础都没有，做理论研究会一塌糊涂，肯定养不活自己。

刘洪霞：我发现有些作家的创作是无意识的，而我感觉您的创作是有意识的，其实您故意在作品中埋了许多个"宝"，令研究者去欣喜地发现，构成了作家与研究者之间一种潜在的对话关系，或者说实现了作家与研究者之间的心领神会，这是非常愉悦，同时又具有挑战性的阅读体验，这是我在读您的深圳城市文学时的感受。

邓一光：除了少数天才作家和诗人，并不存在能透视历史真相，同时具备整体性把握的写作者，我属于后者，好奇心使然，不满足单纯的故事写作，对感兴趣的素材会条件反射式地思考，拆分、质疑或者干脆放弃。不过对短篇来说，这个思考的过程非常快，甚至很难说是在思考，一个人每天要做多少个动作？恐怕细算起来在数十万之间，那个思考更像条件反射，受制于思想经验的习得。

刘洪霞：您是否觉得自己的创作是一种非常理性的创作。

邓一光：理性对写作是重要的，尤其长篇写作，需要对题材和素材作出清晰的判断和分析，拥有明确的思维方向和思想依据，这个过程通常发生在动笔之前，那会儿尽可以做逻辑推导工作，反复否定与怀疑，一旦动笔，更依赖持续的情感动力。我没有一部长篇写过提纲，我不能说服自己妥协于已有规律和内容的强化约束，守住确定结果，那是一种很枯燥的工作，我希望人物和故事打破先在经验，完成他们和它们的奇妙旅程，理性往往是旅途中的限制性陷阱，我会警惕，尽可能看护住他们和它们，小心别掉进去，否则就废掉了，我的长篇半数是这么废掉的。

刘洪霞：您是否认为写作完成后，此时作家已经被"杀死"，阐释权完全掌握在研究者手中，可否谈谈这个问题？

邓一光：小说家在故事形成时拥有至关重要的言说权利，故事结束后最好远远走开，不再去谈论它。这么说的原因不是对阐释学的尊重，而是故事自有生命。没有哪位小说家能如实地把微妙的文本生成过程复原出来，清晰解释体系和方法这些内容，在文本形成时，亚里士多德说的那种神之消息是带着超越意志出现的，往往超越了小说家动笔之前确定的历史、哲学、宗教、语言和结构这些前置设想，也就是文本最终的意义部分，和文本设想并不是一一对应关系。

刘洪霞：您这个表述是一种被动的主体态度，这么说不是被"杀死"，更像是"自杀"。

邓一光：您这么理解？那我换一个说法，小说家通过人物寓意、情节迷宫、结构路径和精神视域的创造性工作，使故事形成了增值的意义，这样的故事具备开放的阐释现象，而故事作为文本，创作者其实是三类人，小说家、故事和阐释者，只有当他们全部完成对故事的创作和阐释，这个故事才活过来。所以，好故事就像九命猫，通常会有无数个解读版本，相当于无数个生命，前提是它的确是好故事，而且遇到了同样具有创造能力的阐释者。

刘洪霞：是的，我们再把话题拉回到深圳文学上来。中国现代文学中最早的城市文学是 20 世纪 20 年代到 40 年代的海派文学，代表作家有施蛰存、刘呐鸥、穆时英、张爱玲等，之后，就来到了城市文学的枯水期，几乎是乡土文学一统天下。当城市文学再度兴起时，已经是 20 世纪的 80 年代和 90 年代，直到现在。乡土文学永远也代替不了城市文学，两者是现代性的一体两面。那么，深圳的城市文学总是有乡土文学的影子，因为不仅深圳的前身是一个处于岭南尽头的戍卫边镇，现在城市的人口来自乡村的也占较高的比例，您是如何看待深圳这座城市与乡村这种同构关系的？

邓一光：您分析了深圳的人口来源地情况，应该看到，深圳移民数量超过本地居民七十倍，这还不是严格意义上的原住民，很多是 20 世纪中期才来到深圳的国家工作人员、驻军和移民，对多数人，文化基因在深圳书写中不是顺理成章的传承，而是剜肉剔骨的断裂。深圳移民作家和诗人中，有一部分下意识的写作者，一部分在融入城市化过程中感到艰涩的写作者，他们在写作中保留家园情结不光是惯性使然，更是生命经验的守护和精神抚慰的获得策略。新的书写者还在源源不断到来，这种情况比其他内地城市要明显得多，书写中的城市与乡村经验同构状况会一直延续下去，这种情况在整个城市化进程中会处于一个挣扎和博弈过程，但在深圳不同，它是绝望的。

刘洪霞：为什么这么说？

邓一光：深圳 2004 年就没有农村和农民了，渔业、林业、养蚝这些传统的乡村生活场景的维系者现在基本是移民，你完全找不到乡村生活的历史和现场，持续的乡村书写，要求写作者在精神性和经验上首先完成在地化的接续和超越，写作史上有这样的例子，深圳目前还没有看到。我不知道这是不是写作者的悲哀，现实的城市和回忆的乡村根本就是一种虚假关系，建立在这个虚假关系之上的理想生活完全不存在，这使书写成为一种全面的回忆和想象行为。这种现实书写的最大悖论在于，人们在城市里生活，精神的剧烈冲突在当下经验中发生，却习惯于乡村文化和价值观回忆，这种路径依赖的写作恐怕会一直存在。

刘洪霞：据我观察，您说的这种情况不是唯一的写作类型，而且不是最有价值的写作类型。

邓一光：您指的是那些有所准备，希望拥抱城市生活经验，让个体写作与城市发展形成同构讲述的作家。他们中的一部分人逃离了经验茧房，却没有逃离观念茧房，即使书写着城市故事，却满腔乡村思绪和精神，对现实言说无力，对未来无从想象，这种现象的确具有研究价值。我指的不是题材，而是文学意象和价值观，所以你会看到在深圳的加工业时代和制造业时代，那么多写作者写出了大量对生存环境和阶层结构的诅咒，同时写下牧歌式的对家乡的思念。那些故事相当鲜活，汗涔涔，血淋淋，充满了对冰冷的金属秩序的批判，有些篇什才气逼人。但这不是城市与乡村的规律性同构关系，加工业和制造业与乡村经验的冲突不唯血汗冲突和身份认同撕裂，写作的扁平和同质化正是在这个时候出现的。

刘洪霞：您觉得问题在哪儿？

邓一光：我们在城市化之前从来没有遇到如此复杂和深刻的处境，城市将人们分配在现代性专业化网格中，乡村经验中相对完整的时空世界和价值体系完全消失了，在现实生活中并不存在，在未来的想象中也不存在，人们一方面要扮演自然人、

家庭人、职场人、社会人、经济人和公民的复合角色，建立
新的生活秩序和价值体系，一方面又面对着个人角色的严重
分化，在信息爆炸时代里个人经验的极度碎片化，以及变革
时代中个人前经验的快速老去，每一组关系都是纠结甚至冲
突的，这才是人们面对的全新经验，而过去那一套文学观念
和方法论根本无法描述这一切，甚至我们从传统文化那儿习
得的世界本质性真理都不存在了，模糊和诞妄才是人们的常
态生活。

刘洪霞：听起来有点悲观。

邓一光：不，这正是文学的入口。工业化之后，文学对人类世界本
质的探究远不如科学对自然世界本质的探究走得远，但它
的确在人性的复杂和深度的描述上做出了可喜的成就，这条
路并没有走到头，人们在当下时代不但面对前经验和处境的
坍塌，也面对着新经验和处境的重组，这些都会在时代精神
和情感上表现出来。终极意义上的写作不是对现状的入骨描
述，而是对经验中尚不存在的希望世界的描述和叩问。我个
人会等待另一种城市与乡村同构关系的书写，那是对这座城
市历史和文化脉络的探源，故事中有大量我们不熟悉的、我
们生活之地鲜活生动的前史细节，同时它会提供那个时代人
们的经典情感与精神，它会让我们触摸到这座城市神秘而狂
野的本土基因。我知道这样的故事会出现，因为我知道有人
正在书写中。

刘洪霞：您在书写了五十多部中短篇深圳城市文学作品后，又推出
一部长篇历史小说《人，或所有的士兵》，这部作品书写了
1941 年的香港保卫战，这场战役的发生地也在深圳附近的
区域里。为完成这部作品的书写，据说您查阅了许多历史资

料，因此，您是否对深圳这座城市的历史给予过特别的关注？

邓一光：深圳是我和我的家人目前的生活地，对我来说有亲切处，有好奇，也有纠结。我来深圳后关注过两位写作者，一位是南兆旭先生，他写了很多有关深圳自然资源的书，至今我仍在关注他新的出版物。另一位是廖虹雷先生，他是深圳本土作家，写了很多民俗著作，他的书我都读过。我几年前弄到一套《深圳旧志三种》，包括明代天顺年间修纂的《东莞县志》、清代康熙年间修纂的《新安县志》和清代嘉庆年间修纂的《新安县志》，还有一些深圳考古方面的书，没事就翻翻，阅读时间应该说早于对香港文献的阅读。

刘洪霞：对进入深圳历史有障碍吗？

邓一光：对文献上的生活地了解不存在障碍，但历史这种东西，证实和证伪都不那么容易，不过倒也算一项有趣的工作。真正的障碍来自精神认同和批判支点的确立。"魂乎归来，居室定只。"是这个。

刘洪霞：您如何理解深圳改革开放前的历史？它对您的写作有怎样的影响？

邓一光：李白写过侠客，说"十步杀一人，千里不留行。事了拂衣去，深藏身与名"，我觉得拿它来比喻深圳更久远的历史很合适。举个例子，中国目前铁路的总里程是 14.14 万公里，世界第一，现在，我从中截取 0.0000032 万公里，您觉得是不是可以忽略不计？

刘洪霞：看起来是。

邓一光：这 32 米长的铁路，就铺在深圳罗湖桥上。1911 年，粤港铁路在罗湖桥上接轨，正式启用，它的一头是中国内地，一头是中国香港，历史上它曾数次断过，又数次接通，很长一段时间，比如太平洋战争爆发前的抗日战争期间，中华人民共和国成立到改革开放期间，它几乎是中国大陆通往世界的唯一通道。您想想这截长仅 32 米、轨宽 143.5 厘米，几乎可以忽略不计的铁路，想想四亿五千万到九亿八千万人口这个数字，再想想长达数十年的发展停滞，是不是会对深圳甚至中国现当代历史有一种重新评估？而这段历史就发生在深圳，是一个观察历史的切入角度。

刘洪霞：您会进入这段历史的书写吗？

邓一光：我会从更久远的历史进入，至少从清中晚期。

刘洪霞：批评家与研究者把深圳文学命名为"打工文学""底层文学""城市文学""非虚构文学"，您同意这样的命名吗？

邓一光：从线性规律上讲，研究者找到了一种有效途径，便于当下对深圳文学进行言说，可以说是"深圳式"的文学研究途径。

刘洪霞：能展开谈谈吗？

邓一光：中国的现代城市史不过百年，城市文学研究没有太多积累，研究者大多借鉴的是赵家璧的《中国新文学大系》思路。深圳文学史研究对应的是中国当代城市发展这一时期，实践上有吊诡之处。中国当代城市化进程不是自然发生，甚至不是完全自由市场的产物，大家都没有经验，都处在预备起位置，深圳因历史和地域条件充当了前行者角色，第一个冲出起跑线。目前深圳是中国唯一百分之百城市化的大都市——上海的城镇化率不到百分之九十，北京和广州的城镇化率排在上海之后，这种情况对个体研究对象有两个存在和辨识向度。一个是新深圳人——暂且借用这个说法——无论来自哪儿，内陆乡村或城市，有一点是共同的，他们如今的生活环境完全没有了乡村内容，根本不可能靠那点乡村经验的脐带血活下去；其次是他们的经验在内地没得借鉴甚至无法参照，不像传统文化可以追溯到五六千年前，他们连传统文化都没得借鉴，所以你看深圳办了无数个讲堂，内地学者常来深圳讲传统文化，但讲的基本是新儒学。

刘洪霞：您的意思是，深圳文学是建立在全新言说基础上的？

邓一光：对，从整体言说上，深圳文学是断裂的、全新的、创世纪的经验书写，即便您前面提到的乡村经验书写，在深圳也不纯粹，那种乡村经验不是整体性的，研究者想在文学史的既成谱系中找到研究逻辑，即使做到了，不是驴唇对马嘴也是隔靴搔痒。

刘洪霞：这就是"打工文学""底层文学""城市文学"出现的历史和文化背景？

邓一光：是的。"打工文学""底层文学""城市文学"这几种样式，最早都出现在深圳，或者与深圳有关。比如深圳曾是"打工文学"重镇，有非常大的写作者体量，出了一批作家和诗人，这几年有些变化，把旗帜换成了"劳动者文学"；"底层文学"的命名源自深圳作家曹征路的《那儿》和《问苍茫》；《特区文学》和《新城市文学》较早提出了"城市文学"概念，早在20世纪80年代，《特区文学》就有意识地推出城市文学作品。深圳是建立在想象基础上、由数千万移民共同创造出的产物，历史和个人从断裂到创造的接续努力，正合辙这座城市的发展类型和精神命运，这使研究者的命名具有了现实依据，也符合深圳的整体气质。

刘洪霞：作为深圳文学的在场者，能大致描述一下您对深圳文学的理解吗？

邓一光：深圳文学这个概念太大。刚来那几年读了一些作品，这些年读少了，观察不支持我回答这个问题。

刘洪霞：那么，您怎么看待其他深圳作家的写作？

邓一光：深圳有不少优秀作家和诗人，不过，写作这种事有点像平庸地球理论，需要放在一个更广阔的领域来观察，我的不多阅读主要在几位年轻作家，您知道，这也是一种信息推送的盒子规律，不足以说明整体情况。简单说，我同意多重宇宙理论，我们生存的空间不止一个宇宙，而是更多。城市化发展规律是持续膨胀，写作行为也会不断扩张，此消彼长，个体的衰变难以避免，总体的事件只会增加。作家和诗人之间，有的能形成完美的碰撞和纠缠，产生高能粒子，形成新的精神物质，大多数写作做不到，它们几乎不会在稍微大一点的时间和空间存活下来，但它们仍然是有意义和价值的。不同的是，我个人更想看到那些最终成为重要事件的写作发生。

刘洪霞：我们一直在谈论深圳文学，再扩展一下，现在有粤港澳"大湾区文学"的提法，当然，它来源于政治与经济概念，从地域上来看，显然大于深圳文学这个概念，您如何看待这一提法？

邓一光："大湾区文学"的表述基本按照地缘政治和区域经济建立，就文学这一范畴，如果不从近代广州—香山—澳门，加上现代香港这一早期城市化过程中珠三角城市群文学生成情况研究开始，仍属于未来主义虚构概念，它提供了具有诱惑性和值得深入讨论的想象空间，同时也提出了实践难度。

刘洪霞：我读过您的《"文学共同体"想象下的大湾区语言文字历史和现状》，您从语言的角度来谈深圳文学或者大湾区文学，实际上是个很好的切口，因为，这实在是一个现实问题。

邓一光：在中国，从古到今，不同语言文字使用量最多、共存时间最长的地区就是环珠江三角洲，现在称作"大湾区"，这是语言历史。

刘洪霞：深圳是一座移民城市，汇集了全国各地的文化与方言，粤港澳大湾区更是包容了多种语言。可是目前深圳的写作，使用方言写作的作家作品几乎没有，然而它本来应该丰富而多元的，因为普通话的书写遮蔽了许多方言的丰富性和它代表的地域文化。

邓一光：广州和中山这几个地方有广府话写作，不多，但有；香港和澳门有香港白话和澳门白话写作，量比较大；潮汕文学也有明显的地方特点，比如厚圃的《拖神》，陈崇正的一些小说；还有陈再见的陆丰城镇小说。深圳几乎没有，一律普通话写作，作为符号工具和知识系统，也是世界观和价值观认知系统，同时承载着人们对现实生活的经验系统，不能不说是一个应当关注的问题。为什么我对聂雄前那篇《是乡愁，也是乡音的忧愁》非常有感触，真是能读出彻骨的疼痛。

刘洪霞：是的，我在写聂雄前的《潇湘多夜雨 岭南有春风》的书评时，也提到了他的家乡话的问题。

邓一光：文明是瓤，包裹在语言的皮里。我刚才提到香港，你认为香港那些用白话写作的作家有没有一种语言主张？

刘洪霞：当然有啊。语言是有生命力的，是一棵大树，不断地生长。同时，语言也是一种话语权力。不能简单地去扼杀方言，应该让它们自由地生长。把一棵大树的枝丫都砍断，是不是很残忍？方言的丰富性是普通话所不能代替的。

邓一光：现代汉语不等于普通话，即使作为未来的汉语言归宿，普通话也无法覆盖现代汉语内容，多语言和文字并存的情况在内地不那么明显，在粤港澳大湾区则是一种现实，尤其反映环珠三角地区生活的文学作品，汉语普通话多少失去了粤语、客家话、潮汕话、英语和葡语所携带的系统性文化内容。

刘洪霞：所以金宇澄的《繁花》在用方言写作上，还是做出了榜样。

邓一光：意义非常大。我在《人，或所有的士兵》中使用了数种语言，包括两种岭南方言，也是对语言文化内涵的致敬。

刘洪霞：能够这样做出一种努力的态度，已经很好。不管是深圳文学也好，还是大湾区文学也好，都应该出现方言的写作，方言可以更好地传达出地域性文化，也会让深圳文学更加醒目。

邓一光：我想是这样的。但也要看到，从历史角度看，传统汉语终结于新文化运动，真正做到语言复兴是不可能了，从现实角度看，深圳是一座没有方言的城市，最不可能出现的就是方言写作，小说家和诗人要做的只能是创造性接续。

刘洪霞：您在反复书写这座城市，会继续吗？

邓一光：目前不会结束。

刘洪霞：最后问一个感性的问题，您来深圳十二年了，那么，您是否已经爱上这座城市，而不是您想象中的深圳，或者作品中的深圳？在您的心里，深圳是不是家园？您的心灵在漂泊吗？如果不是，请问您的家园在哪里？

邓一光：很难回答的问题。

刘洪霞：请您回答。

邓一光：我来深圳前没有想象过它。之前我有两位亲人在深圳短期生活过，我不是很喜欢那段经历，和它没有建立亲密关系。我来以后，"认识"和了解居住地这件事情首先是生存需要。我不认为地理考察上的认知是唯一渠道，也没有融入这座城市的现实能力，而且如果那么做了，我会成为一只不节制、活动范围泛滥的褐头雀，会出问题。好在写作能帮助我完成对生活地的观察和判断，寻找精神同构的理想，我称之为建立一座我自己的城市。我不爱我的故事，只是阶段性地认同它们，我认为它们有价值和意义。我已经在这儿生活了四千个日日夜夜，对它有复杂的情感，对一些人有复杂的感情。但我不能说深圳是我的家园。我在这座城市不拥有一寸土地，不是任何一套房屋的业主，虽然它厚道地接纳了我和我的家人，它美好而慷慨的自然条件帮助我母亲多活了几年，我的经济条件也足够我和家人在这里相对有尊严地生活，但我不能欺骗自己说，因为如此它就是我的家园，它不是。我不知道我的家园在哪儿，也许我连家园是什么都回答不了，除非找到那个能够安放全部精神的地方，否则我回答不了这个问题。

后 记

　　我想要书写我的城市，十二年，我与这座城市已经融为一体。2008年7月12日，在首都机场发出一条短信"再见，北京"之后，就来到了深圳，起初曾经有逃离的念头，但时间证明，我不但留下来，而且已经经历整整十二年的岁月。这些年来，一直从事城市文化与城市文学研究的工作，不断地书写深圳，我发现我对这座城市竟然如此着迷。当深入她的文化肌理的时候，她的风貌与气质、个性与腔调，仿佛就是我似曾相识，又不真切的一个旧友。城市中的博物馆、华侨城OCT、文艺书店、深南大道、城中村、电影院、文化志愿者，提供了城市文化温暖的底色。如今，不会再想逃离，因为这里已经是家园。我想走到城市的尽头，去看看万家灯火，去看看这座城市的未来。

　　我书写的是我生活与工作的这座城市的文化与文学，它们与我密不可分，我才有了书写它的冲动与需要。这些年来，我都在反反复复书写着这座城，城市文化与城市文学成为我思考的重点。这些年来，也走过了许多城市，如伦敦、巴黎、旧金山、拉斯维加斯、马德里、巴塞罗那、新加坡、加德满都、札幌、北京、上海、广州，等等，我在不停地观察着每一座城市，思考着每一座城市，仿佛它们就是我似曾相识，又不真切的一个个人。城市就是一个人吧，作家虹影曾经把她居住过的城市——重庆看作是母亲，因为它养育了她，上海看作是丈夫，她从不后悔她当初的选择，伦敦看作是情人，给予了她浪漫。

郑小琼说："我们需要用文学来建立起一个内在的智慧与感情的独立城市，修正着现实压力下的内心，让它免受外部暴力的损害，用它建立内心的秩序，保持着人性的善良与正义。用文学来慰藉权力与资本世界带来损伤的内心，保留着人类的理想与尊严，更加热爱我们本身和生活的城市。"本书所书写的作家、诗人、电影人、戏剧人以及文学期刊的从业者，我尊重他们的创作，深怀敬意，于是有了这本书的写作。

感谢邓一光老师对书稿的指导。感谢我的朋友魏甫华，我来到深圳最早认识的人，在我写作此书的过程中，曾与我多次讨论，获益匪浅。感谢我的编辑韩海彬、姚云翔、徐娅敏，为此书辛苦付出。感谢我的师友和家人给予我的帮助，没有你们，我很难完成这部书稿。在此，表示衷心的感谢。

刘洪霞

2021 年 1 月 21 日